Walter Mosley
Socrates in Watts

UT *metro* wird
herausgegeben von
Thomas Wörtche

Zu diesem Buch

»Was ist richtig, was ist falsch?« – Für Socrates Fortlow ist das keine Luxusfrage, sondern sie prägt seinen Alltag. Er lebt dort, wo Los Angeles angeblich am ärmsten und gewalttätig ist: in South Central, früher Watts genannt. Socrates ist nach siebenundzwanzig Jahren aus dem Gefängnis entlassen worden, wo er zu Recht wegen Mord und Vergewaltigung saß. Da will er nie wieder hin. Deswegen muss er ein anständiger Mensch werden. Aber Armut, Gewalt und Rassismus machen es ihm nicht leicht. Probleme, die angeblich ins philosophische Seminar gehören, werden für ihn zur Überlebensfrage.

»Mosley hat ein Werk von fast Faulknerischer Dichte hervorgebracht Er ist ein literarischer Künstler und ein Meister des Kriminalromans zugleich.« *New York Times Book Review*

»Politisch, aber zurückhaltend, zornig, aber scharfsinnig – ›Socrates in Watts‹ ist das Werk eines Autors, der unerschrocken seine Ansprüche und seinen eigenen Begriff von Verantwortung weiterentwickelt.« *Los Angeles Times Sunday Book Review*

Der Autor

Walter Mosley, 1949 in Los Angeles geboren, lebt heute in New York City. Nach dem Welterfolg seiner Romane um den schwarzen Privatdetektiv Easy Rawlins wendet er sich zunehmend freieren Erzählformen zu.

Mehr über Buch und Autor im Anhang
oder auf *www.unionsverlag.ch*

Walter Mosley

Socrates in Watts

Ins Deutsche übertragen und mit einem Nachwort
von Pieke Biermann

Unionsverlag

Die Originalausgabe erschien 1997
unter dem Titel *Always Outnumbered, Always Outgunned*
bei W. W. Norton & Co. Inc.

Deutsche Erstausgabe

Auf Internet
Aktuelle Informationen
Dokumente, Materialien
www.unionsverlag.ch

Unionsverlag Taschenbuch 166

Rieterstrasse 18, CH-8059 Zürich
Telefon 0041-1-281 14 00, Fax 0041-1-281 14 40

Umschlaggestaltung: Heinz Unternährer, Zürich
Umschlagfoto: Prisma/Nonstock
Druck und Bindung: Clausen & Bosse, Leck
ISBN 3-293-20166-0

Die äußersten Zahlen geben die aktuelle Auflage
und deren Erscheinungsjahr an:
1 2 3 4 5 - 04 03 02 01 00

Inhalt

Tiefroter Schatten ... 9
Mitternachtssitzung ... 24
Der Dieb ... 39
Doppelmoral ... 58
Chancengleichheit ... 70
Marvane Street ... 90
Mann weg ... 109
Der Wanderer ... 127
Lektionen ... 146
Brief an Theresa ... 162
Geschichte ... 179
Feuerteufel ... 198
Schwarzer Hund ... 214
Letzte Dröhnung ... 232

Nachwort ... 248

Für Gloria Loomis

Mit besonderem Dank an Julie Grau

E334 Indiana Government Center South
302 W. Washington St.
Indianapolis, IN 46204
(317) 232-5715

INDIANA DEPARTMENT OF CORRECTION

TO: Ms. Mary McGuire, Chief Clerk, Hall of Records
Judge Peter Lucas, Criminal Court, Second Circuit, Indianapolis
Superintendent Thomas Hellman, Indiana State Penitentiary
Mr. Socrates Fortlow

CERTIFICATE OF FINAL DISCHARGE

(A) This is to certify that Socrates Fortlow, Institution Number F17872-P, has completed his/her obligation to the State of Indiana imposed upon him/her by commitment to the Indiana Department of Correction and/or by the maximum expiration date of sentence pursuant to IC 35-50-6-1 or IC 11-13-6-4.

(B) This is to certify that ____________________, Institution number ________________, was granted a Final Discharge from parole by the Indiana Parole Board after review of his/her parole record pursuant to IC 11-13-3-5.

(C) Turnover to Cause No. ________________.

Signature of Authorized Indiana Parole Board/Committee:

Matthew Johns

Effective Date of Discharge: June 25, 1988

Cause Number: ________________________

Additional Comments:

Mr. Fortlow has fully discharged his debt to society in a manner consistent with the Penal Code of the State of Indiana.

DISTRIBUTION: Central Office (1), Court of Record (1) Offender (1), Institution (1)
State Form No. 49(R8/30/94

An Equal Opportunity Employer

Tiefroter Schatten

1.

»Was machst'n da, Bengel?«

Es war sechs Uhr morgens und Socrates vor zur Straße gegangen, um nachzusehen, ob mit Billy etwas nicht stimmte. Er hatte seinen Freund heute Morgen noch nicht krähen gehört und machte sich Sorgen.

Die Sonne ging eben auf. Die kleine Nebenstraße sah beinah schön aus, jetzt wo das Dämmerlicht den Dreck und den aufgerissenen Asphalt einhüllte. Weggeworfene Weinflaschen schimmerten im Matsch wie trübe Smaragde. Durch die Schatten des Morgengrauens sah Socrates den Jungen erst, als der sich bewegte. Er war auf der anderen Straßenseite, vor einem kleinen Pappkasten – neben Billys Stacheldraht.

»Geht'n dich das an, Alter?« Der Junge war höchstens zwölf, aber er hatte den stieren Blick der Knastbewohner.

Knastbewohner kannte Socrates, und zwar in- und auswendig.

»Ich hab dich was gefragt, mein Junge. Hat deine Mama dir kein Benehmen beigebracht?«

»Leck mich!« Der Junge wandte sich ab und wollte gehen.

Er hatte beutelige Jeans an und ein leuchtend blaues T-Shirt über Brust und Armen, die vor allem knochig waren. Die Haare waren geschoren bis fast auf die Kopfhaut. Er bückte sich, um den Kasten zu heben.

»Wie heißt'n du?« Socrates' Frage traf auf einen mageren, in die Luft ragenden Hintern.

»Is das *dein* Bier?«

Socrates stieß das Holzgatter auf und setzte zum Sprung an. Hätte der Junge ihm nicht den Rücken zugewandt gehabt, er hätte dem kräftigen Satz vielleicht ausweichen können.

So hörte er nur etwas kommen und wich schnell zur Seite.

Schnell. Aber nicht schnell genug.

Socrates schnappte die dürren Ärmchen mit seinen Riesenhänden – Felsbrecher, so hatte Joe Benz immer dazu gesagt.

»Au – Scheiße!«

Socrates schüttelte den Jungen, bis dem das geriffelte Steakmesser, das aus dem Nichts aufgetaucht war, aus der Hand fiel.

Der alte braune Hahn in der Kiste war tot. So plump geköpft, dass der halbe Schnabel fehlte.

»Lass mich los, Mann.« Der Junge trat um sich, aber Socrates hielt ihn am ausgestreckten Arm.

»Legs nich drauf an, dass ich dir was antue, mein Junge«, drohte er. Dann ließ er einen Arm los. »Heb den Kasten auf. Los, aufheben!«

Der Junge gehorchte, und Socrates zog ihn an dem anderen Arm davon – er schleifte ihn durch das Gatter und vorbei an den Tomatensträuchen und Bohnenstangen in das Zweizimmerhäuschen, in dem er wohnte, seit man ihn aus dem Gefängnis entlassen hatte.

Die Küche war gerade groß genug für einen ganzen und einen halben Mann. Auf dem Boden lag genarbtes Linoleum – maronenbraun, wo die Farbe noch hielt, grau, wo sie schon abgetreten war. Zum Essen war ein Papptisch vorhanden, zum Sitzen ein Plastik-Klappstuhl. Außerdem ein Ausguss, eine Kochplatte auf einem Abtropfgestell und ein Regal, das ursprünglich ein Schrank gewesen war, bevor jemand die Türen herausgerissen hatte.

In einer Fassung über dem Ausguss brannte eine Sechzig-Watt-Birne. Der Raum duftete nach Kaffee, und auf dem Tisch lag aufgeschlagen eine Zeitung.

Socrates drückte den Jungen nicht sehr sanft auf den Stuhl. »Setz dich!«

Ein weit verzweigtes Netz spannte sich neben der funzeligen Birne. Eine rote Spinne hangelte sich gemächlich an den Fäden entlang.

»Also, wie heißt du, mein Junge«, fragte Socrates noch einmal.

»Darryl.«

Unter der Lichtquelle hing ein Foto von einem Gemälde. Eine schwarze Frau im Eingang eines Hauses war darauf zu sehen. Sie trug ein rotes Kleid und einen roten Hut, zum Schutz der Augen vor der Sonne. Sie hielt die Arme unter den Brüsten verschränkt und sah verärgert aus. Darryl glotzte das Bild an, und darüber tanzte die Spinne.

»Wieso bringste mein' Freund um, du Arschloch?«

»Was?« In Darryls Stimme schwang Angst mit.

»Du hast genau gehört.«

»Ich … ich … ich hab niemand umgebracht.« Darryl schluckte und riss die Augen noch weiter auf, als möglich schien. »Wer hat'n das erzählt?«

Als Socrates keine Antwort gab, sprang Darryl auf und wollte abhauen, aber der riesige Mann rammte ihm die Faust in den Brustkorb, sodass ihm die Luft wegblieb, und drückte ihn auf den Stuhl zurück.

Dann bückte sich Socrates, zerrte den schlaffen alten Hahn aus dem Pappkasten und hielt ihn Darryl vors Gesicht. »Wieso haste Billy umgebracht, mein Junge?«

»Das' doch'n Vogel«, gab Darryl patzig zurück. Erleichterung mischte sich jetzt in seinen panischen Blick.

»Das war mein Freund.«

»Haste ne Macke, Alter? Das'n Vogel. Und'n Vogel kann kein Freund von wem sein.« Darryl fand Patzigkeit noch immer angebracht. Aber Socrates kannte den Ausdruck des schlechten Gewissens in seinem Gesicht.

Er dachte nach über den Jungen und über den Hahn, der ihn

die letzten acht Jahre lang jeden Morgen aus dem Bett gekräht hatte. Der Zorn wallte in ihm auf, er zerquetschte den Hahnenhals in seiner Faust.

»Du hast echt ne Macke«, sagte Darryl.

In diesem Augenblick donnerte ein schwerer LKW durch die kleine Seitenstraße. Die Schwingungen zitterten durch die ganze Küche und brachten Teller und Töpfe zum Scheppern.

Socrates warf Darryl den Kadaver auf den Schoß. »Geh rüber an' Ausguss, und rupf den.«

»Leck mich!«

»Du *musst* ja nicht …«

»Kannste aber glauben, dass ich den nich …«

»… aber ich hau dir die heilige Scheiße aus'm Leib, wennde's nich machst.«

»Wie – rupfen? Was heißt'n das, rupfen?«

»Das heißt, du gehst da jetzt rüber an' Ausguss und zupfst die Federn alle aus. Wieso bringste'n erst um, wenn de'n dann nich rupfen willst?«

»Ich wollt'n verticken.«

»Verticken?«

»Ja«, sagte Darryl. »An irgendne alte Tante, die sich gern ma'n Huhn kocht.«

2.

Darryl rupfte den Hahn komplett. Er hätte zwischendurch gern aufgehört, aber Socrates zeigte ihm immer wieder, wo er etwas vergessen hatte, und schob ihn zurück an den Ausguss. Schließlich gab er ihm ein rasierklingenscharfes Messer, und Darryl trennte die Beine und den zerschmetterten Kopf ab. Dann schnitt er den Leib auf und zog Leber, Herz und Magen aus dem Hahn.

»Spül das Blut ganz raus. Aber alles«, befahl Socrates seinem Gefangenen danach. »Blut kann ein' krank machen.«

Darryl arbeitete weiter unter der Aufsicht des alten Mannes, und der bereitete dabei Kochbeutelreis und grüne Bohnen mit Speck und Pfeffer zu. Das musste der Reihe nach passieren, es gab nur die eine Kochplatte. Anschließend schmorte er das Hühnerklein und Zwiebeln aus dem Garten in Schweineschmalz, das er in einer Dose über dem Ausguss aufbewahrte, und mischte es unter den Reis. Als der Hahn ausgenommen war, holte Socrates Tomaten, Basilikum und Knoblauch aus dem Garten und setzte alles zusammen in einem großen Topf auf die Kochplatte.

»Billy war'n zäher alter Vogel«, erläuterte er Darryl. »Der wird ne Weile kochen müssen.«

»Und wann kann ich gehn, Mann?«

»Wo musst'n hin?«

»Nach Hause.«

»Schön. Schön, klar. Billy kann ruhig noch ne Stunde kochen. Gehn wir zu dir nach Haus. Wo is'n das?«

»Was soll'n das wieder heißen, Mann? Du kommst nich mit zu mir nach Hause.«

»Und ob ich das tue«, sagte Socrates, aber er klang nicht mehr wütend. »Du kommst hier an und machst mein' Freund tot, das muss ich ja wem erzählen, der die Verantwortung hat.«

Darauf fiel Darryl keine Antwort ein. Er hatte jetzt über eine Stunde lang in der Küche gearbeitet und nicht einmal gewagt, seinen Aufseher anzusprechen. Am meisten Angst hatte er vor diesen Riesenhänden. Er hatte nie so etwas Starkes zu spüren bekommen wie diese Hände. Sogar mit dem Hühnermesser hatte er davor noch Angst.

»Ich hab Hunger. Wann könn' wir'n essen?«, fragte er schließlich. »Ich mein, ich hoff, dass das auch gegessen werden soll, nach dem ganzen Gekoche hier.«

»Nee, Mann«, gab Socrates zurück. »Ich finde, wir können damit auch losziehen unds irgendner alten Tante verticken, die gern ma'n Huhn isst.«

»Häh?«, fragte Darryl.

Die ganze Küche duftete jetzt nach Huhn und Sauce. Darryl knurrte hörbar der Magen.

»Haste Hunger?«

»Ja.«

»Das is gut. Das is gut.«

»Leck mich. Is überhaupt nich gut, wenn ich nix zu essen kriege.«

»'n Junge muss Hunger haben. Ja. Jungs ham immer Hunger. Sonst kann da kein Mann draus werden.«

»Was soll'n der Scheiß wieder heißen, Mann? Du hast doch echt ne Macke. Sonst gar nix.«

»Wenn man merkt, dass man Hunger hat, dann merkt man auch, dass man was braucht. Da fehlt ei'm was, und der Hunger sagt ei'm, was.«

»Is das auch so'n Freund von dir?«, höhnte Darryl. »Dein Freund, der Hunger?«

Jetzt lächelte Socrates. Sein breites schwarzes Gesicht strahlte vor Vergnügen. Sehr alt war er noch nicht, erst um die Mitte fünfzig. Er hatte immer noch seine eigenen Zähne, und gesund waren sie auch, sie hatten nur dunkle Stellen. Sein Kopf war vollkommen kahl, nur hinter den Ohren wuchsen ihm drahtige weiße Büschelchen.

»Hunger, heiße Feger, hallo und hastenichgesehn – sind alles meine Freunde, meine besten Freunde.«

Darryl schnupperte und bekam wieder Magenknurren.

»Ah-jahh«, brummelte Socrates weiter. »So is das. Sind alles meine Freunde. Allesamt. Gute Freunde braucht man nämlich, wenn man heil durchs Zuchthaus kommen will.«

»Du warst im Knast?«

»Japp.«

»Mein Alter's auch im Knast«, erzählte Darryl. »War er jedenfalls. Is schon tot.«

»Ach, tut mir Leid, kleiner Bruder. Tut mir echt Leid.«

»Und wieso haste gesessen?«

Socrates schien die Frage überhört zu haben. Er starrte auf das fotografierte Bild über dem Ausguss. Den rechten Rand bildete eine weite gelbe Wiese unter einem blauen Himmel. Vor allen Fenstern des Hauses waren die dunklen Läden verschlossen, aber auf die Frau in Rot brannte die Sonne herab.

»Immer noch Hunger?«, fragte er.

Wieder knurrte Darryls Magen, und Socrates lachte.

3.

Socrates überließ Darryl den Stuhl zum Sitzen und drehte sich einen Mülleimer um. Eine halbe Stunde oder noch länger las er in der Zeitung. Der Hahn köchelte solange auf der Kochplatte vor sich hin. Darryl hielt lieber den Mund. Endlich war das Essen fertig, und Socrates trug auf – drei große Teller, für jedes Gericht einen. Dann schaufelten der alte Mann und der Junge grimmeligen Reis, grüne Bohnen und zähes Hähnchenfleisch in sich hinein, als wären sie kurz vorm Verhungern; sie aßen von denselben Serviertellern, und keiner von beiden sagte ein Wort. Zu trinken gab es nur Wasser – aus Gläsern, in denen Mayonnaise gewesen war. Sie keuchten und schmatzten beim Essen. Die Hände flogen in reißenden und schaufelnden Synkopen durch die Luft.

Jeder, der Zeuge dieser Orgie geworden wäre, hätte gesagt, diese beiden stammen von derselben Scholle und beten zu denselben Göttern.

Als die Teller leer waren, lehnten sich beide zurück und legten die Hände über den Bauch. Und beide seufzten auf und schüttelten den Kopf.

»Echt gut, der Scheiß«, sagte Darryl. »Hmm!«

»Wetten, du hast gar nich gewusst, dass du kochen kannst, was?«, fragte Socrates.

»Scheiße, nee!«

»Red nich so dreckig daher, kleiner Bruder. Red anständig, dann weiß jeder, dass dus ernst meinst, wenn du mal wirklich'n dreckiges Wort sagst.«

Darryl wollte etwas erwidern, ließ es aber bleiben. Er sah zur Tür hinüber und dann wieder zu Socrates. »Könnt ich dann gehn?«, fragte er wie ein Junge, der endlich mit jemand Älterem redet.

»Noch nich.«

»Wieso'n nich?« Die Stimme hatte wieder einen ängstlichen Unterton.

Socrates fiel ein, wie oft er sich geweidet hatte an der Angst, die er jungen Männern in ihren Zellen gemacht hatte. »Erst, wenn ichs von dir höre. Vorher kommste nich weg.«

»Was'n hören?«

»Weißte ganz genau. Also tu nich so blöd. Spiel nich den Trottel, du hast grad mein' Freund gegessen.«

Darryl erwog aufzuspringen, gab die Idee aber sofort auf, als er sah, wie diese Hände sich von der Tischplatte lösten.

»Hab ruhig Angst, Darryl.« Socrates konnte in den Augen des Jungen lesen. »Ich hab Leute totgemacht mit den Händen. Erwürgt und erledigt. Ich könnt dir'n Kopp zermatschen, mit einer Hand.« Er streckte ihm die linke Handfläche entgegen.

»Hab keine Angst vor dir«, sagte Darryl.

»Haste wohl. Ich weiß das, du bist nämlich nich blöd. Du hast'n paar schlimme Sachen erlebt da draußen, aber ich bin noch schlimmer. Ich bin das Schlimmste, was du je erlebt hast.«

Darryl sah wieder zur Tür.

»Und kein Mensch kommt und holt dich hier raus, kleiner Bruder. Kein Mensch kommt. Und wenn du hier lebend raus willst, dann gib mir lieber, was ich will.«

Socrates wusste vorher, wann die Tränen kamen. Er hatte es hunderte Male mit angesehen. Im Knast hätte er immer am liebsten losgelacht, aber diesmal war er traurig. Er hätte diesem flennenden Kind gern die Hand gereicht und ihm gesagt, es ist in Ordnung; alles ist gut. Aber es war nicht gut, es würde vielleicht nie gut werden.

»Hör jetzt auf zu heulen, mein Sohn. Hör auf zu heulen, und erzähls mir.«

»Was'n?« Darryls Stimme zitterte wie Hummelflügel.

»Wen du totgemacht hast, das.«

»Ich hab kein' totgemacht«, kam es monoton zurück.

»Doch, haste. Haste entweder selbst oder zugekuckt. Ich habs gemerkt an deinem Geleugne, als du nich verstehn wolltest, was ich meinte mit Billy. Ich weiß genau, wann einer Schuld hat, Darryl. Ich weiß das ganz tief unten in meiner Seele.«

Darryl sah weg und hielt die Lippen zusammengepresst.

»Ich bin kein Bulle, kleiner Bruder. Ich schick dich nich in' Knast. Aber du hast mein' Freund da draußen umgebracht, und grad ham wir den gegessen. Ich bin das Billy schuldig, und dir auch. Also erzähls mir. Erzähls mir, und dann kannste gehn.«

Sie starrten sich lange gegenseitig an. Socrates versuchte ein Grinsen, um den Jungen zu beruhigen, aber gutmütig sah er trotzdem nicht aus. Er sah hungrig aus.

Darryl fühlte sich wie das Essen.

4.

Er wollte es nicht sagen, aber er hatte auch kein schlechtes Gewissen. Warum sollte er das haben? War doch gar nicht seine Idee gewesen. War überhaupt nicht geplant gewesen. Bloß er und Jamal und Norris auf den Ölfeldern, da draußen über den Baldwin Hills. Da gingen doch manchmal die Typen hin, mit ihren Bräuten. Und wenn man sich ranhielt, konnte man Mösen kucken und Schlüpfer klauen.

Angeblich war da oben ja auch mal Militär gewesen, da lagen vielleicht noch Patronen rum, Handgranaten womöglich, so was war da vielleicht zu finden.

Und dann war eben dieser zurückgebliebene Junge aufgetaucht. Und hatte erzählt, er wär mit seinem Bruder da, aber sein Bruder hätt ihn da stehen lassen, und der wollte sich unbedingt anfreunden mit Darryl und seinen Jungs.

»War ja zuerst bloß'n Spiel«, berichtete Darryl. »Na ja – so schubsen eben und so.«

Aber als er trotzdem hinterherlief – und auch jedes Mal zu quieken anfing, wenn sie jemanden beobachteten –, hatten sie ihn eben verdroschen und niedergeschlagen. Norris hatte ihm sogar noch einen Felsbrocken an den Kopf geschmissen. Aber der Bekloppte kam immer noch hinterher. Der rannte ihnen nach und brüllte, sie hätten ihm wehgetan. Und brüllte immer lauter. Und als sie ihn dann zusammengeschlagen haben, damit er endlich ruhig ist, da hat er so gellend geschrien, dass ihnen die nackte Angst in die Brust gefahren ist.

»Ich trainier ja immer mit'm Messer«, sagte Darryl. »Man muss das nämlich ganz schnell raus ham, wenn einer ei'm was tun will.« Socrates nickte. Auch er trainierte weiter.

»Ich weiß auch nich, wie das plötzlich in meine Hand gekommen is. Ich wollte den gar nich abstechen.«

»Du hast ihn totgemacht?«

Darryl bekam kein Wort heraus, sondern machte den Mund nur auf und nickte.

Sie hatten sich geschworen, niemandem etwas davon zu erzählen. Sie würden jeden umbringen, der es doch tat – das hatten sie sich bei ihrem Blut geschworen und waren nach Hause gegangen.

»Hat'n jemand gefunden?«, fragte Socrates weiter.

»Weiß nich.«

Die rote Spinne tanzte weiter, die Frau in Rot hielt die Arme immer noch verschränkt und verströmte Verachtung für alle Männer – vor allem die beiden Männer hier. Darryl musste aufs Klo. Er bekam das Laufen nach dem üppigen Essen – und, dachte Socrates, nachdem er die Geschichte doch erzählt hatte.

Als er wiederkam, sah er aus wie Asche, auch seine Lippen waren aschfahl. Er sackte auf Socrates' billigen Stuhl zurück – nicht müde, nur träge. Ihm war schlecht, und er fühlte sich von aller Welt verraten.

Eine Zeit lang saßen sie einfach so da. Die Minuten gingen dahin, aber eine Uhr, die sie gezählt hätte, gab es nicht. Socrates hatte im Gefängnis gelernt, ohne Zeitmesser auszukommen.

Er zählte die Zeit, und Darryl saß hoffnungslos daneben.

5.

»Was willst'n jetzt machen, kleiner Bruder?«

»Was?«

»Wie willste das wieder gutmachen?«

»Was'n wieder gutmachen? Der is tot. Ich kann den doch nich wieder herzaubern.«

Socrates sah den Jungen an, und es war nicht zu erkennen, was er dachte. Aber was ihm durch den Kopf ging, war auch egal. Darryl sah weg und ihn dann wieder an. Rutschte auf dem Stuhl hin und her. Leckte sich die ausgetrockneten Lippen. »Was'n?«, fragte er schließlich.

»Du hast'n armen Jungen ermordet, der sich nich wehren konnte. Du hast dein' klein' Bruder umgebracht, und der hat dir nix getan. Der hatte nich mal Geld, an das du nich rangekommen wärst, ohne ihn umzubringen. Das war falsch, Darryl. Du hast etwas Unrechtes getan.«

»So'n Scheiß, woher weißt'n du das?« Darryl schrie das heraus. Er wollte noch mehr sagen, aber Socrates hob eine Hand, nicht gewalttätig, nur um seinen Essensgast auf die Wahrheit hinzuweisen.

Darryl schwieg und hörte zu.

»Ich bin nich dein Wärter, kleiner Bruder. Ich bring dich auch nich in' Knast. Ich unterhalt mich bloß mit dir – ein Schwarzer mit'm andern Schwarzen. Aber wenn du auf mich nich hören willst, dann kann ich nix machen.«

»Dann könnt ich jetzt gehn?«

»Ja, kannste. Ich bin ja nich dein Wärter. Ich will bloß noch hören, wieso das nich falsch gewesen sein soll. Erzähl mir, wieso'n gesunder Junge nich Unrecht tut, wenn er sein' kranken schwarzen Bruder totmacht.«

Darryl starrte Socrates jetzt in die Augen – nicht auf die Hände. »Du machst da nix?«

»Der Junge is jetzt tot. Der Hahn is auch tot. Das kann man nich mehr ändern. Aber du musst rauskriegen, wo du eigentlich stehst.«

»Ich geh jedenfalls in kein' Scheißknast, wenn du das meinst.«

Socrates lächelte. »Klar. Ich nehm dir das auch nich übel. Knast hilft verdammt gar nix. Man soll sich lieber erschießen als in' Knast gehn.«

»Erschießen tu ich mich auch nich. Nee, nee.«

»Nur wenn du kapierst, dass du was Falsches gemacht hast, wird aus dir vielleicht mal'n Mann.«

»Was soll'n das jetzt heißen?«

»Hier is kein Mensch sonst, Darryl. Nur du und ich. Und ich sag dir, es war falsch, dass du den Jungen umgebracht hast. Ich weiß, dass du ihn umgebracht hast. Und ich weiß, dass du nich anders gekonnt hast. Aber es war nich richtig. Und wenn das wahr is und wenn du das selber sagen kannst, dann kannste vielleicht was draus lernen. Vielleicht kannste dann auch morgens mal wieder lachen, manchmal.«

Darryl glotzte die rote Spinne an. Sie rührte sich nicht. Er sagte nichts, sondern saß nur reglos da.

»Wir müssen alle selbst unser Richter werden, kleiner Bruder. Wenn man nämlich nich weiß, wann man was falsch macht, is das eigene Leben kein' Pfifferling wert.« Darryl wartete, solange er es aushielt, dann fragte er: »Ich könnt also gehn?«

»Du hast Billy gegessen. Der Teil is also wohl verdaut.«

»Dann is gar nich falsch, dass ich den umgebracht hab, weil ich den gegessen hab?«

»Falsch war das trotzdem. Und das bleibt auch falsch. Aber du weißt jetzt schon mehr. Du machst keine Hühner mehr tot«, sagte Socrates. Dann lachte er einmal hart und grunzend auf. »Jedenfalls nich in der Gegend hier.«

Darryl stand auf. Er behielt Socrates im Blick, um zu sehen, was der tun würde.

»Kocht deine Mama zu Haus, Darryl?«

»Manchmal. Nich so oft.«

»Dann komm rüber, wann immer du willst, und ich bring dir Kochen bei. Wir essen auch richtig gut.«

»Hm-hm«, antwortete Darryl und trat einen Schritt weg vom Stuhl.

Socrates blieb auf dem Mülleimer sitzen.

Darryl kam bis zur Tür. Er fasste nach dem Drahtgriff, der den lange abgebrochenen Knauf ersetzte. »Wofür ham sie dich'n in' Knast geschickt?«

»Hab'n Mann umgebracht und seine Frau vergewaltigt.«

»Weiß?«

»Nein.«

»Ja, ähm – bis dann.«

»Bis bald, kleiner Bruder.«

»Tut mir Leid – das mit dei'm Huhn.«

»Billy war nich meiner. Hat ner alten Dame gehört, auf der andern Straßenseite.«

»Tja, dann – bis bald.«

»Darryl?«

»Ja?«

»Wenn du Ärger hast, dann komm her. Egal, was es is – du kannst immer hierher kommen.«

6.

Socrates starrte noch auf die Tür, als der Junge längst weg war. Stundenlang. Der Abend senkte sich, die kühle Wüstenluft von Los Angeles kroch herein unter der Tür und durch die Ritzen der Wände seiner kleinen Wohnhütte.

Irgendwo in einer Wand rief eine Grille nach Liebe. Socrates sah hinüber zu der Frau, der die Sonne auf den Kopf schien. Der rote Sonnenhut warf einen brennenden, tiefroten Schatten über ihr Gesicht. Nichts verschaffte ihr Linderung, und trotzdem sah sie herausfordernd-trotzig drein. Socrates versuchte sich zu erinnern, wie Teresa ausgesehen hatte, aber es war zu lange her inzwischen. Alles, was er noch besaß, war dieses Foto – und das war nicht einmal sie auf diesem Bild. Alles, was er noch besaß von ihr, waren Worte, die sie nie ausgesprochen hatte: *Für mich bist du ge-*

storben, Socrates. Tot wie der arme Junge und das arme Mädchen, die du umgebracht hast.

Er überlegte, ob Darryl wohl wiederkam. Er hoffte es.

Durch den türlosen Türrahmen ging Socrates in sein zweites Zimmer. Er legte sich auf die Couch, und kurz bevor er einschlief, fiel ihm ein, dass er allein würde aufwachen müssen.

Der Hahn war ja zwar schon alt gewesen und heiser und sein Krähen kaum lauter als Flüstern.

Aber angestrengt hatte sich der Drecksack immerhin.

Mitternachtssitzung

1.

»Ich find, wir gehn da jetzt rüber und schießen dem ein' in' Kopp.« Right hob die gelähmte linke Hand und gestikulierte hilflos mit dem verkrüppelten Zeigefinger.

»Das könn' wir nich machen, Mann«, greinte Markham Peal. Er griff sich an den Ausschnitt des T-Shirts und zerrte daran herum, bis seine gelbgescheckte Hühnerbrust zum Vorschein kam.

Right Burke und Stony Wile saßen mit dem Rücken an der Wand auf dem Fußboden von Socrates' kleinem Wohnzimmer. Howard Shakur und Markham thronten auf der Couch, die gleichzeitig Socrates' Bett war.

Es war ein Armeleutezimmer. Die Tapete, vor langer Zeit noch rosa, war verblichen zu Einkaufstütenbraun. Die Holzdielen des Fußbodens waren an einigen Stellen verzogen und hatten Spalte. Ein groß gewachsener Mensch konnte die Zimmerdecke mit der Schädeldecke fegen. Und an stürmischen Tagen bekam der offene Heizstrahler den Raum nicht warm.

Fenster gab es nicht. Socrates' einzige Nachbarn waren zwei ausgebrannte Möbelläden und eine fast ausgestorbene Straße.

Während des ersten Jahres hatte Socrates seine Miete an einen H. Price Landers, Esq., gezahlt, der hatte eine Postadresse auf dem Olympic Boulevard. Irgendwann im zweiten Jahr waren die Postanweisungen zurückgekommen mit dem Vermerk »Zurück an Absender/Unbekannt verzogen«. H. Price Landers ist bestimmt gestorben, hatte Socrates gedacht und damit alles, was er besessen hat, wenigstens eine Zeit lang vergessen.

»Wir wissen doch nich mal, ob der das war, Right«, sagte Stony Wile, ein gedrungener Mann, Schiffsschweißer aus St. Louis. »Bis jetzt ham wirs bloß vom Hörensagen.«

»Oh nee, nee!« Howard schüttelte den halslosen Kopf. Er war mit Abstand der Schwerste und Jüngste im Raum. »Meine Kleine lügt nich. Die hat das gesehn, was ich euch erzählt hab. Die hat selbst gesehn, wie Petis mit'm Messer auf LeRoy los is. Das hat sie mir schon erzählt, da hatten die den noch gar nich gefunden. Und wenn die gesehn hat, wie LeRoy ein' verpult kriegt, dann hat die auch gesehn, von wem.«

»Könnt sich aber auch verkuckt ham«, wandte Stone ein. »War ja nachts. Tiefnachts. Und ne Menge Männer ham ne Figur wie Petis.«

»Sie hat gewusst, dass das LeRoy is und dass der tot is. Was soll'n die den einen richtig erkennen und den andern nich?«

»Kann passieren«, sagte Stone.

»Also, wenn die das gesehn hat, dann soll sies doch'n Bullen erzählen. Die sind doch dazu da, Leute zu schnappen, die was falsch gemacht ham. Wir sind jedenfalls nich dafür da.« Markham wrang an seinem T-Shirt herum. Schweiß trat ihm auf die Stirn, obwohl es im Zimmer nicht warm war.

»Ich lass doch meine Süße nich zu'n Bullen latschen. Nee, nee«, schloss Howard. Dazu drehte er seinen dicken Kopf dramatisch auf den Schultern und riss die Augen auf.

Irgendwo ein paar Blocks entfernt feuerte jemand rasch nacheinander vier Schüsse ab. Alle Männer starrten einen Augenblick lang die rosa-braune Tapete an und richteten dann ihre Aufmerksamkeit wieder auf das, was im Zimmer vorging.

»Was sagst'n du, Socco?«, fragte Stony.

Der Gastgeber stand in dem türlosen Türrahmen zwischen Wohnzimmer und Küche. Er hörte zwar zu, was seine Freunde und Nachbarn redeten, fühlte sich aber irgendwie nicht bei der Sache. Was sie über Petis und seine Gewalttat sagten, erinnerte ihn an einen anderen Mann, in einem Knast in Indiana.

»Socrates?«

»Was hältst du'n von dem ganzen Scheiß?«

Socrates rollte die Augen und rieb sie sich mit seinen großen Händen. Dann sah er Howard an. Howard hatte wirklich kaum Hals, aber er war so fett, dass er drei Kinne zum Ausgleich bieten konnte. Howard stand ungern im Mittelpunkt des Interesses. Er glotzte Socrates seinerseits an.

»Was hat'n Winnie noch gesehn?«, fragte Socrates schließlich.

»Was meinst'n?«

»Ich meine, ham die sich geprügelt? Hat LeRoy was gesagt zu Petis? Der sticht doch nich einfach'n Mann ab wegen nix.«

»Ausgeraubt hat er'n, Socco. Das weißte doch.«

»Weiß ich eben nich. Weiß ich bloß, weil du mir das erzählt hast. Hat Winnie gesagt, dass Petis LeRoy ausgeraubt hat?«

»Ja.« Howard verzog seine massigen Schultern und rutschte auf der Couch herum. »Der hat das Messer gezogen und LeRoy am Hemd gepackt und ihm gesagt, er soll sein Geld raustun. Und als LeRoy Nein gesagt hat, da hat der ihm in' Hals gestochen und die Hose ausgezogen, damit er rankommt an seine Kohle.«

»Das hat deine kleine Winnie erzählt? Biste sicher, dass die nich erst gehört hat, wie du und Corina euch unterhalten habt, als ihrs gelesen hattet?«

»Ja. Ganz sicher. Ich sag dir doch, Winnie is als Erstes zu mir gekommen.«

Ein Polizeihubschrauber donnerte über ihren Köpfen. Socrates spürte den Luftzug von den Rotorblättern, der durch die undichten Stellen in Dach und Wänden hereindrang. Der Hubschrauber blieb ein paar Minuten über dem Haus schweben, bevor er abdrehte.

»Die B-b-bullen fliegen auch bloß inner Gegend rum«, sagte Right. »Scheiße. Wenn die öfter mal hier unten auf der Erde wärn, dann könnte so'n Petis vielleicht auch nich so einfach Leute totschlagen wegen' paar Kröten.«

Socrates starrte Howard immer noch an.

»Was'n?«, fragte der. »Was kuckst'n so?«

»Was sollen wir deiner Meinung nach tun, Howard?«, fragte Socrates.

»Ich muss bald los, Jungs«, erklärte Markham. Sein Hemdausschnitt war eine Ruine.

Aber niemand beachtete ihn. Alle sahen Howard an. »Weiß ich doch nich. Winnie is reingekommen und hat erzählt, was sie gesehn hat. Die hat so'n Schiss gehabt, da hab ich gedacht, ich muss irgendwas machen. Na ja, Petis is doch vielleicht auch der, der die ganzen Leute hier inner Gegend umgebracht hat. Also jedenfalls die, die erstochen waren. Ich wollts jedenfalls irgendwem erzählen.«

»Erzähls den Bullen«, schlug Markham vor.

»Ich hab ne Pistole im Nachtschrank, da is schon ne Kerbe mit sei'm Namen auf'm Lauf.« Right Burke war der Älteste – Mitte siebzig. Er war im Zweiten Weltkrieg bei einer kämpfenden Einheit gewesen. Seit einem Schlaganfall 1984 war seine linke Körperhälfte gelähmt. Seit der Zeit wohnte er in Luvias Haus – sie führte eine Art privates Altersheim in der Gegend.

»Vielleicht sollten wir es einfach allen Leuten weitersagen«, sagte Stony. »Vielleicht erledigt sich das dann von allein.«

»Das weiß ich ja, dass so was nix bringt«, erwiderte der an sich hasenfüßige Markham.

Die anderen Männer brummten zustimmend.

»Was meinst'n du, was wir machen sollen«, fragte Right Socrates. »Du kennst doch so Typen wie Petis am besten. Findste auch, wenn wir das überall rumerzählen, hört der auf?«

»Der Dröhnkopp?«, gab Socrates verächtlich zurück. »Nee.«

»Du findst auch, Howard soll Winnie nehmen und zur Polizei gehn?«

Socrates schüttelte den Kopf. »Oh, nein. Petis braucht bloß'n frisch gebackenen Anwalt, der nimmt dem Mädelchen die ganze Aussage aus'nander. Der Kerl kriegt nich mal'n Prozess, wenn die keine wasserdichten Beweise ham. Keine Woche, und der is wieder draußen.«

»Und steht bei mir vor der Tür«, fügte Howard dazu.

»Oder auch nich, Howard«, sagte Socrates. »So Dröhnköppe sind normalerweise nich auf Rache aus. Der is viel zu beschäftigt, wie er an sein nächste Fixe kommt.«

»Na jedenfalls, ich lass nich zu, dass meine Süße das durchmacht. Die kriegt kein Brandmal, bloß wegen so'm Durchgeknallten.«

»Doch umbringen«, sagte Right noch einmal.

Markham furzte.

Stony riss ein Streichholz an und pustete es aus, um den Geruch zu übertönen.

Socrates spürte, wie eng dieses Zimmer war, mit all den Männern. Die siebenundzwanzig Jahre in einem Gefängnis in Indiana hatten ihn zwar auf die Armut vorbereitet, in der er jetzt lebte. Aber ein größeres Zimmer hätte er gern gehabt.

Vielleicht war es Zeit für einen Umzug.

»Is ne schwierige Entscheidung, Jungs«, sagte er. »Wenn das Petis is, der hier Leute umbringt, dann könnt ihr drauf wetten, dass der damit nich aufhört. Der hat jetzt Blut geleckt. Der macht das mit links jetzt. Den kann man nich bequatschen oder warnen oder dem was antun oder'n Bullen ausliefern.«

»Sag ich ja.« Right ließ seine Bemerkung so im Zimmer stehen.

»Das weiß ich nich, Bruder Right«, gab Socrates zurück. »Vielleicht sitzen wir wirklich inner Klemme, aber Tiere sind wir nich – noch nich.«

»Also, du findst, wir sollens auf sich beruhen lassen?«, fragte Right.

Socrates dachte nach über eine Antwort auf Rights Frage. Es war nicht das erste Mal, dass er vor einem solchen Problem stand.

Er hatte an Fitzroy denken müssen, seit Howard und seine Freunde ihn aufgesucht hatten. Als sie von Petis erzählt hatten, hatte er gewusst, was sie wollten. Sie wollten, dass *er* Petis tötete. Er war schließlich derjenige, der schon wegen Doppelmords im Gefängnis gesessen hatte. Er wusste, wie so was geht.

Genau wie Fitzroy.

Der verrückte Fitzroy, der immer beteuerte, er habe einen Mann und eine Frau aller Hautfarben auf der Erde umgebracht. Fitzroy, der jemanden vergewaltigte, bloß um zu zeigen, dass er der Chef war, und der einem die Knochen brach, bloß um sie knacken zu hören.

Der leitende Aufseher hatte ihm Clyde Brown in die Zelle gelegt, als kleine Belohnung, weil Fitzroy die anderen Insassen so schön in Schach hielt.

Clyde war der fähigste Klettermaxe in ganz Indiana gewesen. Als er in den Knast kam, war er selbstsicher und wollte einfach seine Zeit abreißen. Aber Johns, der Aufseher, hatte beschlossen, und niemand wusste, warum, dass seine ureigene Aufgabe darin bestand, Clyde kaputtzumachen.

Fitzroy auch.

Nach zwei Wochen war Clyde nicht wieder zu erkennen, sondern hager und klapperdürr. Blaue Flecken und Blut verunstalteten sein verängstigtes, jungenhaftes Gesicht. Er bekam einen Koller und schrie plötzlich laut los, zu den unmöglichsten Zeiten, ohne jeden Grund.

Fitzroys Zelle war nie verschlossen, und eines Abends ging Clyde flitzen. Socrates sah ihn an seiner Zelle vorbeilaufen, der Junge schlurfte irgendwie. Er weinte auch und sah sich dauernd um, in Todesangst. Und dann kam ein paar Minuten später Fitzroy, lächelnd und mit schnellen Schritten.

Clydes Schrei war wie ein Schnitt durch das ganze Gefängnis und so entsetzlich, dass selbst Socrates das heiße Blut gefror. Und Socrates war kein Engel. Er hatte auch schon Männer fertig gemacht. Aber was Fitzroy trieb, war etwas anderes …

Oder, vielleicht, überlegte er jetzt, Jahre später, in diesem Zimmer mit seinen vier Freunden, war Fitzroy doch nicht so anders gewesen.

Am folgenden Abend hatte Socrates das Schloss seiner Zellentür blockiert. Er hatte eine Blechgabel hineingesteckt, und dank der hatte die Tür geklungen, als ob das Schloss eingeschnappt wäre. Als das Licht in den Zellen ausgegangen war, hatte Socrates die Tür aufgeschoben und war auf den Gang getreten.

Er lief zu Fitzroys Zelle, ohne feste Absicht. Er wusste nur, er musste dem ein Ende setzen, was da ablief. Er wusste nur, er konnte in seiner Zelle nicht leben mit dem, was da hinten im Gang los war.

Clyde klemmte splitternackt zwischen Abort und Wand. Socrates konnte nicht erkennen, ob er sich vor Fitzroy verstecken oder ob Fitzroy wollte, dass er da klemmte.

Fitzroy lag mit nacktem Oberkörper auf seiner Pritsche.

Wäre Socrates' Hirn in diesem Augenblick funktionsfähig gewesen, er hätte gewusst, warum die Männer Angst vor Fitzroy hatten. Der Mann war ein Hüne. Mit Riesenarmen, Riesenbrustkorb und einem Riesenbauch, der aussah wie über ein solides Eichenfass gespannt. Riesig waren auch seine Hände, aber die Hände von Socrates waren noch größer.

Fitzroy hob den Kopf und richtete die schlammgrauen Augen auf den Eindringling. Auf seine ausgefransten Lippen trat ein Lächeln. Sogar die Narben in seinem Gesicht schienen mitzugrinsen.

Plötzlich fiel Socrates etwas ein. *Wenn der auf die Füße kommt, bin ich tot.*

Fitzroy setzte sich gerade auf, da war Socrates schon über ihm. Bevor er einen Ton sagen konnte, schlug er mit beiden Fäusten schnell immer wieder auf ihn ein. Felsbrecher, so wurden seine Hände oft genannt.

Clyde grinste, als er das dumpfe Knacken der Wirbel hörte.

»Ich finde«, Socrates sah dem alten Veteranen Right jetzt in die Augen, »Töten is keine Antwort für zivilisierte Menschen. Ich finde, bloß dass man damit Recht hätte, wäscht ei'm nich das Blut von' Händen.«

Die anderen Männer hörten zu. Stony nickte sogar.

»Also, dann is da nix zu machen, nein?«, fragte Markham.

»Ich dachte, du musst irgendwohin, Markham«, fragte Socrates freundlich zurück.

»Ach, na ja, also ich dachte ...«

»Geh du ruhig, Bruder.« Socrates trat beiseite, um den Weg zur Tür frei zu machen. »Schach könn' wir auch nächste Woche ne Runde spielen.«

»Ja«, sagte Right spöttisch. »Geh ruhig.«

»Na ja, also, meine Frau will ja, dass ich irgendwann nach Hause komme.«

Alle schwiegen, während Markham sich aus dem Polster hievte. Sie sagten kein Wort, während er seinen Sweater überzog und um die Couch herum nachsah, ob ihm auch nichts aus den Taschen gerutscht war.

Markham passierte den Durchgang zur Küche stolpernd. Niemand sagte etwas, niemand rührte sich, um ihm eventuell zu helfen.

Alle blieben stumm, bis sie die Hintertür zuknallen gehört hatten.

2.

»Scheiße«, fing Right an. »Die feige Sau muss unbedingt nach Haus zu seiner Frau. Vielleicht sollt er die lieber herschicken.«

»Weiß ich nich, Mann.« Stony hustete und ließ seine Hand durch die dichten Pfeffer-und-Salz-Haare gleiten. »Markham könnt ja Recht ham. Was könn' wir denn ändern an Junkies und Mördern?«

»Tja«, sagte Socrates. »Zumindest weiß Markham, was er kann – und was nich. Das ist das Einzige, was ich vonnem Mann erwarte: Sag mir, wo du eigentlich stehst. Mehr nich. Du sagst mir, wo du stehst, und ich weiß, wos langgeht.«

Right und Stony stimmten nickend zu. Howard saß einfach da – mit Argwohn und Angst im Blick.

»Langer Rede kurzer Sinn, wir wollen kein', der dem, was getan werden muss, nich gewachsen is«, fuhr Socrates fort.

»Was soll das denn nun sein?«, fragte Howard.

»Was is das größte Problem für'n schwarzen Mann?« Socrates' Frage klang, als strahlte die Antwort aus der Tapete.

»'ne schwarze Frau«, sagte Right. Alle lachten, auch Socrates.

»Die Polizei«, sagte Howard.

Socrates lächelte. »Ja, ja. Gibt immer Zoff auf'er Straße – und zu Hause auch. Aber das is nich das Problem – das eigentliche.«

»Sondern?«, fragte Stony.

»'n Mann sein, das isses. Aufstehen und laut sagen: Ja, das wollen wir, und das lassen wir uns nich gefallen.«

»Wem denn sagen?«, fragte Right. »Den Bullen?«

»Ich halt nix davon, mit so was wie hier zu'n Bullen zu latschen«, antwortete Socrates. »Jeder Schwarze – und wenn er noch so'n Schwein is –, der von' Bullen schikaniert wird, is ne Wunde für uns alle. Wegen'm Bruder zu'n Bullen gehn, das is wie selber um Ketten betteln.«

»Aha.« Stony versuchte stirnrunzelnd zu begreifen, was das hieß. »Mit wem sollen wir'n dann reden? Mit'n Bullen nich – also mit'm Pastor?«

Socrates starrte ins Leere.

»Ich weiß«, sagte Howard.

»Und?«, fragte Stony.

»Er will zu Petis. Mit dem will er reden.« Socrates lächelte wie ein Lehrer, der sich über den Lernerfolg eines Schülers freut.

»Och, nee«, wandte Right ein. »Was soll das denn bringen, mit'm Mörder reden?«

»Er is doch der, auf den wir stinksauer sind«, erwiderte Howard. »Der hat das doch gemacht. So isses doch. So'm Drecksack rückt man auf die Bude, dem erklärt man, du, wir wissen, wer du bist. Dem sagt man, wir lassen uns so Schweinereien nich gefallen. Dem sagt man, was du gesagt hast, Right. Dem macht man klar, er hängt am seidenen Faden.«

»Kommt ihr mit?«, fragte Socrates. Keiner der Männer sagte Nein.

3.

Am nächsten Nachmittag statteten Socrates und seine Freunde Petis einen Besuch ab. Es war die letzte Tür des linken Flügels einer hufeisenförmigen Billigbungalow-Anlage namens Magnolia Terrace. Als sie davor standen, drehte Socrates sich um zu seinen Kumpeln und sagte: »Überlasst mir das Reden.«

Dann klopfte er und wartete.

Und klopfte noch einmal.

Eine Gruppe von sieben kleinen Kindern auf Plastikdreirädern rollte vorbei. Fröhlich quietschend bogen sie ab auf den rissigen Zementweg, um den die vierzehn Bungalows angeordnet waren.

Die Vorstellung, dass Kinder in unmittelbarer Umgebung

eines Drogensüchtigen spielten, machte Socrates noch eiserner entschlossen.

»Wer's da?«, rief eine Stimme hinter der Tür.

»Ich, Petis. Socrates Fortlow.«

»Was wollen Sie, Mann?«, greinte die raue Stimme weiter. »Ich bin am Schlafen.«

»Und ich bin auf Geld aus«, antwortete Socrates. »Geld, an das Sie und ich drankommen könnten.«

Stony trat von einem Fuß auf den anderen. Right rieb sich die Nase mit dem Rücken seiner gelähmten Hand.

Die Tür ging auf, und die Männer hinter Socrates gingen in Kampfposition. Da stand Petis, nur bekleidet mit einem weißen T-Shirt und blauen Boxershorts.

Er hielt den Türgriff in der linken und ein fünfzehn Zentimeter langes Häutemesser in der rechten Hand. Er erlaubte sich einen Augenblick zu lange für seine Entscheidung, die Tür wieder zuzuknallen oder lieber gleich zuzustechen. Und in diesem Augenblick der Unentschiedenheit verpasste Socrates dem jungen Mann einen vollen Haken in den Unterleib.

Die Luft, die ihm dabei aus dem Leib gepresst wurde, roch wie der Atem einer Leiche. Der hoch gewachsene Mann mit der schlaffen Haut taumelte rückwärts und ging zu Boden. Socrates lief ins Zimmer und stieß das Messer weg.

Ein sehr junges Mädchen kam aus einem Wandschrank gestürzt. Sie hatte braune Haut, nackte kleine Brüste und trug eine enge schwarze Strumpfhose. Sie warf Socrates einen Blick zu, als wäre er ihretwegen da.

»Zieh dir was an, Mädchen!«, sagte Socrates. »Und sieh zu, dass du dein' Arsch hier rauskriegst.«

Petis kotzte auf den Fußboden.

»Ich dachte, du hast gesagt, du willst bloß mit ihm reden«, flüsterte Howard Socrates ins Ohr.

»Mach ich auch, Howard. So geht das, wenn man ei'm Wüstling wie Petis klarmachen will, dass er zuhören soll.«

»Kommste von mei'm Daddy?« Die sehr junge Frau hatte inzwischen ein Minikleid über den Kopf gestreift.

Socrates sah sie lange und eindringlich an. »Ja. Ja, ganz recht«, sagte er schließlich. »Und jetzt schaff dein' Arsch nach Haus.«

»Was willst'n mit Petty machen?«

»Bloß mit ihm reden, sonst nix.«

Das schien ihr zu reichen. Sie zerrte eine Umhängetasche aus dem Wandschrank und schritt zwischen den Männern durch zur Tür.

»Abschließen«, sagte Socrates, als sie weg war. Es war dunkel in dem Zimmer, durch die verzogene, kaputte Jalousie schafften es nur ein paar Lichtstrahlen. Petis kotzte nicht mehr, japste aber immer noch nach Luft.

Einer der Männer drückte auf den Lichtschalter. Die nackte Birne in der Fassung über ihnen ging kaum als Licht durch.

Socrates trat einen Schritt von Petis weg und merkte, dass der Boden klebrig war. Er entdeckte eine umgekippte Flasche. Jemand hatte Orangensaft auslaufen lassen und nicht aufgewischt.

Der Raum war nicht größer als Socrates' Wohnzimmer. Die Möblierung bestand aus einem Holzstuhl mit gerader Lehne und einer schmalen, blau-weiß gestreiften Matratze. Socrates zog Petis an einem Arm hoch und bugsierte ihn auf den Stuhl.

Petis war jung, seine Haut dagegen alt; nicht braun, sondern grau, schlaff und pockennarbig. Seine Augen waren dunkel, aber eigentlich farblos.

»Wir wissen, was du getan hast, Petis«, fing Socrates an.

»Was'n?«

Socrates knallte ihm eine, so derb, dass der junge Mann vom Stuhl fiel.

»Setz dich wieder hin, Bengel.«

»Ich …«

»Halt den Mund, Petis. Kein Mensch will hören, was du zu reden hast. Wir sind hier, um dir was zu sagen. Du hast hier nur zuzuhören.«

Petis setzte sich wieder auf den Stuhl und sah sich dabei nach einer Fluchtmöglichkeit um. Als er keine fand, richtete er seine Aufmerksamkeit wieder auf seinen kahlköpfigen Ankläger.

»Wir wissen genau, was du getan hast, Petis. Wir ham'n Zeugen für deinen Mord an LeRoy. Wir ham auch schon' Prozess aufgezogen …« Socrates unterbrach seine Rede und setzte sein bösartigstes Grinsen auf.

Petis rülpste und griff sich mit beiden Händen in die Magengegend.

»Einer wollte dich einfach abknallen. Einer wollte zur Polizei gehn. Ich glaub, wir müssten dich eigentlich wirklich umlegen. Aber wir ham dann schließlich was anderes beschlossen.«

»Was'n?«, fragte Petis leise, aus Angst vor noch einer Ohrfeige.

»Du musst hier weg, Bengel.«

»Wie bitte?«

»Du haust hier ab. Gehst hier weg. Weg aus der ganzen Gegend hier. Du haust hier ab, sonst legen wir dich um.«

»Ich hab doch gar nix gemacht«, sagte Petis.

Socrates schlug wieder zu.

»Hab ich nich!« Petis jaulte jetzt.

Und wieder schlug Socrates zu.

»Um sechs biste hier weg, Petis. Punkt sechs, sonst kommen wir wieder und schneiden dir die Kehle durch, mit dei'm eigenen Schlitzer.« Socrates hob das Messer auf und steckte es sich in den Gürtel.

»Sechs?«

Und noch einmal schlug Socrates zu. »Na? Was hab ich gesagt?«

»Is ja gut, Mann. Is gut. Aber ich muss erst noch meiner Mutter auf Wiedersehn sagen.«

»Ich glaub, du kapierst das nich – wenn ich dich irgendwo sehe, und das is nich in ei'm Bus weit weg von Watts, dann mach ich dich kalt. Ich mach dich kalt. Ich hab zwölf Männer hinter mir, du Fixer. Wir vier hier und noch acht von unserer Gruppe. Wir bringen dich um, wenn wir dich hier erwischen. Und deine Mama wird uns auch nich dran hindern.«

Petis hatte angefangen zu zittern. Socrates stand da und starrte ihn lange an. Er hasste Petis. Hasste ihn.

Schließlich drehte er sich weg. »Los. Gehn wir.«

Sie standen neben Howards Buick auf der Straße gegenüber der Bungalowanlage und warteten. Als Petis herauskam und sie sah, rannte er sofort zurück in seine Wohnung.

Gegen Sonnenuntergang schickte Socrates seine Freunde nach Hause.

»Und was machst du, Socco?«, fragte Right.

»Geh nach Hause zu Luvia, Right. Geht ruhig, alle.«

Kurz vor sieben sah er Petis als flinken Schatten in Richtung Rückseite der Anlage huschen. Aber der Junkie war weg, bevor Socrates reagieren konnte.

Der Bungalow war leer. Socrates konnte nicht erkennen, ob Petis für immer weg war oder nicht, denn es war nicht zu erkennen, was er eventuell mitgenommen oder dagelassen hatte.

Also wartete er die ganze Nacht. Er saß im Dunkeln und grübelte über den armen Clyde. Der Aufseher hatte ihn in eine Anstalt für psychisch gestörte Kriminelle verlegt. Dort saß Clyde jetzt noch, in diesem Augenblick, in dem Socrates hier im Dunkeln saß und das Messer umklammert hielt.

Petis tauchte nicht auf. Über einen Monat lang hörte niemand von ihm. Die einzige Meldung, die schließlich kam, war die von seinem Tod.

Petis hatte sich nach jenem Tag nach Downtown L.A. abgesetzt. Er hatte nichts zum Wohnen, und er hatte Angst zurückzukommen.

Er lebte und bettelte auf den Straßen dort. Er raubte andere aus, die auch auf der Straße lebten, und versuchte es mit Drogendeals – erfolglos.

Eines Tages geriet er in eine Prügelei mit einem Mann, den er für ein Raubopfer hielt. Aber Petis hatte nicht mitgekriegt, wie schwach er inzwischen war. Er erholte sich nie wieder von den Schlägen.

Socrates sah seine Mutter bei der Beerdigung, weinend.

4.

»Vielleicht sollten wir wirklich regelmäßig Gruppensitzungen machen, für Problemfälle wie Petis«, sagte Stony zu Socrates, als sie wieder einmal im South Park Schach spielten. »Hat doch gut geklappt beim ersten Mal.«

»Ich glaub nich, Stony. Nee, glaub ich nich.«

»Wieso'n nich?«

»Wir sind keine Schlägertruppe, Mann. Wir könn' nich so leben. Wir ham getan, was wir tun mussten. Aber ehrlich, ich weiß nich, ob ich den Mumm hätte, das noch mal zu machen.«

Der Dieb

1.

Iula's Grill thronte auf Aluminiumstelzen über dem eingezäunten Gelände einer Autowerkstatt auf der Slauson Avenue. Socrates ging gern dort essen, mindestens einen Dienstag pro Monat, denn dienstags gab es dort Hackbraten und Mustard Greens. Die Werkstatt gehörte Tony LaPort, er hatte Iula das kleine Lokal vor ihrer Heirat verpachtet; für Tony war das ein gutes Arrangement, also lief der Pachtvertrag auch acht Jahre nach ihrer Scheidung weiter.

Tony hatte das Restaurant gebaut, als er verliebt war, und deshalb war es so gut gebaut. Es bestand aus zwei großen gelben Schulbussen, die er an den Längsseiten zusammengeschweißt hatte. Im einen Bus lag die Theke, an der die Gäste saßen, im anderen waren Küche und Vorratsräume untergebracht. Die Treppe mit dem Geländer hoch zum Eingang war auch aus Aluminium. Iula zog sie abends, wenn sie zusperrte, mit einer Elektrowinde von der Straße hoch nach oben. Sie selbst stieg dann durch die Falltür und eine Holzleiter hinunter, ging durch Tonys Werkstatt und durch das Gatter im Zaun und hängte die schweren Vorhängeschlösser, die Tony zum Fernhalten von Dieben benutzte, davor.

Sollten die Schlösser doch mal versagen und einen unternehmungslustigen Dieb *nicht* abhalten, war da noch Tina, mit der würde er sich dann auseinander setzen müssen. Tina war ein zentnerschwerer Mastiff und hasste jedermann auf Erden außer Iula und Tony. Tina saß die ganze Nacht lang mit artig gekreuzten Pfoten hinter dem Gatter, als betete sie, dass irgendein Idiot ihr Gebiss testen kommen möge.

Sie wartete auch an diesem Nachmittag, als Socrates auf die

Aluminiumtreppe zusteuerte. Sie knurrte leise, und Socrates überlegte, ob er eine Chance hätte, der riesigen Hündin die Luftröhre abzudrücken, bevor sie ihm die Kehle rausbeißen konnte. Es war eine müßige Frage; die Sorte Gedanken, die Männer wälzen, wenn sie im Gefängnis sitzen. Im Gefängnis ist Überlebenlernen der einzige echte Zeitvertreib.

Wie viele Arten, einen Menschen umzubringen, gibt es? Was ist gefährlicher – Knarre oder Messer? Wie lange kann man, wenn Polizisten an einem Strand hinter einem her sind, unter Wasser die Luft anhalten? Verzeiht der liebe Gott wirklich alle Sünden?

Die Überlegung, wie man diesen Hund umbringen könnte, war einfach Routine für Socrates. Eine Routine aus siebenundzwanzig von achtundfünfzig Lebensjahren hinter Gittern.

Er stieg die Aluminiumtreppe hinauf und fand die Konstruktion wieder gut. Die Solidität, die das leichte Metall verbreitete, gefiel ihm. Er war glücklich, denn die Mustard Greens dufteten ihm schon entgegen.

Er konnte den Hackbraten beinah schmecken.

2.

»Tür zu da!«, brüllte Iula mit dem Rücken zu Socrates. »Die verdammten Fliegen fressen ein' auf hier drin.«

»Darfst nich so gut kochen, wenns keiner mitkriegen soll.« Socrates knallte das provisorische Fliegengitter zu und ging über den Treppenabsatz in den Bus.

Um halb fünf war das Lokal noch leer. Socrates kam immer früh, weil er gern allein aß.

Er ging zu dem Hocker, der am nächsten an Iula stand, und setzte sich. Melodisches Münzengeklingel kam aus den Taschen seiner Armeejacke.

»Na? Wieder Büchsen gesammelt?« Iula hatte sich umgedreht,

um sich ihrem Gast zu widmen. Sie hatte ein bernsteingelbes Gesicht mit vielen dunklen Sommersprossen, vor allem um die Nase herum, und breite Hüften und große Brüste. Drei Goldzähne untermalten ihr Lächeln. Und wie sie Socrates anlächelte. Dann stemmte sie eine Faust in die Hüfte und schob die Schürze bogenförmig seitwärts, weshalb sie gleichzeitig ihre Seite der Theke polierte.

Socrates starrte ihre Brüste an. Tony hatte ihm mal erzählt, diese Titten hätten das erste Mal, dass er sie sehen durfte, richtig hoch aufgeragt und die Nippel zu den Seiten weggestanden.

»Ja, I«, antwortete er endlich. »Hab jetzt ne richtige Tour. Hab drei Kneipenleute, die legen die Flaschen und Dosen auf die Seite für mich. Ich brauch bloß zweimal die Woche draußen fegen für die. Hab heut siebzehn Dollar damit gemacht.«

»Und keiner von' jungen Bengels hier hat versucht, Ihn' die Flaschen abzunehmen, Mr. Fortlow?«

»Nee.'n Bandenstrolch geniert sich doch, mit Pfandflaschen in' Laden zu gehn. Na, und solange ich meine schwarzen Jeans und die Khakisachen anhab, trag ich ja auch keine Fahne vor mir her, die so Jungbullen aufreizt. Wenn man die zu nehmen weiß, lassen die ein' in Ruhe.«

»Mir egal, wie Sie das sehn«, gab Iula zurück. »Ich könnt kotzen über diese Bengels mit dem Rap-Scheiß, den die dauernd spielen, und den ganzen Knarren und Drogen.«

»Hab schon schlimmere erlebt«, sagte Socrates. »Die drei Männer nämlich, die wohn' inner Seitenstraße vonner Crenshaw Avenue, die fallen mich doch glatt an, als ich grad den Pfand gekriegt hab.«

»Ehrlich?«

»Hm-hm. Die Idioten ham gedacht, mit mir könn'ses ja machen.« Socrates hielt ihr seine große schwarze Hand entgegen. Die Finger hatten das Format von riesigen Zigarren. Zur Faust geballt, stachen die Knöchel aus der Hand wie tödliche Haifischfinnen.

Iula war beeindruckt. »Ham die Ihn' was getan?«

Socrates sah an seinem linken Unterarm lang. Kurz vor dem Handgelenk prangten eine genähte Platzwunde und eine dunkle Stelle.

»Was' das denn?«, schrie Iula auf.

»Ein so'n Idiot hatte ne Scherbe vonner Flasche. Hah! Aber der versucht so schnell nich wieder, an mir rumzuritzen.«

»Isser durch die Haut gekommen?«

»Nich sehr tief.«

»Warn Sie beim Arzt, Mr. Fortlow?«

»Nee. Bin nach Haus und habs selber sauber gemacht. Und dann hab ich meine verdammte Jacke geflickt. Ich hab dem Bengel'n Arm gebrochen, dafür dass der mir meine Jacke zerfetzt hat.«

»Gehn Sie lieber mal schnell ins Krankenhaus damit«, sagte Iula. »So was kann sich entzünden.«

»Ich habs gründlich sauber gemacht.«

»Und wenns Wundstarrkrampf gibt?«

»Bei mir nich. Im Zuchthaus kriegt man jedes Jahr so ne Tetanusbombe verpasst. Also, im Knast holt man sich vielleicht'n Wutstarrkrampf, aber kein' Wundstarrkrampf.«

Lachend legte Socrates die Arme auf die Theke. Dann räusperte er sich und erwiderte Iulas musternden Blick. Hinter Iula lag die Küche mit dem großen Grill. Auf dem Herd daneben köchelten riesige Töpfe mit Rinderbrühe, Tomatensuppe, Rippchen, Hühnerragout und Mustard Greens. Der Hackbraten, wusste Socrates aus Erfahrung, ruhte in einer Bratenform in der Warmhaltekammer über dem Herd.

Es war heiß in Iulas Lokal. Und noch heißer unter ihrem Blick.

Sie legte Socrates eine Hand auf den Arm.

»Sie sollen nich draußen rumlaufen und Pfandflaschen sammeln, Mr. Fortlow.« Ihre Stimme war rau wie eine kratzige Wolldecke.

»Muss ja essen. Und Arbeit wächst nun mal nich auf Bäumen, I. Und ich bin ziemlich jähzornig. Eines Tages dreh ich mich womöglich einfach um und hau so'm Bonzen die Nase kaputt.«

Iula legte einen Finger längs über Socrates' Handknöchel. »Sie könn' doch hier arbeiten. Hinter dieser Theke hier is auch Platz für zwei.« Iula fuhr mit dem Kopf herum, um zu unterstreichen, was sie meinte, und entblößte ihren Bernsteinhals dabei. Er war etwas heller als ihr Gesicht.

Eine andere Frau fiel ihm ein, ein Mädchen eigentlich noch, und deren zarter Hals. Diese Frau war durch genau die Hand gestorben, die Iula gerade streichelte. Sie war gestorben, obwohl sie nichts getan hatte, wofür sie auch nur einen Kratzer verdient hätte. Er hatte sie umgebracht, und er wurde von Tag zu Tag ein bisschen trauriger – jeden Tag seit jetzt fünfunddreißig Jahren. Er wurde trauriger, aber sie wurde nicht lebendiger. Sie war tot, und er grübelte noch immer, warum.

»Ich weiß nich«, sagte er plötzlich.

»Was?«

»Ich weiß nich, was ich sagen soll, I.«

»Was gibts da groß zu sagen? Sie könn' ja einfach Ja sagen. Sie ham doch kaum Kröten. Sie brauchen' Job. Und der liebe Gott weiß, ich könnt Sie brauchen.«

»Ich muss mir das überlegen.«

»Überlegen?« Iula wurde wütend. »Überlegen? Ich steh hier und mach Ihn' Angebot, damit Sie aus Ihrm Loch wieder rauskommen. Ich steh hier und biet Ihn' Leben, und Sie müssen überlegen? Kucken Sie sich mal um auf'n Straßen hier, Mr. Fortlow. Da is nich viel mit Wahl. Da gibts auch nich viel zu überlegen.«

Socrates brauchte sich nicht umzukucken, er kannte die zugenagelten Betriebe und Läden und die schwarzen und die braunen Gesichter von Männern und Frauen, die überhaupt nichts hatten. Iulas Lokal und Tonys Werkstatt waren die einzigen Geschäfte, die in diesem Block liefen.

Und er hasste es, Pfandflaschen und -dosen auf die Crenshaw Avenue in *Ralph's Supermarket* zu schleppen. Bis dahin musste er die drei Einkaufswagen, die er mit verbogenen Drahtkleiderbügeln zusammengebunden hatte, kilometerweit hinter sich herzerren. Und wenn er endlich da war, ließen die sich ewig Zeit; er musste draußen warten, während die ihre Kaffeepause hielten und sich Witze erzählten. Dann sahen sie sich jede einzelne Dose genau an. Dabei war das gar nicht nötig. Er wusste, welche sie annahmen und welche nicht. Er kam zweimal die Woche mit seinen Dosen und Flaschen, und kein Mensch hatte je eine Flasche *Kessler's Root Beer* oder *Bubble Up* in seiner Sammlung gefunden. Trotzdem sahen sie jede einzeln an. Und die Mühe, sich seinen Namen zu merken, machten die sich auch nicht. Die sagten einfach »Pop« oder »Alter«. Und ließen ihn warten und kontrollierten hinter ihm her, als wäre er irgendein blödes Vieh.

Aber er nahm es hin. Er nahm es hin um des Halses von diesem jungen Mädchen willen; um der toten Augen ihres Freundes willen. Die jungen Menschen da in *Ralph's Supermarket* waren zwar dumm und arrogant – aber er war ein böser Mensch. So sah er es.

Davon war Socrates überzeugt.

»Na?«, fragte Iula.

»Ich … ich hätt gern' bisschen Hackbraten, Iula. 'n bisschen Hackbraten mit Kartoffelbrei und Mustard Greens.«

Aus tiefster Kehle zischte Iula ihn an: »Verdammtes Aas.«

3.

Socrates fühlte sich schäbig, aber das schmälerte nicht seinen Appetit. Als kleiner Junge hatte er gelernt, dass die nächste Mahlzeit nie ein festes Versprechen war; nur ein Idiot aß nicht, wenn es etwas gab.

Er goss Pfeffersauce über Kartoffelbrei und Hackbraten und verschlang laut schmatzend die Mustard Greens. Als er den Teller leer hatte, sah er hinter die Theke, in der Hoffnung, Iulas Blick zu erwischen. Eigentlich gab Iula Socrates immer einen Nachschlag, lächelnd und mit Komplimenten über seinen gesegneten Appetit.

»Sie essen kräftig und setzen kein' Speck an«, sagte sie dann und sah bewundernd auf seine starken Muskeln.

Jetzt allerdings war sie sauer, weil er ihr einen Korb gegeben hatte. Wozu soll man ein Los kaufen, wenn man weiß, man knackt den Jackpot doch nicht?

»I?«, sagte Socrates.

»Was wollen Sie'n?« Es klang eher trotzig als fragend.

»Nur'n Schlückchen Kaffee, Liebes«, antwortete er. Iula knallte ihm den Becher vor die Nase und schwenkte die Glaskanne beim Einschenken so heftig, dass die Hälfte Kaffee danebenging. Socrates nahm es nicht übel. Er hatte noch Hunger und füllte seinen Becher mit Milch auf, aus den Kännchen, die auf der Theke standen.

Er hatte elf Vierteldollar in der rechten Jackentasche. Zweifünfzig für das Essen und fünfundzwanzig Cents für Iula als Trinkgeld. Das war ein Haufen Geld, wenn man alles in allem achtundsechzig Vierteldollar, vier Zehner, drei Fünfer und acht Einer-Cents besaß. Ein Haufen Geld war das, aber Socrates hatte immer noch Hunger – und der Hackbraten duftete appetitlicher denn je.

Iula tat Salbei an ihren Hackbraten. Und selber machen konnte Socrates Hackbraten nicht. Er hatte zu Hause nur eine Kochplatte, und man kann keinen Hackbraten auf einer Kochplatte machen.

»Iula!«

Socrates drehte sich um und sah einen dünnen jungen Mann in den Bus treten. Er hatte einen elektrischblauen Trainingsanzug mit Reißverschluss bis zum Hals zugezogen am Körper und ein gelbes Band um die Stirn.

»Wilfred.« Iulas Stimme klang immer noch nicht nach Nachschlag.

»Wie gehts, wie stehts?«, fragte der junge Mann.

»Ganz gut, man muss einfach immer nur auf die Hälfte spekulieren.«

»Soso«, sagte er abwesend. »Wo is'n Tony heute?«

»Heut is doch Dienstag, nich?«

»Ja.«

»Na, da hockt Tony immer in der Christ Congregational Church beim Bingo.«

Wilfred nahm am anderen Ende der Theke, fünf Stühle von Socrates entfernt, Platz. Er tauschte einen kurzen Blick mit dem alten Mann – wie Schwarze das so machen. Dann sagte er: »Ich hab heut'n verdammten Riesenhunger mitgebracht, Iula. Muss zwei hohle Beine stopfen.«

»Was darfs'n sein?«, fragte sie vollkommen desinteressiert an dem, was er offenbar dringend erzählen wollte.

»Haste'n Steak inner Truhe?«

»Scheiße.«

Iula hätte am liebsten ausgespuckt, wenn es nicht auf den Boden ihres eigenen Ladens gegangen wäre.

»Schon gut, schon gut. Also, hör zu. Ich nehm ne Portion

Hühnerfrikassee, dann Rippchen und zwei schöne Scheiben Hackbraten, alles auf'm großen Teller.«

»Steht aber so nich auf der Speisekarte.«

»Dann ziehste eben einzeln ab.«

Der Ausdruck in Iulas Augen wechselte von Ärger zu Verblüffung. »Gibt aber nur eine Scheibe Hackbraten pro Portion.«

»Dann ziehste eben zwei Portionen ab, Schätzchen. Ich hab Kohle satt für das Essen hier.«

Iula starrte Wilfred an, bis er einen Stapel Zwanzig-Dollar-Scheine aus der Tasche zog. Er schwenkte ihn vor ihrer Nase herum. »Aber tu mir kein Gemüse zu dem Scheiß. Ich bin nämlich'n arbeitender Mensch – ich brauch Kraftfutter. Ich brauch Fleisch.«

Iula verschwand in der Küche, um Wilfreds Bestellung zu bearbeiten.

Socrates nippte am Kaffee. »Heh, Bruder«, sagte Wilfred. Socrates sah hoch und ihn an.

»Alles in Ordnung?«, bot der junge Mann an.

»Glaub schon, ja.«

»Glaubste?«

»Kommt drauf an.«

»Auf was'n?«

»Was als Nächstes kommt.«

Wilfred grinste, und Socrates sah, dass ihm ein Vorderzahn fehlte.

»Lebst auch bloß von Minute zu Minute, was?«, fragte der junge Mann.

»So ungefähr.«

»So war ich auch mal. Doch, war ich. Das heißt, bis ich mir'n guten Job gegriffen hab.« Wilfred ließ sich, so weit es ging, auf dem Hocker zurücksinken und sah Socrates an, als ob er eine Nachfrage erwartete.

Socrates trank noch einen Schluck Kaffee.

Er dachte an noch eine Portion Hackbraten und die Vierteldollars in seiner Tasche, an Iulas Brustwarzen und das Mädchen, das so lange tot war. Er hatte keinen Kopf für das, was den jungen Mann umtrieb.

Iula kam mit einer Platte übervoll mit Fleisch aus der Küche. Die Platte dampfte und sah aus wie etwas, wovon Socrates in seinen schlimmsten Knastzeiten geträumt hatte.

»Stells da hin, Iula.« Wilfred deutete neben Socrates' Platz. Dann stand er von seinem auf und setzte sich vor den Riesenteller.

Er war hoch gewachsen und um die Mitte zwanzig. Er musste sich morgens rasiert haben, er hatte noch Schnittwunden an Kinn und Hals. Seine Kleidung war weit, und Socrates fragte sich, warum. Wilfred war schlank und gut gebaut. Und er kam ganz offensichtlich aus dem schwarzen Kiez – Socrates erkannte es an dem Hunger, den Wilfred seinem Essen entgegenbrachte.

»Wie heißt'n du, Mann?«, fragte er.

»Socrates.«

»Socrates? Wo kriegt man denn so'n Namen her?«

»Ich bin vom Land, wir waren arm. Meine Mutter hat sich keine Schule leisten können für mich, da hat sie eben gedacht, wenn sie mir'n Namen von jemand Schlauem gibt, dann werd ich vielleicht auch schlau.«

»Wusst ich doch, dass das'n Berühmter is. Siehste«, sagte Wilfred stolzgeschwellt. »Bin ja nich blöd. Weiß auch manchen Scheiß. Habs nämlich hier oben. Ich heiß Wilfred.«

Socrates sog den Duft von Wilfreds Teller tief ein. Er hatte immer noch Hunger – er war für jeden Dollar, den er heute gemacht hatte, fast einen Kilometer gelaufen.

Sein Magen knurrte wie ein wütender Hund.

»Was isst'n du, Socco?«, fragte Wilfred, brüllte aber, bevor

Socrates antworten konnte, Iula an: »Was isst'n mein Bruder hier? Bring ihm, was er immer nimmt. Zahl ich auch.«

Iula lud Socrates den Teller zum zweiten Mal voll, und Wilfred nahm ein Rippchen und lutschte das Fleisch vom Knochen. Dann grinste er. »So kochen kann auch nur ne schwarze Frau.«

Socrates wusste nicht, ob das stimmte, er sah nur glücklich auf den Teller, den Iula ihm hinstellte.

4.

Socrates nahm die Gabel nicht gleich in die Hand. Zuerst sah er seinen jungen Wohltäter an und sagte: »Danke.«

»Schon gut, Bruder. Hau rein.«

Etwa auf der Hälfte der zweiten Portion ließ Socrates' Hunger ein bisschen nach. Wilfred hatte sämtliche vier Portionen weggefegt und schob jetzt seinen Riesenteller zur Seite. »Haste auch Yams da?«, rief er Iula zu.

»Ja.« Iula hatte sich in ihrer Küche auf einen Stuhl gesetzt, um eine zu rauchen, bevor der Laden voll werden würde.

»Bring uns'n Teller, mir und mei'm Freund hier.«

Iula kam mit einem Teller voll Yams, sagte aber kein Wort zu Socrates. Er machte sich nichts aus ihrem Schweigen.

Er kam extra dienstags, wenn Tony weg war, weil er Iula gern haben wollte – als Freundin, für ein paar Nächte im Bett oder vielleicht auch mehr, vielleicht. Seit vor dem Knast hatte er keine Frau mehr angefasst.

Und jetzt hatte er Angst vor dem, was seine Hände konnten.

Iula schmollte, aber Iula wusste ja auch nicht, wie sehr er Angst hatte, sie auch nur zu begehren. Iula wollte einen Mann, der hier oben auf den Stelzen bei ihr war und die Kisten Bratfett hochschleppte, die sie nicht mal von der Stelle bekam. Sie wollte einen Mann, der sich zu ihr setzte, in die aus den Herden strömende

Hitze. Wenn er zu ihr hier hochzog, würde er wahrscheinlich doch bald fett werden.

»Was denkst du'n grad, Bruder?«, fragte Wilfred.

»Dass nix umsonst is.«

»Tja … manchmal vielleicht doch.«

»Vielleicht«, sagte Socrates. »Glaub ich aber nich.« Wilfred grinste.

»Was für'n Job hast'n, Wilfred?«

»Bin selbstständig. Geschäftsmann.«

»Ach, ja? Und was für'n Geschäft?«

Jetzt lächelte Wilfred und strengte sich an, schlitzohrig auszusehen. »Was glaubst'n?«

»Ich würd sagen Dieb.« Socrates spießte eine scharfe Yamswurzel auf und schob sie sich in den Mund.

Wilfred lächelte noch breiter, aber seine Augen wurden kalt. »Haste was gegen' Mann, der sich um sein' Lebensunterhalt kümmert?«

»Kommt drauf an.«

»Und auf was?«

»Obs falsch is oder nicht.«

»Klauen is Klauen, Mann. Is immer dasselbe – du hast was, und ich nehms dir ab.«

»Wenn du meinst.«

»Ja, mein ich«, sagte Wilfred. »Klauen is korrekt für den, der nimmt, und falsch für den, der abgenommen kriegt. So einfach is das.«

Socrates beschloss, dass er Wilfred nicht mochte. Aber er hatte jetzt einen wohlgefüllten Magen und war in Spiellaune. »Wenn einer'n Brot klaut, weil er kurz vorm Verhungern is«, hielt er dagegen, »dann is das falsch für niemand. Das is einfach vernünftig.«

»Da haste Recht«, räumte Wilfred ein. »Aber was is'n mit Hunger auf Lebeschön? Auf ne gute Wohnung mit ner Badewanne, nich bloß mit ner Dusche? Was'n mit guten Schuhen und mit Socken, wo nich gleich der Zeh durchkommt, wenn du die zweimal angehabt hast?«

»Kommt drauf an.«

»Auf was'n jetzt wieder? Wenn ich was will, dann kommts auf gar nix an, verdammt noch mal.« Wilfred lächelte nicht mehr.

»Möglich. Ich meine, beim Wollen selbst kommts vielleicht auf gar nix an. Aber wie man dran kommt, da schon.«

»Was meinst'n damit?«

»Na, sagen wir, da is'n Laden, der verkauft Lebeschön, wo du so'n Hunger drauf hast. Die ham das da in Kartons. Und du gehst da hin und klaust das. Tja, ich würd sagen, is in Ordnung. Das heißt, der Typ, der Lebeschön hat, muss es dir geben. Das is klasse.«

»So ne Scheiße«, konterte Wilfred. »Wenn die da Lebeschön in Kartons haben, dann klemm ich doch'n paar hundert davon. Und dann stell ich mich hier auf die Adams Street und verkauf die zum halben Preis.«

»Ja, ja. Bloß, die ham das nich in Kartons, hm?«

»Worauf willst'n raus, Mann?« Wilfred riss allmählich der Geduldsfaden. Der nette Wohltäter, dachte Socrates, war er nur, solange er einem anderen Menschen nicht in die Augen sehen musste.

»Ich will damit bloß sagen, das Lebeschön, das du da angeblich klaust, das kommt aus'm Haus von dei'm eigenen Bruder. Du beklaust entweder jemand wie mich, oder du klaust in'm Laden, wo ich meine Geschäfte erledige. Und jedes Mal, wenn ich in so'n Laden komme, zahl ich für die Überwachungskameras und die Wachschutzkerle und den ganzen Versicherungskram, den die da zahlen müssen, weil die Leute so viel klauen. Die erhöhn nämlich die Preise so, dass kein Arsch die mehr bezahlen kann, und dann noch'n bisschen drauf, und am Ende zahlen wir für das, was du geklaut hast.«

Socrates befürchtete, dass Wilfred durchdrehen würde. Er rechnete fest damit, dass der junge Mann gleich eine Knarre ziehen würde. Aber eine Knarre, in dieser Gegend, das machte ihm keine Sorgen. Er war stärker als Wilfred, und er hatte im Gefängnis gelernt, dass ein starker Arm leicht gegen eine Knarre ankommt.

Wilfred drehte nicht durch. Er lachte fröhlich. Er tätschelte Socrates die Schulter und fühlte die kräftigen Muskeln. »Hast ne spitze Zunge, Bruder. Klingst so gut wie'n Pastor oder'n Bulle, wenn so'n Gerede anliegt.«

Wilfred stand auf. Socrates schwang auf dem Hocker herum und war auf eine Prügelei gefasst.

Iula hatte die Spannung mitgekriegt und kam mit der Zigarette im Mundwinkel aus der Küche.

Wilfred riss den Trainingsanzug auf und stieg aus der albernen Hose. Ein Tweedanzug mit einer braunen Wildweste kam darunter zum Vorschein. Die Seidenkrawatte hatte goldene und grüne Wölkchen mit kleinen roten Tupfern dazwischen. Das Hemd war porentief weiß.

»Na, was sagt ihr jetzt?«

Iula brummte und ging zurück in die Küche. Sie fand ihn zu mager, egal, was er anhatte.

»Komm her«, sagte Wilfred zu Socrates. »Kuck mal auf die Straße.«

Socrates ging ans Fenster des ehemaligen Busses, bückte sich und sah hinaus. Auf der Straße parkte ein neuer gelb-brauner ausländischer Wagen, Socrates kannte das Fabrikat nicht, fand aber, dass es ein hübscher Kleinwagen war.

»Das' mein Schlitten«, erklärte Wilfred.

»Und wo fährt der so hin?«

»Wo immer ich will. Meistens in die Einkaufsparadiese oben in West Hollywood, Beverly Hills, Santa Monica und so Ecken. Ich sag ner Freundin, sie soll'n Wagen mieten. Dann staffier ich mich aus so wie jetzt, oben drüber'n Jogginganzug oder so Trödelklamotten, wie du anhast. Und immer'n Hut auf oder'n Stirnband oder so was. Es erkennt ein' nämlich kein Mensch bei ner Gegenüberstellung, wenn man irgendwas auf'm Kopp hatte.«

Auch das hatte Socrates im Knast gelernt.

»Ich greif sie mir auf'm Parkplatz.« Wilfred schnalzte gewaltverliebt und freudig. »Ich drück den' mein Messer anne Gurgel und sag, gleich biste tot. Is mir doch egal, wenn die'n kleinen Ritz abkriegen. Scheiß drauf. Ich hatte mal'n junges Japs-Ding, die hat sich echt eingepisst.«

Wilfred, der junge Beau, wartete auf einen Lacher oder etwas Ähnliches. Als nichts kam, ging er wieder zu seinem Hocker. »Gefällt dir nich«, kommentierte er. »Schade.«

»Is mir scheißegal, was du treibst, mein Junge«, sagte Socrates, setzte sich entspannt wieder zurück und leckte den letzten Rest Sauce vom Löffel. »Ich kann kein' Idioten dran hindern, dass er Scheiße baut.«

»Ich bin kein Idiot. Ich bau auch keine Scheiße. Ich zieh den' die Kohle ab und ritz die'n bisschen an, damit sie'n Doktor rufen, bevor sie die Bullen alarmieren. Und in der Zeit kann ich flitzen und die Niggah-Klamotten wegschmeißen. Wenn die Bullen kommen, sitz ich mit Schlips und Anzug in mei'm Wagen und fahr grad nach Hause. Und falls die mich doch anhalten, kuck ich sie unschuldig an und sag, ich arbeite bei *A&M Records*. Ich erzähl ihn', ich bin der Chef vom Postversand da. Oh nein, Sir – Scheiße bau *ich* nich.«

»Aha.« Socrates tunkte eine Yamswurzel in die Honigbutter auf dem Teller und steckte sie in den Mund. Sie war so ungefähr das Leckerste, was er je gegessen hatte.

»Du Drecksack! Du sitzt hier rum und pöbelst mich an und hast das Maul voll Essen, was ich dir gekauft hab?« Wilfred war verblüfft.

»Du hast mich was gefragt, und ich hab was geantwortet«, sagte Socrates. »Mir is egal, was du machst, mein Junge. Aber das heißt noch lange nich, dass ich das auch gut finde.«

»Was erzählst'n du da, Mann? Ich klau von kei'm Bruder. Ich klau überhaupt nich, wo arme Leute sind. Ich hol mir das Lebeschön bei den', dies ham – genau wie du gesagt hast.«

»Du findst, ich hab Trödelklamotten an, ja, mein Junge?«

»Eh, Mann. Das sollte nix heißen.«

»Doch, sollte es«, beharrte Socrates. »Du findst, ich bin auch Trödel und stinke und hab sowieso keine Gefühle. Das denkst du nämlich. Du kriegst nich mit, dass meine Socken gestopft sind und ich meine Kleider sauber halte. Du kriegst nich mit, dass du auf mir rumtrittst, als wär ich'n Haufen Hundescheiße. Das geht dir am Arsch vorbei. Du putzt dich schnell mal raus wie'n Affe und klaust irgendner armen Frau'n paar Kröten aus'm Portemonnaie. Und dann läufste hier ein, wedelst mit'm Bündel Geldscheine und reißt die Fresse auf. Aber wenn du dein Ding gedreht hast, dann kucken *mich* die Leute an, als wär *ich* Dreck. Vor *mir* ham die Schiss, bloß weil du tust, als wärst du ich, wenn du da draußen Leute ausraubst.«

Wilfred hob gespielt kapitulierend die Hände und lachte. »Das' mir zu hoch, Bruder.« Er sagte das lächelnd, aber er blieb auf der Hut, weil etwas Gewalttätiges aus den Worten des alten Mannes klang. »Viel zu hoch.«

»Du türmst das doch selbst auf. Du beklaust den weißen Mann und schiebst die Schuld auf mich. Du willst doch sein wie die in ihren Klamotten. Du hasst die, aber du ziehst dich genau so an wie die, die du hasst. Du hast doch kein' Schimmer, wer du selber eigentlich bist.«

Socrates musste sich zusammenreißen, um nicht auf Wilfred loszugehen. Er zitterte und bekam wieder Angst vor seinen Händen.

»Ich weiß ganz gut, wer ich bin, Bruder«, sagte Wilfred. »Und ich bin verdammt'n Stück besser als du.«

»Von wegen«, sagte Socrates, und ein Gefühl der Ruhe überkam ihn jetzt. »Das biste nich. Du hast bloß feinen Zwirn an, aber du frisst wie'n Schwein. Und wenn dann die Rechnung kommt, dann bin ich der, der zahlt. Ich und der ganze Rest da draußen.«

»Na schön, bitte!«, schrie Wilfred ihn an. »Aber der Einzige, der hier jetzt bezahlt, bin ich ja wohl. *Ich* hab dir nämlich das Zeug besorgt, das du grad gegessen hast. Und wenn dir das nich passt, dann zahls doch selber.«

Iula kam wieder aus der Küche. Socrates bemerkte den dampfenden Wassertopf, den sie mitbrachte.

»Ich mach noch ganz was andres, mein Junge«, sagte Socrates. »Ich bezahl deine vier Portionen gleich mit.«

»Was?«, riefen Iula und Wilfred gleichzeitig.

»Komplett«, sagte Socrates. »Ich zahl komplett.«

»Du bist ja krank im Kopp, Mann«, sagte Wilfred.

Socrates stand vom Hocker auf, bückte sich und nahm Wilfreds Räuberkostüm vom Boden. »Du zahlst dein Leben lang, Wilfred. Aber die Rechnung hier übernehme ich. Die da draußen, die überlass ich dir.«

Wilfred lachte künstlich auf und nahm Socrates den Trainingsanzug ab. »Und jetzt raus hier«, sagte Socrates.

Einen Augenblick lang schwebte der Tod zwischen den beiden Männern. Wilfred war gewaltverliebt und stolz, und Socrates hatte die Nase voll von gewaltverliebten und stolzen Männern.

»Ich will kein' Ärger hier drin!«, schrie Iula, als sie die Spannung nicht mehr aushielt.

Noch einmal lächelte Wilfred und nickte. »Hast gewonnen, Alter. Aber bekloppt biste.«

»Mach, dass du rauskommst«, sagte Socrates. »Los.«

Wilfred erwog zum letzten Mal zu handeln. Er war wahrscheinlich schneller als der ältere Socrates. Aber der Raum hier war eng, und in engen Räumen hebt Stärke jede Geschwindigkeit auf.

Socrates las das alles in Wilfreds Augen. Schon wieder so ein junger Trottel, dachte er, der glaubt, die Freiheit liegt draußen jenseits der Hintertür im Dunkeln.

Wilfred drehte sich langsam um, ging die Stufe zur Treppe und dann die Treppe selbst hinunter und auf die Straße.

Socrates sah zu, wie der gelb-braune Wagen wegfuhr.

»Du bist wirklich krank, Socrates Fortlow, weißt du das?« Iula stand auf ihrer Seite der Theke vor siebzehn Häufchen zu je vier Vierteldollar-Münzen.

»Man bezahlt, was man gegessen hat, I.«

»Aber wieso denn für den mit? Der hatte doch Geld.«

»Das war bloß gepumpt, I. Und *die* Zinsen sind mir zu hoch.«

»Du bist doch für den nich verantwortlich.«

»Irrtum, Liebes. Für die Sorte Niggah bezahl ich jeden Tag. Genauso wie sein Papa für mich bezahlen musste.«

»Du bist verrückt.«

»Aber auf *meine* Weise, I.«

»Versteh ich nich«, sagte Iula. »Wenn du so ehrlich und aufrichtig bist und wenn du so anpacken kannst – wieso kommste dann nich her und arbeitest für mich? Is das, weil ich ne Frau bin? Weil für ne Frau arbeiteste nich?«

Socrates fühlte sich bestens. Sein Magen war wohlgefüllt. Die Muskeln in seinen Armen fingen an, sich zu entspannen, er musste sich nicht mehr prügeln. Sein Unterarm tat, wo der

Schnitt war, ein bisschen weh, aber – wie der Gefängnisarzt zu sagen pflegte – Schmerz ist ein Symptom für Leben.

Er lachte. »Du bist ne Frau, I – und was für eine. Ich weiß genau, du hast das kochende Wasser meinetwegen rausgeschleppt, um mich vor Wilfred zu schützen. Du bist ein Prachtweib – das bist du, und ab jetzt komm ich jeden Dienstag. Ich komm dich besuchen, und wir unterhalten uns, Momma. Ja. Und du kriegst noch ne Menge mehr zu sehen von mir.«

Er stand auf und gab ihr einen Abschiedskuss auf die Wange. Als seine Lippen auf ihre Haut trafen, kam ein Ton ganz hinten aus Iulas Hals. Dieses zufriedene Summen hörte Socrates einen Monat lang Nacht für Nacht im Traum.

5.

Socrates hatte nur noch ein paar Münzen, vier Zehner, drei Fünfer und acht Einer. Wenn er den Bus nehmen würde, wäre er pleite, und er ging ebenso gern zu Fuß. Auf dem Nachhauseweg überlegte er, sich Arbeit zu suchen. Irgendeinen Job, mit dem man für sein Essen nicht mehr bluten und sterben musste.

Doppelmoral

1.

Der Regen war wie immer in Los Angeles, schnurgerade und heftig. Socrates stellte sich im Glashäuschen einer Bushaltestelle unter. Die Wände waren kaputt, aber das Dach war noch heil. Er stand im trüben Dämmerlicht und wartete auf den RTD-Bus, denn es fröstelte ihn in der Brust, und sieben Kilometer zu Fuß durch den Regen wären womöglich sein letzter Spaziergang geworden. In einem Eingang auf der gegenüberliegenden Straßenseite stand ein Liebespaar. Und die Frau jedenfalls war geschützt durch den kleinen Backsteinvorsprung, der sich über die Tür des eingegangenen Ladens wölbte. Socrates glaubte, dass da früher eine Bäckerei gewesen war, denn es gab noch ein ausgeblichenes Schild mit fahlen blau-weißen Karos; außer den Buchstaben HEL war nichts mehr übrig von dem Wort, das mal auf blauem Untergrund gestanden hatte.

Eine Bäckerei, überlegte Socrates. Und sah vor seinem geistigen Auge die schwarzen Männer und Frauen, die nachts um drei aufstanden und denselben Bus wie er nahmen, um pünktlich um halb fünf da zu sein. Fast konnte er den Schlaf in ihren Augen spüren, das steife Gähnen, das statt des eigentlich gemeinten »Guten Morgen« herauskam, das Frösteln in den Gliedern beim Abdecken der Teigmaschinen und den bitteren Geschmack von Kaffee ganz hinten auf der Zungenwurzel. Ein Ablauf, so regelmäßig wie die blauen und weißen Karos da. Jedes ein vollkommenes kleines Viereck, jedes exakt so groß wie das davor – und das danach.

Bestimmt waren auch auf dem Lohnstreifen blaue und weiße Karos, dachte Socrates. Und man verdiente, alles in allem, gut in einer Bäckerei, denn Bäcker hatten einen langen Arbeitstag und eine lange Arbeitswoche. Er bekam ein glückliches Gefühl, wenn er an diese Schwarzen dachte, denen es gut ging. Hart arbeitende Menschen, die harte Dollars nach Hause brachten, den Bus zurück nach Hause auf der Central Avenue nahmen und ihre Kinder zur Schule schickten.

Er lächelte und sah wieder hinüber zu dem Liebespaar, das sich im Eingang des zugenagelten Ladens ineinander verknotet hatte.

Der Mann war massig, beinah fett. Sein ungeschützter Rücken war klitschnass von den Regenkaskaden, die von dem Vorsprung liefen. Aber das machte ihm überhaupt nichts aus. Er bog sich hinunter, hielt die kleine Frau gegen die Tür gedrückt und küsste und fummelte an ihr herum. Sie hatte beide Hände um seinen mächtigen Hals geklammert und zog sich immer wieder, in den kurzen Pausen, in denen er locker ließ und sie ansah, hoch zu seinen Lippen. Der gewalttätige, rhythmuslose Regen begleitete ihre Leidenschaft. Ihre Münder gierten, und ihre Hände schnappten wie die von blinden Bettlern, die eine fallen gelassene Münze aufklauben.

»Ralphie!«, rief sie.

Socrates hörte es kaum durch den prasselnden Regen.

Plötzlich richtete Ralphie sich wieder auf und riss sie so mit hoch, dass sie ihm die Beine um die Taille schlingen konnte. Sie hatte einen kurzen Rock an und nackte Beine. Ob sie Unterwäsche trug, konnte Socrates nicht erkennen.

Jetzt legte die junge Frau Ralphie den Kopf auf die Schulter und flüsterte ihm etwas ins Ohr.

Und irgendwie passte das alles gut zusammen. Der Regen, der eingegangene Laden, das Liebespaar auf der menschenleeren Straße im schwindenden Licht. Er wandte sich ab, um ihnen wenigstens ein bisschen Intimität zu lassen, und sah einen Bus die Avenue entlangkommen. Er spähte angestrengt und hoffte, dass es seiner war – dass er also bald zu Hause war.

2.

»Ralphie! Ralphie!«, schrie die junge Frau plötzlich wieder. Socrates starrte noch angestrengter auf den Bus.

»Ralphie! Der Bus, Liebster!«, rief sie jetzt.

Das Liebespaar kam pfützenpatschend und quiekend wegen des kalten Regens über die Straße gelaufen.

Im Wartehäuschen schob die Frau sich den Rock wieder zurecht und warf ihre goldmelierten, glatt gezogenen Haare nach hinten. Ihr und Socrates' Blick kreuzten sich, aber sie sah ihn nicht wirklich an. Auch ihr Lächeln galt nicht ihm. Socrates dagegen schwelgte in ihren funkelnden dunklen Augen und der demonstrativen Zufriedenheit, die durch ihren Körper hallte.

Ralphie war damit beschäftigt, seine Erektion nach schräg unten zu drücken, bevor jemand sah, wie sie ihm die Hose ausbeulte. Die Frau streckte die Hand aus, um ihm dabei zu helfen, aber er schob sie weg und warf Socrates einen schüchternen Seitenblick zu.

»86 A, das ist er.« Sie zeigte auf den Bus.

Nicht der, den Socrates brauchte.

»Ach, warte auf den Nächsten, ja?« Ralphies Stimme war gleichzeitig herrisch und flehend.

Der Bus kam ziemlich schnell angebrettert und war nur noch einen halben Block entfernt.

»Ach, komm, Linda«, drängelte Ralphie. »Bleib noch.«

Auch ihre Art, miteinander zu reden, war wie Sex – der bettelnde Ralphie und Linda ... Linda hätts ihm ja gern gegeben, aber sie konnte doch nicht. Sie musste doch diesen Bus nehmen, und deshalb verlegte sie sich auf das Auskosten der süßen Qual, die sie ihrem Kerl zufügte.

»Ich muss los, Ralphie«, sagte sie, kalt wie der Regen. »Wir sehn uns aber Dienstag. Ja?«

Quietschend hielt der Bus am Wartehäuschen.

»Bleib noch«, sagte er und griff ihre Hand.

Die Bustüren öffneten sich, und Linda ging einen Schritt nach hinten und in eine der Türen.

»Na los, 'n bisschen schneller«, sagte der Fahrer.

Linda, die schon mit beiden Füßen und vornübergebeugt im Bus stand, versuchte zweimal, ihre Hand aus Ralphies Griff zu ziehen. Sie schrie ihn an. »Lass mich los jetzt, Ralphie!« Wie ein kleines Mädchen, das gerade die Busenfreundin reinzulegen versucht.

Sie hätte es nicht geschafft, den Griff des Riesen zu lockern. Ralphies Hände waren fast so groß wie Socrates' Felsbrecherpranken. Aber plötzlich ließ er sie los. Sie kippte rückwärts in den Bus. Gleich darauf surrten die Türen zu.

»Bis Dienstag dann!«, schrie Ralphie, aber der Bus war schon angefahren.

Der Riese stellte sich auf die Zehenspitzen und versuchte vergeblich, einen letzten Blick von ihr zu erhaschen. Aber der Regen war zu stark, und der Bus zog eine falsche Kurve – er hätte sie nicht einmal bei gutem Wetter noch sehen können.

Ralphie?, überlegte Socrates.

3.

Jetzt aus der Nähe konnte Socrates Ralphies dunkles Gesicht erkennen. Es kam wie eine Wölbung aus dem ovalen Kopf. Einem formvollendeten Eierkopf mit Fischaugen und sinnlichen dicken Lippen, die, wie sich Socrates ausmalte, dank Lindas Geknabber noch geschwollener waren. Der Riese wollte nichts zu tun haben mit Socrates. Eigentlich kein Wunder. Socrates' Khakihosen waren scheckig und ausgeblichen und hatten grobe Stiche auf den Knien, weil er sie gebraucht gekauft und erst mal hatte flicken müssen. Er sah irgendwie daneben aus mit seinem grellen gelbrot geringelten T-Shirt, trotz der Armeejacke darüber. Und oben drauf eine gelb-braune Fischermütze und quer über den Schirm gestickt *Fisherman's Wharf,* und fertig war der Penner – das, was man in den Neunzigerjahren als Leute aus der Gosse bezeichnete.

Socrates unterhielt sich gern mit Leuten, aber er musste sich nicht unbedingt mit Ralphie unterhalten. Der junge Mann interessierte ihn nicht. Er hätte die Sache auf sich beruhen lassen, wäre sein Bus gekommen; hätte es aufgehört zu regnen und hätte er weggehen können von der Haltestelle; hätte Ralphie ihm nur kurz zugenickt oder irgendetwas gesagt, das ihm das Gefühl gegeben hätte, wenigstens als Teil der Gattung Mensch angesehen zu werden. Es hatte Zeiten gegeben, da hätte Socrates jedem, der ihn so übersah wie Ralphie, etwas angetan.

Socrates Fortlow war ein gewalttätiger Mann. Er hatte es nie leicht gehabt und heimgezahlt, was er hatte einstecken müssen. Die Wut, die er im Leibe hatte, hatte ihn ins Gefängnis gebracht, aber die Besserungsanstalten des Staates Indiana waren nicht geeignet gewesen, seinen Zorn zu besänftigen.

Er sah Ralphie direkt in die Augen, er wollte ihm noch eine Chance für zivilisiertes Benehmen einräumen. Aber Ralphie sah darin nicht mehr Respekt, als wenn ein streunender Köter ihn angeguckt hätte.

»Sie ham'n nassen Rücken, Bruder«, sagte Socrates, um klarzumachen, dass er artikulationsfähig war.

Der junge Mann glotzte ihn nur an, schnalzte verächtlich und schüttelte den Kopf. »Pass mal auf, Mann«, er zeigte mit dem Finger auf Socrates, »stehen kannste hier von mir aus, weil, in so'm Regen schickt man auch kein' Hund vor die Tür. Aber anquatschen tuste mich nich, hörste?«

Socrates lächelte.

»Was gibts da zu lachen, Niggah?«

»Och«, trällerte Socrates, »ich finds einfach komisch.«

»Was is hier komisch?« Ralphie trat einen Schritt zurück. Andere Männer hätten sich vor dem massigen Mann gefürchtet, aber Socrates hatte keine Angst.

»Ich weiß nich. Ich meine, Sie komm' hier an und nennen *mich* Niggah, dabei ham Sie grad selber den Niggah gemacht gegenüber Ihrer Frau und Ihren Kindern. Sie komm' hierher und machen mit so'm Teenie rum, und dabei ham Sie ne richtig tolle Frau zu Haus.«

Wenn' Schwarzer weiß werden könnte, dann hätt sich Ralphie in dem Augenblick als US-Präsident bewerben könn', sagte Socrates zwei Wochen später zu Right Burke.

Ralphie quollen die Augen aus dem Kopf, und er geriet einen Moment lang aus dem Gleichgewicht. Er griff nach der Glaswand des Wartehäuschens, um sich festzuhalten, aber die war schon lange herausgeschlagen, sodass der Riese zur Seite taumelte.

Socrates fing ihn auf und half ihm wieder in die Senkrechte.

»Was erzählste da, Mann?« Ralphie schlug die kräftigen Hände weg.

Wieder lächelte Socrates. »Wissen Sie doch ganz genau. Sie sind doch Ralphie McPhee, nich? Klar, sind Sie.«

»Und was für'n Arsch bist du?«, fragte Ralphie.

»Wozu is'n das wichtig? Bis eben hättste nich mal ›buh‹ zu mir gesagt, und jetzt willste gleich mein Freund werden?«

»Du, mach kein' Scheiß mit mir, Alter. Sonst muss ich dir vielleicht'n Bums verpassen.«

»Wenn du mir auch nur einen Bums verpasst, bumste die Kleine jedenfalls nie wieder.« Socrates gab sich, seit er aus dem Gefängnis war, Mühe, nicht allzu zotig zu reden, aber er wusste auch, dass er Ralphie diesen Punkt unmissverständlich klarmachen musste, damit der nicht den Fehler machte, eine Prügelei anzuzetteln.

Es klappte.

Ralphie sah sich Socrates genauer an und entdeckte etwas. Dieses Etwas, das jedes arme Würstchen, das ständig am Rand der Körperverletzung agiert, sofort erkennt, ohne es benennen zu können.

Socrates wusste, was das war – der Anblick fester Entschlossenheit. Socrates war bereit zu allem, und das war beiden klar, ihm und Ralphie.

»Ach, fick dich doch ins Knie.« Ralphie trat noch einen Schritt zurück aus dem Gefahrenbereich. »Fick dich selbst.«

»Klar. Mach ich. Aber eins sag mir mal, Ralphie.« Als er keine Antwort hörte, fuhr Socrates fort: »Wie kommt das eigentlich, dass du dich hier aufführst wie'n Niggah und *mich* nich erkennst?«

Ralphie hörte schweigend zu. Seine Augen wanderten umher auf der Suche nach allen Ärgermöglichkeiten, die sich daraus ergeben könnten, dass ihn jemand gesehen hatte. »Häh?«, gab er geringschätzig zurück.

»Ich hab dich gefragt, wies kommt, dass du dich hier aufführst wie'n Niggah.«

»Was redst'n du da, du Idiot?«

»Ich will wissen, wieso du hier rumhängst und in voller Montur'n Mädel poppst, vor'n Augen vonnem Mann, der zwei Blocks neben dir wohnt. Spucks aus! Ich hab oft mit deiner Frau geredet und mit dei'm klein' Jungen – wie heißt der gleich? Warren.«

Als er den Namen seines Sohnes hörte, bekam Ralphie erst recht Angst. »Eh, Mann! Das geht dich'n Scheißdreck an!«

»Meinste?«

»Kein' Furz. Also halt lieber die Fresse und vergiss, was du dir bloß einbildest. Du weißt nämlich null Komma nix über mich.«

»Och doch, ne Menge«, sagte Socrates. »Ich kenn dich. Von vorne bis hinten.«

»Heh!« Ralphie ruderte mit beiden Händen vor- und seitwärts, als wäre er Brustschwimmer. »Ich hau dir die Scheiße aus'm Leib, wenn du mich weiter anwichst!«

»Fass mich nich an!« Socrates deutete auf den dunklen Zement unter ihren Füßen. »Sonst mach ich dich kalt und lass dich hier tot auf'm Boden liegen.«

Ralphie sah, wie die eine Hand in der Tasche der Khakihose verschwand, er sah den schlammigtrüben Glanz in den Augen des Älteren. Er blieb lieber still bis auf den Schluckauf, den er nicht unterdrücken konnte.

In diesem Augenblick fuhr ein Polizeiauto langsam vorbei. Durch die Scheibe und den Regen musterten zwei weiße Gesichter die beiden schwarzen Männer. Ein Lichtstrahl blitzte auf, jetzt war der Streifenwagen so langsam, dass er fast zum Stehen kam – aber dann fuhr er weiter.

Der Regen, dachte Socrates. *So Jungs werden eben nich gern nass.*

4.

»Also? Antwortest du jetzt auf meine Frage, mein Junge?«

»Was willst du eigentlich, Mann? Willste'n paar Dollar?«

»Ich will wissen, was du gegen deine Frau hast, gegen, ähähm … Angel.«

Socrates sah, dass der Name Ralphie die Schultern geradezu nach unten riss. Der junge Mann sackte zusammen und schüttelte den Kopf. »Ich kenn dich doch überhaupt nich, Mann.«

»Da haste Recht. Du siehst mich nich mal, wenn ich hier neben dir stehe. Du kriegst nich mal'n ›Heh, Bruder, alles in Ordnung?‹ raus. Du siehst *mich* nich, aber *ich* hab *dich* gesehn.«

»Und was willste jetzt?«

Es war nicht so sehr die Frage, es war der Schmerz in Ralphies Stimme, der Socrates kalt erwischte und ausbremste.

Er dachte an die imaginären Bäckereiangestellten, die hier vielleicht auch gestanden hatten. Er dachte an seine Ideen, was er machen würde, wenn sie ihn je wieder aus dem Knast freiließen. Er dachte an die Kälte in seinem Brustkorb und den Umstand, dass die Leitungen in seiner Wohnung nicht stark genug für eine Extra-Heizsonne waren.

Hundert Dinge, die er brauchte, gingen ihm durch den Kopf, aber Ralphie konnte er nirgends finden. Linda vielleicht. Vielleicht ihre nackten Beine um seine Taille. Das vielleicht.

»Was is?«, fragte Ralphie. »Willste weiter hier rumstehen und dir'n Regen ankucken?«

Socrates musterte ihn noch einmal. Der junge Mann hatte eine schwarze Hose und ein weißes Hemd an, bei dem ein ehemals weißes T-Shirt aus dem offenen Kragen guckte. Der Regenmantel war natogrün und vom Regen noch dunkler. Das weiße Hemd besagte, dass er in irgendeinem Laden oder Büro arbeitete.

Ein Mann, der Arbeit hatte.

»Was is?«, fragte Ralphie noch einmal.

Socrates dachte an ein Versprechen, das er mal gegeben hatte. Einen finsteren Entschluss. Er hatte sich selbst geschworen, nie wieder einem anderen Menschen etwas anzutun – es sei denn, es war nötig aus schierer Selbsterhaltung. Er hatte sich geschworen, Gutes zu tun und wieder gutzumachen, sobald er eine Chance dazu sah. Auf diese Weise konnte er vielleicht die bösen Taten lindern, die er in dem langen bösen Leben, das er früher gelebt hatte, begangen hatte.

Der Lärm des Regens füllte die ganze Luft, und Socrates verspürte den Drang, sich die Ohren abzureißen. »Tut mir Leid«, sagte er unvermittelt.

»Was?«

»Tut mir Leid«, wiederholte er. Er versuchte sich daran zu erinnern, wann er sich das letzte Mal entschuldigt hatte. Die Verbrechen in seiner Jugend hatte er bereut, er hatte geflennt wie ein kleines Kind über das Paar, das er geschlachtet hatte. Aber die beiden Menschen waren tot. Bei lebendigen Menschen hatte er sich, soweit er sich erinnern konnte, noch nie entschuldigt.

»Was für'n Scheiß soll'n das jetzt heißen? Tut dir Leid?«

»Ich war einfach sauer, sonst nix«, sagte Socrates. »Sauer, dass du und deine Freundin mich nich gesehn habt. Ja klar, das wars.«

Ralphie war hilflos. Er gab sich Mühe, wütend zu wirken, aber von seinem Gesicht war allein Verwirrtheit abzulesen. Er wusste nicht, ob er reden sollte oder lieber nicht.

»Na ja, also«, fing Socrates an, »ich hab über Angel und Warren gesprochen. Und wie du denen wehtust. Aber darum gings gar nich. Jedenfalls nich nur.«

»Was zum Teufel weißt du denn wohl, was ich meiner Frau und mei'm Sohn antue?«, gab Ralphie zurück.

Hinter Ralphies Schulter sah Socrates den Bus. Er erkannte die hell erleuchteten, großen Frontscheiben. Er kam ihm vor wie der Sweet Chariot, der im Regen loderte.

»Ich wollt Sie nich beleidigen, mein Sohn«, sagte er ganz sanft. »Es war bloß – das is hier nur ne kleine Ecke weg von da, wo Sie wohnen. Und die Straße hier laufen auch Leute lang, die Sie kennen, und wenn die Sie und die Kleine sehn, dann tut das Angel weh, und dafür gibts doch gar kein' Grund, oder?«

Der Bus hielt weit hinter Ralphie an einer roten Ampel.

»Die hat mir nich vorzuschreiben, was ich darf und nicht darf«, sagte Ralphie schließlich.

»Ich auch nich, Ralphie. Ich auch nich. Tun Sie, was Sie nich lassen können, mein Sohn. Ich wollte bloß sagen ...« Socrates hielt inne und überlegte, was er hatte sagen wollen. »Ich finde nur, wir müssen wissen, was wir tun. Linda hat was, was Sie brauchen? Gut. Aber das müssen Sie Angel doch nich unter die Nase reiben. Und mit mir ham Sie genau so was auch gemacht ...«

»Was hab ich'n gemacht?«

»Sie ham durch mich durchgekuckt, Bruder.« Socrates spürte, wie ihm Tränen in die Augen stiegen. »Sie stellen sich einfach da gegenüber hin und lassen sich ein' runterholen von der Kleinen, genau vor mein' Augen, als wär ich ne Art Tier, als würd ich überhaupt nich zählen. Und dann nicken Sie mir nich mal zu …«

Der Bus rollte am Häuschen vor.

Es war der, den beide nehmen mussten.

Die Bremse seufzte, die Tür schwang auf.

Ralphie ging auf sie zu.

Socrates kämpfte an gegen den Drang, Ralphies Arm zu packen und ihn so lange dazubehalten, bis er eine Entschuldigung hörte.

Aber er streckte die Hand nicht aus. Ralphie stieg in den Bus. Die Türen schwangen wieder zu, und er glitt davon auf einem Film aus Wasser, das im Straßenlicht schimmerte.

5.

»Deshalb bin ich krank geworden«, sagte Socrates auf seinem ausklappbaren Sofabett zu Right Burke. Er hatte tagelang mit einer bösen Erkältung flachgelegen, nachdem er die sieben Kilometer zu Fuß durch den Regen gelaufen war. Allein hatte er dagelegen, bis Right Burke, Rentner und Veteran des Zweiten Weltkriegs, vorbeigekommen war, um mal nach ihm zu sehen.

Als er Socrates in der kalten Hütte im Bett fand, war er Aspirin und allerlei Suppen holen gegangen. Er hatte auch Zitronendrops und Apfelschnaps angeschleppt, gegen den Virus.

Die ersten beiden Tage war Socrates so krank, dass er kein Wort mehr als unbedingt nötig herausbekam. Am dritten Tag bedankte er sich bei dem invaliden ehemaligen Sergeant und erzählte ihm die Geschichte mit Ralphie und Linda.

»Versteh ich trotzdem nich, wieso du unbedingt bei dem Regen nach Haus laufen musstest«, sagte Right.

»Ich musst'n doch fahren lassen. Ich musste ihn so lassen, wie er is.«

»Du meinst, du hättst ihm'n Arsch versohlt, wenn ihr beide in den Bus gestiegen wärt?«

»Ja klar. Nee. Ich meine …« Einen Augenblick lang war Socrates hilflos und rang auf der dünnen Matratze nach Luft. »Ich wollte dem doch gar nich helfen. Ich wollte, dass der sich genauso mies fühlt, wie ich mich gefühlt hab. Ich wollte die Kleine. Ich wollte ihm heimzahlen, dass er mich übersehen hat. Und das war falsch. Deshalb bin ich im Regen nach Haus gelaufen.«

»Versteh ich nich«, sagte Right.

Später an diesem Abend legte sich Right zum Schlafen auf den Klappsessel, der Socrates' Gästebett war.

Der wachte vom Schnarchen seines Freundes auf. Im Kopf Ralphie und Linda und Angel, die mit Warren zu Hause saß.

Die Kälte in seiner Brust bröckelte weg. Er würde am Leben bleiben.

»Ich bin kein Niggah«, sagte er zu sich. Und noch einmal sagte er diesen Satz. »Und wenn ich keiner bin, dann bis' du auch keiner«, erklärte er irgendeinem imaginären Freund. »Wir sind Brüder, du und ich.«

Right setzte sich im Bett auf und starrte durch das kleine, unaufgeräumte Zimmer seinen Freund an. »Gehts dir gut?«, fragte er dann.

»Wenns dir gut geht«, antwortete Socrates.

Beide fingen an zu lachen. Und kurz danach brachten die zwei alten Männer mit Apfelschnaps einen Toast aus – auf alle Lindas, die sie gekannt hatten.

Chancengleichheit

1.

Der *Bounty Supermarket* lag kilometerweit entfernt von Socrates' Wohnung, auf dem Venice Boulevard. Er riss staunend die Augen auf, als er über den heißen Asphalt des Parkplatzes auf den Glitzerpalast zuschlenderte. Die Vorderfront bildeten riesige, von Stahlrahmen gehaltene Glasscheiben. Er konnte durch die großen Schaufenster die Schlangen von Kunden drinnen mit ihren Einkaufswagen voller Lebensmittel sehen. Er stellte sich vor, es seien Äpfel und T-Bone-Steaks, Schinkenspeck und die überdimensionalen Cornflakes-Kartons, die es nur in Supermärkten gab.

An den Kassen saßen lauter junge Frauen, manche noch Mädchen. Die meisten waren schwarz. Schwarze Frauen und schwarze Mädchen – beim Geldkassieren, beim Kreuz-und-Quer-Plaudern während der Arbeit; wie sie die abgepackten Lebensmittel über das Computerauge gleiten lassen, klingelnd den Preis eingeben und dazuaddieren, ohne darüber nachdenken zu müssen.

Um die Kassen herum schwarze und braune Jungen beim Vollpacken der Tüten für die Kundschaft.

Socrates ging auf die beiden gläsernen Eingangstüren zu, und die glitten, einen schwermütigen Maschinen-Blues seufzend, auf. Er trat hinein in die gekühlte Luft und spitzte die Ohren; Supermärkte hatten eine ganz eigene Musik. Metallene Einkaufswagen, die durch die Gänge rollen und zusammenstoßen und sich überlagern mit dem dumpfen Aufprall schwerer Kisten. Quiekende und kreischende Kinder. Schritte und zufällige Wortwechsel. Das alles überblendet sich zu einem Murmeln, das den ehemaligen Zuchthausinsassen fast einlullte.

In so einem großen Supermarkt zu sein hatte etwas deutlich Religiöses. Diese hohen Räume, der Überfluss, der Reichtum.

Dutzende Zehn- und Zwanzig-Dollar-Scheine und zwischendrin Kredit- und Scheckkarten wechselten an den Kassen hin und zurück. Mit Gutscheinen zahlten hier nur sehr wenige Kunden. Die echten Zahlungsmittel schienen unerschöpflich. Wie viel Geld hier wohl täglich durch die Kassen lief?

Und was die Leute hier wohl sagen würden, wenn sie wüssten, dass der Mann, der ihnen gerade zusah, siebenundzwanzig harte Zuchthausjahre hinter sich hatte? Socrates lachte bellend und ganz kurz auf. Sie brauchten seinetwegen nichts zu fürchten. Er war kein Dieb. Beziehungsweise, er hatte im Leben nur einmal etwas weggenommen – das Leben.

»Kann ich Ihnen behilflich sein, Sir?«, fragte Anton Crier.

Dass er so hieß, wusste Socrates von dem großen Anstecker auf der Brust: *Anton Crier Stellv. Leiter.* Er trug eine gelb-braune Hose und einen blauen Blazer, und über dem Namensschild war ein Firmenlogo.

»Ich komme wegen eines Angebots«, sagte Socrates. Den ganzen Tag hatte er sich diesen Satz gemerkt, wochenlang hatte er ihn geübt. *Ich komme wegen eines Angebots.* Ein paar Tage lang hatte er *Stellenangebot* eingeübt, aber dann hatte er das *Stelle* gestrichen, weil das vielleicht souveräner klang. Er war auch zu Stony Wile gegangen und hatte ihm erzählt, was er sich zurechtgelegt hatte: »Ich komme wegen ei'm Angebot.« Aber Stony hatte ihm erklärt, er solle »eines Angebots« sagen.

»Nach *wegen* kommt der Wesfall, nich der Wemfall«, hatte Stony ihm beigebracht.

Anton Crier zog zunächst eine Augenbraue hoch und schaltete erst mal auf stur. Schließlich erkundigte er sich: »Um welches Angebot handelt es sich?«

»Das Stellenangebot.« So – jetzt hatte er es *doch* gesagt. Keine Minute, und der weiße Knirps, der eigentlich noch ein Junge war, hatte ihn schon in die Position des Bettlers gebracht.

»Oh.« Jetzt nickte Anton Crier altklug. »Ah, so. Wie alt sind Sie, Sir?«

»Is das nich ungesetzlich?« Socrates war, wie viele Exsträflinge, juristisch geschult.

»Ihre Frage nach mei'm Alter. Die is doch gesetzlich verboten. Niemand darf diskriminiert werden wegen Hautfarbe oder Geschlecht oder Gebrechen oder Alter. So stehts im Gesetz.«

»Äh, ja. Ja, selbstverständlich. Das Gesetz ist mir bekannt. Ich habe Sie auch keineswegs diskriminiert. Nur, wir haben derzeit keine offenen Stellen. Aber kommen Sie gern im Herbst wieder, wenn die Jugendlichen wieder zur Schule müssen.« Anton Crier drehte sich zur Seite, weil er Socrates eigentlich stehen lassen wollte.

»Moment mal.« Socrates ballte locker die Fäuste und nahm eine Art lässige Boxerposition ein.

Anton sah ihn an und wartete.

»Ich bin hier wegen eines Angebots«, fing Socrates noch einmal an.

»Aber ich sagte Ihnen doch …«

»Ich weiß, was Sie gesagt ham. Aber vorher ham Sie sich erst mal angekuckt, was ich anhab und dass mein Kopf kahl is. Und dabei ham Ihre Augen was gesagt, nämlich: Das is bloß wieder so'n alter Penner, was will der denn hier? Wir ham doch noch gar nich die Uhrzeit, wo man Pfandflaschen zurückgeben kann.«

»Ich habe nichts dergleichen …«

»Is auch egal«, fiel Socrates ihm ins Wort. Er wusste nur zu gut, dass man Weiße in amtlichen Anzügen lieber gar nicht erst ausreden ließ. »Sie müssen mir erlauben, mich zu bewerben. Das steht auch im Gesetz.«

»Warten Sie hier.« Der junge Crier machte kehrt und stapfte Richtung Bürobox davon; die lag etwas erhöht und bot einen Blick auf die gesamte Reihe Kassen.

Socrates sah ihm nach. Das taten auch die Kassiererinnen und die Tütenpacker. Crier war ihr Chef, und sie wussten genau, wann er schlecht gelaunt war. Sie warfen verstohlene, ängstliche Blicke zu Socrates.

Socrates erwiderte sie. Er überlegte, ob sich auch nur eine all dieser jungen schwarzen Frauen für ihn einsetzen würde. Ob sie sich vorstellen konnten, wie lang für ihn der Weg bis hierher gewesen war?

Mehr als dreißig Kilometer war er unterwegs. In der Nachbarschaft seiner kleinen Hütte gab es weder Supermärkte noch sonst welche Stellen. Und in denen auf der Crenshaw Avenue und dem Washington Boulevard war er als Penner bekannt, der vom Sammeln von alten Flaschen und Dosen lebt.

Die würden ihn nie einstellen.

Socrates hatte seit über siebenunddreißig Jahren keine richtige Arbeitsstelle mehr gehabt. Vor der Sause mit Shep, Fogel und Muriel war er zwei Jahre und einen Monat arbeitslos gewesen.

Um die Häuser waren sie zuerst gezogen. Drei sternhagelvolle junge Menschen. Später bei Shep zu Hause hatte ihm Muriel schöne Augen gemacht. Er hatte mit ihr getanzt, bis Shep dazwischengegangen war. Aber dann war Shep irgendwie eingeschlafen, und als er wieder wach geworden war, hatte er gesehen, wie die beiden sich auf dem Boden gewälzt hatten. Da hatte es dann richtig Keile gegeben.

Socrates hatte Shep wieder zu Boden gedroschen und seine Nummer mit Muriel zu Ende gebracht. Obwohl die sich Sorgen um ihren Kerl machte. Und dann hatte sie zu schreien angefangen und Socrates diesen Stuhl da übergezogen, und Socrates hatte zurückgekeilt.

Erst am nächsten Morgen, als er wieder wach war, hatte er begriffen, dass seine Freunde tot waren.

Danach hatte er siebenundzwanzig Jahre Gefängnis abgesessen. Und jetzt, acht Jahre später und mit achtundfünfzig Jahren, fing er sein Leben noch einmal ganz von vorn an.

Weder eins der Mädchen hier noch Anton Crier waren schon auf der Welt, als Socrates seinen Lebensweg begonnen hatte. Wenn sie Glück hatten, hatten sie gar keine Ahnung davon.

2.

Über der Bürobox hing eine große elektrische Uhr. Der Sekundenzeiger schien sich zurückzulehnen und dann abrupt zuzuschlagen, als zählte er jede einzelne Sekunde wie der Trommler, der den Takt auf einer Sklavengaleere vorgibt.

Durch das Fenster unter der Uhr konnte Socrates den Jungchef sehen. Gerade redete er auf eine ältere weiße Frau ein, die dort saß. Jetzt sah sie nach unten, genau auf Socrates, dann schwang sie im Stuhl herum zu einem Aktenschrank.

Sie zog ein Blatt Papier heraus und hielt es Anton vor die Nase, während sie ihrerseits auf ihn einredete. Anton schnappte ein paar Mal nach dem Formular, aber die Frau ließ es nicht los, sondern redete weiter. Als sie endlich fertig war, nickte Anton, nahm das Formular und lief mit eiligen Schritten aus dem Büro und die Außentreppe hinunter. Danach eilte er an sämtlichen Kassen vorbei und schaffte es, Socrates so lange nicht anzusehen, bis er direkt vor ihm stand.

»Hier.« Er händigte Socrates das Bewerbungsformular aus. Er blieb ständig in Bewegung, und kaum hatte Socrates das Blatt in den Fingern, sauste er davon.

Socrates erwischte ihn im Vorbeihuschen am Ellbogen. »Ham Sie mal'n Stift?«

»Was?«

»Ich brauch'n Stift, wenn ich das ausfüllen soll.«

»Sie … Sie … Sie können es auch schicken.«

»Ich hab nich den ganzen Weg wegen'm Blatt Papier gemacht, junger Mann. Ich bin hier und will mich um eine Stelle bewerben.«

Anton Crier raste zu einer der Kassiererinnen, nahm ihr einen Stift weg und kam zu Socrates zurückgerannt. »Hier.«

»Danke«, sagte Socrates, aber der Jungchef war auf und davon auf dem Rückweg Richtung erhöhtes Büro.

Eine halbe Stunde später stand Socrates vor der Treppe zum Jungchef und dessen Chefin. Er wartete, dass jemand von beiden herunterkam. Sie konnten ihn schließlich durch das Fenster sehen.

Sie wussten ganz genau, dass er da stand.

Und Socrates wartete, den Bewerbungsbogen in der einen, den Stift in der anderen Hand.

Zwanzig Minuten später dachte er darüber nach, ob die gläserne Supermarktfront Ziegelsteinen wohl standhalten würde.

Dreißig Minuten später kam er zu dem Schluss, dass es wahrscheinlich doch einer vollen Gewehrsalve bedurfte.

Neununddreißig Minuten waren vergangen, da kam endlich die Frau – sie hatte kreischend rote Haare – zu ihm herunter. Dahinter Anton Crier als ihr Schatten. Socrates sah dem Gesicht des Knirpses an, wie sauer er war.

»Ja, bitte? Womit kann ich Ihnen helfen?« Halley Grimes hatte ein Knastlächeln – falsch und verlogen.

»Ich hab'n paar Fragen wegen meiner Bewerbung.«

»Es steht alles, was Sie wissen müssen, oben auf dem Formular.«

»Ich hab dazu aber noch Fragen.«

»Wir haben hier zu tun, Sir.« Die Dame lächelte noch breiter, zur Demonstration, dass sie ein großes Herz hatte, sogar für Alte und Verwirrte. »Was möchten Sie denn noch wissen?«

»Hier steht die Frage, ob ich'n Auto hab oder regelmäßig Transport kriegen kann zur Arbeit.«

»Ja?«, strahlte sie jetzt. »Und was genau verstehen Sie da nicht?«

»Ich versteh schon, was da steht, aber ich kapier nich, was das heißen soll.«

Auf Halley Grimes' Gesicht machte sich jetzt selbst ein Ausdruck der Verwirrtheit breit. Socrates sah mit Freude, dass sie ein echtes Gefühl zeigte.

Dann beantwortete er die Frage, die sie gar nicht gestellt hatte: »Also, ich meine, ich hab zwar kein Auto oder regelmäßigen Transport, aber ich kann zur Arbeit den Bus nehmen.«

Die Filialleiterin nahm ihm das Formular ab und suchte nach der Adresse. »Wo ist die Straße denn?«, fragte sie.

»In Watts unten.«

»Das ist doch aber recht weit mit dem Bus, nicht? Es gibt durchaus Läden, die näher dranliegen.«

»Ich könnt aber auch hierher kommen.« Socrates hatte das Gefühl, sein Kopf wollte sich zu irgendeinem Rhythmus bewegen. Dann hörte er es: »Baby Love«, Diana Ross and The Supremes. Ganz leise drang es aus den Lautsprechern. »Ich könnt auch hierher kommen.«

»Nun ja.« Halley Grimes' Laune schien sich zu bessern. »Wir schicken das jetzt ins Personalbüro, und wenn die Zentrale grünes Licht gibt, kommen Sie auf unsere Warteliste. Sobald eine Stelle frei wird, rufen wir an.«

»Wen rufen Sie denn an?«

»Sie. Wir rufen Sie an, sobald eine Stelle frei wird und Sie geeignet sind.«

»Ähm … also, das müssten wir irgendwie anders machen. Ich hab gar kein Telefon.«

»Nun ja, dann.« Sie rang demonstrativ ratlos die Hände.

»Dann wüsste ich auch nicht, was wir für Sie tun können. Im Personalbüro brauchen sie eine Telefonnummer. Damit überprüfen sie auch die angegebene Wohnadresse. Und dann rufen sie an.«

»Woher wollen die denn wissen, dass das wirklich meine Adresse ist? Bloß wegen so'm Telefon, wo die anrufen können? Wärs nich besser, die schicken' Brief?«

»Ich habe wirklich zu tun, Sir. Ich sagte schon, wir brauchen eine Telefonnummer, sonst können wir Ihre Bewerbung gar nicht bearbeiten.« Halley Grimes hielt Socrates das Formular wieder hin. »Ohne die kann ich leider gar nichts tun für Sie.«

Socrates ließ die Hände unten.

Er wollte ihr das Formular nicht abnehmen – schon deshalb nicht, weil er der molligen weißen Frau nicht die Finger brechen wollte. »Tun Sie mir'n Gefallen, schicken Sies mir einfach«, sagte er nur.

»Ich habe Ihnen doch erklärt ...«

»Einfach mit der Post, ja? Schicken Sies mir. Und ich komm dann wieder und frag nach, was die gesagt ham.«

»Nein, das ...«

»Einfach schicken.« Socrates' letzte Bitte hatte einen leisen gewalttätigen Unterton.

Halley Grimes schwenkte ihm das Formular lieber nicht weiter vor der Nase herum. »Na schön. Aber es kommt auf dasselbe heraus.«

3.

Zurück nach Hause mit dem Bus hieß zweimal umsteigen. Und an diesem Tag war Socrates ausgesprochen müde. Das Gerede mit Anton Crier und Halley Grimes hatte ihn ausgelaugt.

Er kochte in einem winzigen Topf auf seiner einen Kochplatte Kartoffeln und Eier, schnitt sie dann im Topf mit zwei Messern klein und gab Senf und süßsaure Remoulade dazu. Nach dem Essen trank er zwei Glas Whiskey und rauchte eine Camel.

Um neun Uhr schlief er schon.

Sein Traum kreischte durch bis zum Morgengrauen.

Es war einer von den realistischen Träumen; nichts Zauberhaftes, kein unerfüllbarer Wunsch. Einfach nur Socrates in einer Dreimal-drei-Meter-Zelle mit dem fluoreszierenden Flackerlicht vom Gang, bei dem er weder schlafen noch lesen konnte, von dem er Kopfschmerzen und brennende Augen bekam.

»Mr. Bennett«, schrie Socrates auf seinem breiten Sofabett im Schlaf auf. Es war so laut, dass eine Maus in der Küche aus dem Kartoffeltopf schoss und auf der Flucht mit dem Schwanz klingelnd an das Blech stieß.

Socrates hörte es im Schlaf. Er drehte sich um, sank aber sofort wieder zurück in den flackernden, schmerzhaften Traum.

»Was willste?«, fragte der Wärter. Er war ein schwarzer Brocken und bösartiger als irgendjemand, den Socrates je gekannt hatte.

»Ich kann nich lesen, ich kann nich schlafen. Das Licht brennt jetzt seit drei Tagen.«

»Pack dir'n Kissen auf'n Kopp«, empfahl der massige schwarze Wärter.

»Dann krieg ich doch keine Luft«, erwiderte Socrates vorsichtig.

»Dann lass es«, gab der Wärter zurück.

Als er weg war, wurde Socrates zum ersten Mal wirklich klar, warum er in diesem Knast eingesperrt war. Er hätte Bennett sofort kaltgemacht, wenn er gekonnt hätte; ihm seine Finger um den fetten Hals gelegt und zugedrückt, bis die Adern schwellen und die Knorpel knacken und aushaken. Er hatte eine solche Wut im Leib, dass er noch jetzt, fünfundzwanzig Jahre später, im Schlaf die Fäuste ballte.

Er war ein Mensch, der sich noch im Schlaf wünschte, schlafen zu können. Und er war voller Wut, mörderischer Wut.

Er fand keine Ruhe, wegen dieses summenden, sirrenden Lichts, und je länger es brannte, desto größer wurde sein Zorn. Und je größer sein Zorn wurde, desto mehr Angst bekam er. Angst, Bennett bei der erstbesten Gelegenheit kaltzumachen.

Der Zorn in diesem Traum hatte sich tagelang angestaut. Das Knirschen von Socrates' Zähnen war in beiden Zimmern zu hören. Schließlich, als er es nicht mehr aushielt, nahm er seinen kleinen Gummiball in die linke Hand und steckte die rechte durch das Gitter. Dann ließ er den Ball in die Rechte gleiten und taxierte das Gewicht in der Handmulde. Er blinzelte das gemeine Licht an und genoss das Gewicht des harten Bällchens. Der Gewaltschub kam aus dem Bauchnabel und wanderte hoch durch Brustkorb und Schultern und von da wieder abwärts in die Finger. Die waren gespannt wie Stahlseile. Der Ball sauste in gerader Linie, die das Licht zerschmetterte und zu Schwärze zerbrach.

Und in der pechschwarzen Nacht hörte er Bennetts Stimme:

»Das war das letzte Licht, das der Staat Indiana dir spendiert hat.«

Morgens wurde Socrates wach und wusste, dass er geschrien hatte. Er konnte die Anspannung in den Halsmuskeln noch fühlen. Er stand auf und dachte über Anton Crier und Halley Grimes nach.

4.

»Du bist *was*?«, fragte Stony Wile. Er hatte beim Aussteigen aus dem Bus auf der Central Avenue plötzlich vor Socrates gestanden und seinen Freund auf ein Bier eingeladen. Sie gingen zu *Moody's* auf der 109th Street.

»Ich bin da hin, fünf Tage hintereinander. Ich bin da jeden Tag hin und hab gefragt, ob sie schon grünes Licht vom Personalbüro gekriegt ham.«

»Und was ham die gesagt?«

»Na, am ersten Tag sagt dieser Bengel, dieser Anton Crier, einfach nein. Da bin ich wieder weg. Am nächsten Tag erzählt er mir, ich soll abhauen. Ich sag, ich will aber seine Chefin sprechen. Und die kommt runter und erzählt mir, sie hat mir schon mal gesagt, ich darf da nich arbeiten, wenn ich kein Telefon hab.«

»Ja und?«, fragte Stony Wile. »Was haste dann gemacht?«

»Ich hab denen gesagt, sie sollen da in ihrer Zentrale anrufen und irgendne Antwort verlangen, ich komm nämlich so lange jeden Tag wieder, bis ich irgendne Antwort krieg.«

Socrates' Stimme klang so endgültig, dass Stony die Augen weit aufriss. »Du machst aber jetzt keine Dummheiten, Socco?«, fragte er.

»Was sollt'n das sein?«

»Die könn' dir sonst was für Scherereien machen, die sperren dich ein wegen Hausfriedensbruch, wenn du da weiter hingehst.«

»Könn' die, vielleicht. Scheiß drauf. Dann kreuzen eben die Bullen hier auf und pusten mir die Birne weg, aber soll ich denen etwa in' Arsch kriechen?«

»Das is doch ganz was andres. Klar muss man einstehen für sein' Stolz und zeigen, dass man' Mann is. Aber ich weiß nich, was das mit der Supermarkt-Sache zu tun hat.«

»Also«, fing Socrates an, »Donnerstag erzählt mir die Grimes, die Zentrale hat'n Fax geschickt, ich bin für die Stelle nich geeignet. Sie sagt auch, sie hat die Bullen angerufen und denen erzählt, dass ich da immer rumlungere und sie belästige. Und erzählt mir, die ham gesagt, wenn ich da noch mal auftauche, dann kommen sie und nehmen *mich* fest. Nehmen mich fest! Bloß weil ich versuche, mein Recht zu kriegen.«

»Das war am vierten Tag?« Stony wollte sicher sein, dass er richtig mitgezählt hatte.

»Hm-hm. War Tag Nummer vier. Ich hab sie gefragt, ob ich das Faxding mal sehn kann, da sagt die, sie hat das gar nich mehr, sie hats schon weggeschmissen. Haste so was schon mal gehört? 'ne weiße Frau inner weißen Firma schmeißt Unterlagen weg?«

Stony hatte früher Schiffe gebaut und arbeitete jetzt noch auf einem Fischerboot bei San Pedro. Ärger hatte er selbst auch oft gehabt, aber gesessen hatte er nie. Er hatte auch nie nachgedacht über die tausenden von Papieren, die er im Lauf seines Lebens unterschrieben hatte, noch sich auch nur gefragt, wohin die eigentlich gingen. »Wieso soll'n die die nich wegschmeißen?«, wollte er wissen.

»Weil die jeden Papierfetzen, den die ham, so lange aufheben, wie der vielleicht wichtig is, in'm Prozess.«

Stony nickte. Das verstand er offenbar.

»Also hab ich selber bei der Zentrale angerufen«, fuhr Socrates fort. »Die is in Torrance.«

»Du lügst.«

»Wieso'n nich? Ich hab mich da um ne Stelle beworben, Stony. Die müssen mir doch'n Bewerbungsgespräch einräumen.«

»Und was ham die gesagt?«

»Dass sie nie von mir gehört ham.«

»Doch, du lügst«, sagte Stony noch einmal.

»Lügen tun Grimes und Crier. Ich bin nämlich heute wieder hin und hab denen das erzählt. Ich hab Crier genau vor der Nase gehabt, als der mir erzählen will, die Grimes is nich da. Ich hab ihm gesagt, sie ham mich angelogen, und ich hab'n Recht, mir ne Stelle zu suchen.«

»Und was sagt der?«

»Schiss hat er gekriegt. Der dacht, ich verdresch'n gleich. Hätt ich vielleicht auch, bloß, da is die Grimes runtergekommen.«

»Die war doch da?«

»Sagt, sie hat Mittagspause gemacht, und jetzt ruft sie die Bullen. Scheiß doch drauf. Ich hab ihr glatt ins Gesicht gesagt, sie is ne Lügnerin. Ich sag, sie hat mich angelogen, und ich hab ein Recht drauf, dass die mich weiterleiten zum Personalbüro.« Socrates zeigte drohend mit dem Finger auf Stony, als hätte der die Arbeitsstelle als Geisel genommen. »Ich hab ihr auch gesagt, Montag komm ich wieder, und dann erwarte ich, dass ich anständig behandelt werde.«

»Tja, das klingt korrekt«, sagte Stony. »Hat die doch nich zu bestimmen, wer sich bewerben darf und wer nich. Anständig und fair muss die sein.«

»Eben«, antwortete Socrates. »Aber die sagt, Montag sind die Bullen auch da. Vielleicht kannste mich Montagabend im Knast besuchen.«

5.

Am Sonnabend rollte Socrates seinen Stoffeinkaufskarren voll Dosen zum *Boys Supermarket* auf dem Adams Boulevard. Dort wartete er drei Stunden lang hinter Calico, einer älteren schwarzen Frau, die dieselben Straßen abgraste wie er, und zwei jüngeren schwarzen Männern, die im Team sammelten.

Calico, DJ und Bernard nutzten die Wartezeit zum Plaudern. DJ war mit fünfzehn aus Oakland nach Los Angeles gekommen und hatte zuerst bei seiner Großmutter gewohnt. Die war aber ein Jahr später gestorben, seitdem lebte er notgedrungen auf der Straße. DJ beschwerte sich nicht. Er erzählte, wie gut das Leben trotzdem war und wie viel er beim Sammeln auf der Straße herausholte.

»Mann«, sagte er, »wär toll, wenn die mich bloß mal *eine* Woche nach Beverly Hills raufließen. Gib mir ne Woche und'n

Transporter, und ich leb'n ganzes Jahr von dem Superschrott, den die da ham. Die schmeißen Zeug weg, das geht noch prima.«

»Woher weißt'n so'n Scheiß, Mann?«, fragte Bernard. »Warste mal oben in Beverly Hills?«

»Ich hatte mal'n Eintagsjob. Hab'm Typ geholfen, die Schlackequader für'n Zaun zu verlegen, auf der Hollandale Street. Da konnt ich sehn, was die wegschmeißen. Hab mir'n tragbaren Fernseher aus ner Mülltonne gezogen, ich schwörs. Der kleine Scheißer kriegt alle Programme.«

»Kabel aber nich, wetten?«, konterte Bernard.

»Doch, auch, wenn ich'n Kabelanschluss gehabt hätte.«

So redeten sie drei Stunden lang. Und Calico schäkerte mit ihnen und kicherte und war selig über die Gesellschaft von jungen Männern.

Socrates dagegen hatte eine Stinkwut.

Warum zum Teufel ließen die ihn stundenlang warten? Was bildeten die sich eigentlich ein in ihrem Supermarkt, dass sie erwachsene Männer und Frauen warten ließen wie kleine Kinder?

Um zwei Uhr stand er auf und ging ohne seine Stoffkarre.

»Heh«, rief Bernard hinter ihm her. »Sollen wir auf deine Tasche aufpassen?«

»Könnt ihr behalten«, rief Socrates zurück. »Ich will das gottverdammte Scheißding nich mehr sehn.«

Hinter ihm stieß Calico einen Freudenschrei aus.

Am Sonntag wetzte Socrates sein Taschenmesser auf seinem Schleifstein. Eine Knarre besaß er nicht. Wenn die Bullen ihn mit einer Knarre erwischten, ging er für den Rest seines Lebens in die Kiste. Ein Messer dagegen, mit einer Klinge von höchstens zehn Zentimetern, war durch kein Gesetz verboten; und mehr als zehn Zentimeter braucht kein Mensch, der mit einem Messer umzugehen versteht.

Socrates schliff sein Messer und wusste eigentlich nicht, warum. Grimes und Crier würden ihm nichts tun, zumindest nichts körperlich Gewaltsames. Und wenn sie tatsächlich die Bullen riefen, nützte ein Messer erst recht nichts. Wenn die auch nur auf den Gedanken kamen, dass er ein Messer an sich hatte, durften sie sogar auf ihn schießen und sich auf Notwehr berufen.

Trotzdem übte Socrates weiter Messer zücken, in die Faust klemmen und Klinge schwingen.

»Hah!«, schrie er.

6.

Er ließ das Messer auf der orangeroten Kiste neben seinem Sofabett liegen, als er sich am nächsten Morgen aufmachte zum *Bounty Supermarket*. Der RTD-Bus kam pünktlich, und das Umsteigen ging jedes Mal zügig.

Fünfundvierzig Minuten später stand er wieder auf dem Parkplatz. Was für ein Riesenkasten, dachte er, aber längst nicht so riesig wie das Zuchthaus, in dem er gesessen hatte.

Ein kluger Mensch hätte kehrtgemacht und es bei einem anderen Supermarkt probiert, das war Socrates klar. Wer sich selbst lächerlich machte, war noch lange kein Held.

Noch keine halb zehn, und noch hatte die Luft einen Hauch morgendlicher Kühle. Der Himmel war perlgrau und der Parkplatz fast leer.

Socrates holte siebenmal tief Luft und zählte, dann ging er, *ohne* ein Messer in der Hand, auf den Eingang zu. Auf dem Weg verwünschte er sich halblaut selbst, weil er keine Frau zu Hause hatte, die ihm sagte, dass er ein Idiot war.

Am Eingang begegnete ihm kein Mensch. Es war auch erst eine Kassiererin im Dienst, die anderen Angestellten liefen durch die Regalgänge und füllten auf oder sortierten.

Socrates ging – wohin sonst hätte er auch gehen sollen – in Richtung Bürobox. Auf halbem Weg sah er Halley Grimes die Treppe herunterkommen. Und die drehte sich, kaum dass sie ihn sah, um und ging oder vielmehr rannte wieder hoch in ihr Büro.

Socrates war sicher, dass sie bei der Polizei anrief. Er wollte weglaufen, aber er konnte nicht. Er konnte einfach nur noch einen Schritt vor den anderen setzen. So wie er es manchmal in der Zelle getan hatte und manchmal noch bei sich zu Hause tat.

Oben an der Tür erschienen zwei Männer, als Socrates am Fuß der Treppe ankam. Pfeffer und Salz, schwarz und weiß. Der ältere war weiß und trug einen bügelfreien gelbbraunen Anzug und eine maronenbraune Krawatte. Der Neger hatte schwarze Jeans, ein schwarzes Sakko und einen weißen Rollkragenpulli an. Seine Haut war sehr hell, aber Nase und Lippen sagten unverkennbar alles.

Die beiden kamen herunter, gefolgt von Halley Grimes und Anton Crier. »Mr. Fortlow?«, fragte der Weiße.

Socrates nickte und sah ihm fest in die Augen.

»Mein Name ist Parker, und das hier ist Mr. Weems.«

»Aha«, sagte Socrates.

Die beiden bildeten einen Schutzwall, hinter dem die Filialleiterin und der stellvertretende Leiter davonhuschten.

»Wir sind von *Bounty*«, erklärte Mr. Weems. »Würden Sie uns einen Augenblick nach oben folgen?«

»Wozu?«, fragte Socrates.

»Wir möchten mit Ihnen reden«, antwortete Parker.

Innen war die Bürobox kleiner, als sie von außen aussah. Zwei gegeneinander stehende überladene Schreibtische nahmen den meisten Platz ein. An drei Seiten boten Fenster das gesamte innere Supermarktpanorama. An der Rückwand hing eine große schwarze Tafel mit Kreidezahlen, den Arbeitszeiten aller hier Beschäftigten. Darunter war eine Safetür.

»Nehmen Sie doch Platz, Mr. Fortlow.« Parker deutete auf einen der beiden Stühle. Er setzte sich auf den anderen und Weems auf einen der Tische.

»Kaffee?«, fragte Parker.

»Was wird'n das hier?«, fragte Socrates zurück.

Parker lächelte. »Wir wüssten gern, was für Probleme Sie mit Ms. Grimes haben. Sie hat Freitag in der Zentrale angerufen und angekündigt, dass sie die Polizei holen will, weil sie Angst vor Ihnen gehabt hat.«

»Ich hab gar kein Problem mit Ms. Grimes oder Mr. Crier oder mit *Bounty*. Ich brauch einfach Arbeit, und ich war hier wegen ner Stelle. Sonst nix.«

»Aber Ms. Grimes hat Ihnen doch erläutert, dass Sie eine Telefonnummer angeben müssen, weil Ihre Bewerbung sonst nicht vollständig ist«, erwiderte Weems.

»So? Bloß weil ich kein Telefon hab, darf ich nich arbeiten? Das is doch vollkommener Quatsch. Wenn ich keine Arbeit hab, kann ich mir kein Telefon leisten. Und wenn ich kein Telefon hab, darf ich nich arbeiten. Da könn' Sie mich ja gleich begraben.«

»*Bounty* kann doch wohl nichts dafür, dass Sie kein Telefon haben.« Parker zeigte weiter ein freundliches Gesicht, aber er klang drohend.

»Ich will bloß eins, mich um ne Stelle bewerben. Ich will bloß eins, Arbeit.« Eigentlich hätte Socrates zuschlagen mögen. Jetzt, auf engem Raum mit zwei Privatbullen, hätte er gern sein Messer dabeigehabt. Aber er redete weiter. »Ich hab niemand bedroht. Ich hab auch mit nix gedroht. Ich bin einfach nur jeden Tag hierhergekommen und hab gefragt, ob Ihr schon grünes Licht gegeben habt. Sonst nix. Da war ja auch die Frage auf dem Formular, ob ich'n Auto hab oder regelmäßigen Transport sonst wie – also, ob ich überhaupt hierherkommen kann. Na ja, also, ich bin ja jetzt jeden Tag hier gewesen, die ganze Woche, spätestens um halb zehn. Ich bin hergekommen und hab gefragt, ob ich schon grünes Licht gekriegt hab. Ich hab nix Unrechtes getan. Und wenn die Frau da Angst hat, dann muss das daran liegen, dass die genau weiß, sie hat sich mir gegenüber nicht richtig verhalten. Ich hab jedenfalls nix gemacht.«

Beide Männer schwiegen zunächst zu Socrates' Beschwerde. Sie sahen ihn nur wortlos an. Ein Maschinensummton kam von irgendwoher, aber Socrates wusste nicht, woher genau. Er konzentrierte sich darauf, seine Hände mit offenen Innenflächen auf den Knien liegen zu lassen.

»Wie kommen Sie eigentlich darauf, hier eine Stelle zu bekommen, wenn Sie jeden Tag aufkreuzen und Ihre eventuellen Vorgesetzten behandeln, als täten die etwas Unrechtes?« Die Frage von Weems klang ehrlich.

»Wenn ich nich immer wieder gekommen wär, hätten die doch meine Bewerbung weggeschmissen. Ham sie ja wahrscheinlich sowieso. Ich bin kein Kind mehr. Ich bin achtundfünfzig Jahre alt. Ich bin arbeitslos und krieg von nirgends Stütze. Ich werd verhungern, wenn ich nich irgendwie an Geld komme. Verstehen Sie, ich musste ja kommen. Ich kann doch nich durchgehen lassen, dass die Leute hier mir erzählen, ich darf mich nich mal bewerben. Wenn ich das tu, kann ich mich gleich ins Grab legen.«

Parker seufzte. Weems kratzte sich zuerst am Kopf und danach an der Nase.

»Hier können Sie jedenfalls nicht arbeiten«, sagte Parker schließlich. »Wenn wir Sie hier reindrücken, dreht Ms. Grimes durch. Die hat wirklich gedacht, Sie kommen zurück und machen hier alles nieder.«

»Ach so? Weil die gedacht hat, ich bin' Mörder, darf ich hier nich arbeiten?« Socrates wusste sowohl, wie ironisch das war, als auch, wie sehr es stimmte. Die Stelle war ihm gerade völlig egal.

Er war einfach glücklich, dass er reden und seine Gefühle zum Ausdruck bringen durfte. Er wusste ja, dass er die Wahrheit sagte und dass diese Männer ihm glaubten.

»Was ist denn mit Rodriguez?«, fragte Weems ohne konkreten Adressaten.

»Wer's das denn?«, fragte Socrates zurück.

»Der ist Leiter einer unserer Filialen auf dem Santa Monica Boulevard«, antwortete Weems.

»Tja, ich weiß nicht«, sagte Parker.

»Doch, klar. Connie Rodriguez.« Weems fing an, die Idee gut zu finden. »Der erzählt doch immer, dass man Leuten eine Chance geben muss. Wir geben *ihm* einfach mal die Chance, das umzusetzen, mit unserem Mr. Fortlow hier.«

Parker biss auf seiner Unterlippe herum, bis die rot anlief. Weems grinste. Socrates hatte den Eindruck, diesem Connie Rodriguez sollte irgendwie ein Streich gespielt werden. Noch zögerte Parker, aber die Idee gefiel auch ihm.

Schließlich griff er unter den Tisch und zog eine Aktentasche hervor. Aus der zog er ein Papier – Socrates' Bewerbungsformular.

»Da wäre nur noch eine Frage«, sagte er.

7.

»Was wollt er'n wissen?«, fragte Stony Wile. Sie saßen alle in Iulas Lokal – auch Right Burke und Markham Peal und Howard Shakur. Iula hatte beschlossen, eine Party für Socrates zu schmeißen, als sie gehört hatte, dass er eine Stelle als Packer beim *Bounty Supermarket* auf dem Santa Monica Boulevard gekriegt hatte. Sie sorgte fürs Essen, seine Freunde für Schnaps.

»Er wollte wissen, wieso ich'n Kästchen leer gelassen hab.«

»Was für'n Kästchen?«

»Das, wo sie wissen wollen, ob man schon in Haft war oder wegen Schwerverbrechen verurteilt.«

»Ach du Scheiße. Was haste gesagt?«

»Dass ich das wohl übersehn hab.«

»Und dann haste gelogen?«

»Na klar. Aber der hat das genau gemerkt. Der war nämlich Bulle, bevor er zu *Bounty* gegangen is. Warn die alle beide. Hat mich bloß gefragt, wenn sie bei mir mal in' Akten nachkucken, ob sie was Schlimmes finden. Und ich hab bloß gesagt, nich nötig, er braucht nirgends nachkucken.«

»Mmm!«, summte Stony kopfschüttelnd. »Das wird wohl ewig über dir hängen bleiben. Ewig.«

Socrates lachte und packte seinen Freund im Genick.

Dann umarmte er Stony und hielt ihn an den Schultern. »Hab schon viel Schlimmeres über mir hängen gehabt, Bruder. Wenigstens krieg ich jetzt'n Lohn, solange ich versuche rauszukriegen, was ich bin.«

Marvane Street

1.

Wasser sickerte unter Socrates' mit Brettern vernagelter Vordertür durch. Der Regen prasselte so stark, dass er Handtücher vor die Ritzen legen musste, von wo aus die kleinen Rinnsale in sein Schlafzimmer zu fließen versuchten. Er lauschte hinter dem Regen, der auf das Blechdach trommelte, her und war glücklich, heute nicht aufstehen und zur Arbeit gehen zu müssen. Er hob die Teppichflicken vom Boden und wechselte die Handtücher alle ein, zwei Stunden. Die Couch, auf der er schlief, stand auf Holzblöcken, und auch der Küchenboden war dank der ausgetretenen Linoleumfliesen etwas erhöht; um die Küche unter Wasser zu setzen, hätte es schon eines Wolkenbruchs bedurft.

Einen Augenblick lang klang der Regen, als ob er noch heftiger würde – das Wasser rauschte in Kaskaden das Abflussrohr hinunter und krachte auf die alte Tonne jenseits der Wand. Dann hörte das Geräusch auf. Vielleicht nur eine Bö. Aber Socrates hatte keinen Wind gehört. Dann war es wieder da. Es klang nicht ganz wie Wasser auf der Tonne. Dafür war es ein bisschen zu hart.

Noch zweimal kam dieses Geräusch, bevor Socrates klar wurde, dass es an seiner Hintertür, der einzig funktionierenden Tür, klopfte.

Er bekam schon bei schönem Wetter selten Besuch und bei Regen nie.

Der Junge stand da und war tropfnass.

»Tag, Darryl.« Socrates trat zur Seite, damit er hereinkonnte.

»Tag.«

»Was machst'n du bei so'm Regen draußen?«

»Weiß ich auch nich. Nix.«

»Haste Hunger?« Jungen von elf hatten, das war Socrates' Erfahrung, ständig Hunger. Erst recht, wenn sie schwarz waren, erst recht, wenn sie arm waren.

Socrates holte eine große Schüssel Hühnchen-und-Reis-Gumbo aus dem klobigen neuen Kühlschrank und wärmte sie auf dem Campingkocher auf, der mit Butangas funktionierte und den er in Downtown L.A. in einem Army-Surplus-Laden gefunden hatte. Da kaufte er alles, seine Kleidung und seine Schuhe, sein Taschenmesser und sein Geschirr. Er hatte richtig eingekauft, seit er die Arbeit im *Bounty Supermarket* auf dem Santa Monica Boulevard – Packen, Stapeln und Ausliefern von Lebensmitteln – angefangen hatte, und er hatte lauter nützliche Dinge gekauft, die ihm, dem ehemaligen Zuchthäusler, vorkamen wie Luxusgüter.

Jetzt schnitt er eine rohe Zwiebel in Darryls Schüssel und streute über alles gemahlene Sassafras- und Thymianblätter. Dann ließ er Darryl auf dem guten Klappstuhl Platz nehmen und drehte als Sitz für sich den leeren Mülleimer um.

Darryl bibberte, schien es aber nicht zu merken. Er schaufelte sich das Essen mit einem großen Löffel in den Mund und sagte kein Wort, weil der zu beschäftigt war zum Reden. Socrates musste, als er den Jungen so schlingen sah, den Wutanfall niederkämpfen, der ihm die Brust hochkroch. Er hätte den dürren Bengel am liebsten vom Stuhl geprügelt und zugesehen, wie er sich auf dem Boden wälzte. Er hätte Darryl am liebsten an den knochigen Schultern gepackt und gegen die Wand geknallt.

Er spürte den Wunsch, dass irgendein Mensch die Art Liebe für ihn gehabt hätte, bevor er auf die schiefe Bahn geraten war und Unrecht getan hatte. Er hatte Darryl gesagt, er könne jederzeit kommen, wenn er Ärger hatte, aber erst heute war er wieder aufgetaucht, zum ersten Mal. Darryl war ein vaterloses Sorgenkind; eine von diesen verlorenen Seelen, die Schlimmes anstellen und es nicht mal wissen – oder nur sehr vage.

»Danke«, sagte Darryl nach seiner dritten Portion. »Das war gut.«

»Und wie gehts dir so, mein Junge?«

»Och – 'kay.«

»Und deiner Mama?«

»Der – gut. Hat jetz'n Freund. Tyrell. Der is ganz oft zu Hause bei uns. Sie find's toll. Glaub ich.«

Socrates brachte Darryls Schüssel zum Ausguss und ließ sie mit Wasser voll laufen. Er wollte auch den Absatz hinter dem Becken sauber wischen, aber der war aus bröckeligem Gips, keine Wischerei der Welt hätte ihn sauber gekriegt.

»Träumst du manchmal?«, fragte Darryl Socrates, den Mörder mit dem breiten Rücken.

»Manchmal ja.«

»Wovon träumst'n dann?«

»Von allem, was ich will, aber nich hab. Deswegen heißt das ja Träume.«

»Ach – ach so.«

»Und was träumst du so?«

»Gar nix.«

Darryl saß auf seinem Plastikstuhl und starrte dem Älteren auf den Brustkorb. Er wirkte ärgerlich. Auch Socrates war sauer. Er sah genau, Darryl hatte Ärger. Und Ärger lag nie weit vom Gewaltschub entfernt, jedenfalls in Socrates' Leben. Sogar jetzt, sogar seine Sorge um diesen Jungen ballte sich in seinem Bizeps und lief ihm durch die haifischfinnenartigen Knöchel der Hand.

»Ich hab noch Auflauf im Regal«, sagte er.

»Was'n für ein'?«

»Spielt das ne Rolle?«

»Ich ess kein' mit Fleisch. Schmeckt wie Scheiße, der Dreck.«

»Is einer mit Pfirsich. Hab'n aus'm Laden.«

»Ja, hätt ich gern.«

Socrates holte den Pfirsichstrudel oben vom Regal. Es war nur noch eine Hälfte da. Er teilte sie in zwei gleich große Stücke, und die legte er auf Aluminiumuntersetzer. Beim Essen flaute seine Wut etwas ab. Der Auflauf schmeckte gut, und bei *Bounty* hätten sie ihn weggeworfen. Socrates nahm am Wochenende immer mit nach Hause, was im Supermarkt liegen geblieben war.

»Schon mal von was geträumt, was du *nich* willst?«, fragte Darryl.

»Na ja. Ich denk manchmal, ich will das gar nich, was ich aber in Wirklichkeit doch will.«

»Nee, ich mein was, was du echt scheiße findest. So was, wo man aufwacht und Schiss hat und bloß noch weg will.« Darryls Augen starrten in so einen Traum zurück.

»Träumste von dem Jungen da?«, fragte Socrates.

Darryl schluckte nur und sagte nichts.

»Also, was träumste?« Socrates schob die Hände in die Taschen und lehnte sich auf seinem Mülleimer zurück.

»Wir warn in so'm Riesensaal, und da war das ganze Licht aus, aber sehen konnte man trotzdem. Er hatte'n Hals aufgeschnitten, aber er's weiter rumgelaufen. Der hat gar nix angehabt und is hinter mir hergelaufen. Geschrien hat er, und ich bin gerannt. Der Saal war echt riesig, aber da war nix zu sehen, bloß er …« Darryl fing wieder an zu bibbern.

Socrates hätte den Jungen am liebsten in den Arm genommen, ließ es aber besser bleiben. »Hat er dich gekriegt?«

»Nee, nee-nee. Ich wach immer auf, bevor der mich kriegt. Aber der kommt jede Nacht wieder. Ich brauch bloß dösen, da isser schon wieder. Ich hab richtig Schiss, ins Bett zu gehen.«

»Was denkst'n, was er macht, wenn er dich kriegt?«

»Dann reißt er mich um und macht mich so tot, wie er selber is. Brennt mir die Haut von' Knochen, hab ich mal in so'm Film gesehn.«

»Und wieso soll er das machen, Darryl?«

»Weil ich'n totgemacht hab. Weil er ne Stinkwut auf mich hat. Weil ich und Jamal und so, wir ham den ja da liegen lassen, wir ham ja nich mal seiner Mama gesagt, dass er tot is. Der is doch jetzt nich mal richtig begraben. Darum.«

Darryl klopfte mit dem Löffel an den Blechuntersetzer und glotzte vor sich hin.

»Und willste was dagegen machen?«

»Da is nix zu machen. Außer, ich könnt was einnehmen, damit ich'n bisschen schlafen kann.«

»Ach, deshalb biste hier? Du denkst, ich hab so Schlaftabletten?«

»Nee, die krieg ich inner Schule auch.« Darryl hämmerte jetzt richtig *steady beat* auf dem Tellerchen.

»Hör auf mit dem Geschepper, kleiner Bruder«, sagte Socrates. »Und pass mal auf jetzt. Solange du lebst, *kannst* du was machen. Das heißt nämlich: am Leben sein. Wenn du erst mal tot bist, is Schluss mit machen können. Und für den Jungen is jetzt Schluss. Der *is* tot. Er is tot, weil du'n umgebracht hast, und jetzt gehts dir dreckig. Deshalb musste was machen. Und weil das unrecht war, was du da getan hast, musste jetzt etwas Gutes tun. Du musst versuchen, das auszubalancieren.«

»Und dann kann ich wieder schlafen?«

»Wetten? Joh! Und jetzt gehste rüber ins andere Zimmer und legst dich auf mein Sofa. Ich pass auf, dass keiner kommt und dir was tut. Und wenn du wieder wach bist, besprechen wir, was du machen kannst.«

Morgens um ungefähr neun war Darryl gekommen. Um zehn schlief er. Gegen Mittag verzogen sich die Regenwolken, und Socrates ging nach draußen in sein Gärtchen und grub den Boden um für die Rosensträucher, die er kaufen wollte.

Er schwelgte in Tagträumen von goldenen Rosen, als Darryl

nachmittags nach draußen kam. Seine Augen waren trübe, aber wenigstens zog er kein finsteres Gesicht mehr.

»Na, wie haste geschlafen?«

»Gut«, antwortete der Junge. »Wie lang war'n das?«

»So fünf Stunden. Vielleicht auch länger.«

»Boh.«

»Du gehst jetzt nach Haus, Darryl. Und morgen kommste wieder, und wir überlegen, was du machen könntest.« Socrates schwang ihm spielerisch seine riesige Faust entgegen.

Und zum ersten Mal sah er den Jungen lächeln.

»Bis dann«, sagte Darryl. Er winkte, zum Beweis, dass er es ernst meinte.

2.

Der folgende Tag war ein Sonntag. An Wochenenden arbeitete Socrates nicht, die Zeit brauchten die Schüler zum Jobben.

Darryl kam tatsächlich wieder, aber es gab keine Besprechung, was er tun könnte, um diesen Mord aufzuwiegen. Es gab *Kentucky Fried Chicken,* und dann schlief Darryl wieder eine Runde.

Socrates gab ihm die Hausschlüssel und fand den Jungen eine Woche lang jeden Abend ausgestreckt auf seiner Couch.

Erst für den darauf folgenden Sonnabend hatte Socrates die Lektion geplant.

»Warste schon mal auf der Marvane Street?«, fragte er Darryl, als sie mit dem Frühstück – Schweinswürstchen und Rührei mit grünen Zwiebeln – fertig waren.

»Äh, also, Jamal war da schon.«

»Und hat sich sein' Schwanz lutschen lassen?«

»Weiß nich. Glaub ja.«

»Erzähl dei'm Freund mal, dass'n das sein' Schwanz kosten

kann. So'n Scheiß! Ich würd den Crack-Gespenstern da nich mal die Hand geben.«

»Aha.« Darryl nahm den Löffel in die Hand.

Aber bevor er wieder zu trommeln anfangen konnte, sagte Socrates: »Da gehn wir heut hin.«

»Wohin?«

»Auf die Marvane Street.«

»Wozu'n das?«

»Bevor man anfangen kann, was zu tun, muss man erst mal wissen, was für'n Problem man genau hat. Und das Problem, das *du* hast, das is auf der Marvane Street«, erklärte Socrates.

Sie gingen die breite Seitenstraße hinter Socrates' Zuhause durch bis zur Hauptstraße und dann weiter in östlicher Richtung zur Marvane Street. Die Straßen waren voller Menschen – Kinder mit ihren Müttern, ältere Männer, die an vernagelten Ladeneingängen lehnten oder auf Kisten und ausrangierten Stühlen saßen. Banden von Kindern, Banden von Halbwüchsigen, Banden von jungen Männern und Frauen. Sie fuhren mit dröhnenden Hip-Hop-Klängen Schritttempo oder schlenderten die Straßen entlang, lachend und tanzend und Witze reißend, die wie Drohungen klangen.

»Biste auch inner Bande, Darryl?«, fragte Socrates.

»Noch nich.«

»Aber du willst?«

»Kann sein.«

»Kann sein?«

»Hängt nich von *mir* ab«, erläuterte Darryl. »Man muss da manchmal rein, wegen Schutz. Bis jetzt gibts noch keine Schlägereien, wo ich wohne. Aber wenn, dann muss ich mich an irgendwen ranhängen. Allein schaffstes durch kein' Krieg.«

»Hm!« Socrates wollte etwas sagen, war aber unschlüssig, was.

Darryl wusste besser als er, was die Straße für Kinder hieß. Und auf den Straßen hier starben Kinder Tag für Tag.

»Genau das is dein Problem, Darryl.«

»Wo – was?« Der Junge sah sich um, fand aber nichts.

»Der Versuch, 'n Weg zu finden, damit Kinder nich mehr umgebracht werden. Du musst versuchen, etwas besser zu machen, für wen immer du kannst.«

Sie liefen ungefähr eine halbe Stunde bis zur Marvane Street. Es war eine breite Straße mit großen Einfamilienhäusern, die schon seit vielen Jahren in kleine Wohnungen aufgeteilt waren. Ein paar waren auch abgebrannt und schlugen leere Brachen zwischen die überfüllten anderen Häuser. Hier lagen Abfälle und Dreck, hier gab es provisorische Schlafstellen, hier spielten kleine Kinder.

An der hinteren Seite einer solchen Brache stand ein großes einstöckiges Haus. Die Fenster waren vernagelt, eine Metalltür war der einzige Ein- und Ausgang. Auf der Freifläche davor taumelten ungefähr ein Dutzend Leute durcheinander. Ein paar unterhielten sich, ein paar schienen einfach auf die Musik in ihrem Blut zu lauschen. Und dann und wann kam ein einsames Wesen aus der Brandschutztür oder ging hinein.

»Wars das? Hat sich Jamal hier rumgetrieben?«, fragte Socrates.

»Glaub ja. Ich war hier nie.«

»Wieso'n nich?«

»Klingt eklig.« Darryl zog wieder sein finsteres Gesicht und schüttelte den Kopf.

»Dies Haus hier is auch'n Teil des Problems«, sagte Socrates, als sie über die Straße und darauf zugingen.

»Ja? Und was soll ich da dran machen?«

»Das weiß ich nich. Ich weiß bloß, es gehört auch dazu. Die Leute hier sterben eher an Drogen als am Herzinfarkt.«

»Und was gehört noch dazu?«, fragte Darryl.

Sie waren am Dealerhaus vorbei und kamen auf ein anderes zu. Bei dem hing ein Schild über dem Eingang: THE YOUNG AFRICANS. Früher konnte man dort möbliert wohnen, heute waren Büros darin. Hinter den Fenstern und im Hof waren junge, oft in afrikanische Trachten gekleidete Männer und Frauen zu sehen.

Vor der Tür stand ein Wachmann. Er trug einen schwarzen Anzug zum anthrazitgrauen T-Shirt, eine Sonnenbrille und einen schmalkrempigen Hut.

»Warste hier schon mal?«, fragte Socrates.

»O nee, Mann.« Darryl klang, als ob er jemanden imitierte. »So Niggah – wozu soll'n das gut sein?«

Socrates musste plötzlich lachen. Er keuchte in hohen Tönen, und kindliche Freude schwang darin mit. Er gab Darryl einen Klaps auf den Rücken und hätte ihn damit fast zu Boden gehauen.

»Du bist echt nich blöd, Darryl.« Er lachte jetzt nicht mehr. »Nee, das biste echt nich.«

Sie gingen weiter. Das drittnächste Haus auf der von ihnen und den Jungen Afrikanern aus gesehen anderen Straßenseite – also auf der mit dem Crackschuppen – war ein kleineres dunkles Haus. Es hatte einen nagelneuen Drahtzaun. Dahinter sprengte ein fetter Mann mit einer dicken schwarzen Zigarre im Mund den Rasen.

»Lass uns hier mal hoch, mein Junge.« Socrates stieg die hohe Treppe zum Eingang einer Pension genau gegenüber dem dunklen Haus hinauf. Oben setzten sich beide auf die Stufen.

»Was wolln wir'n hier?«, fragte Darryl.

»Was siehst du?« Socrates deutete mit dem Kopf auf das Haus gegenüber.

»'n Haus.«

»Was noch?«

»Weiß nich. 'n Haus mit'm fetten Mann und'm Schlauch, der da sprengt.«

»Was noch?«

»Weiß nich. Äh, das hat, äh, warte mal – das hat drei Etagen. Und, äh …«, Darryl sah hinüber und zählte an den Fingern ab, »… und elf Fenster. Es is dunkel. Es hat'n neuen Zaun und äh, und, äh … Das' alles.«

»Aha.« Socrates nickte. »Willst'n *Kool-Aid?*« Der ehemalige Zuchthäusler zog eine Flasche aus der Armeejacke und hielt sie seinem Zögling hin. Der Junge trank sie in einem Zug leer.

»Und jetzt?«, fragte er dann.

»Kuck weiter. Vielleicht siehste noch was.«

»Hallo, Socco«, kam es plötzlich von hinter ihnen aus der Pension. Darryl und Socrates starrten auf das dunkle Haus. Der fette Mann war inzwischen hineingegangen.

Socrates drehte sich um. »Hallo, Right.« Ächzend wie jemand, der alt geworden ist, stand er auf und schüttelte seinem Freund die Hand.

Right Burke war genauso alt wie Socrates. Im Zweiten Weltkrieg hatte er bei einer Nahkampfeinheit gedient und seitdem eine gelähmte linke Hand, und er war kaum größer und kräftiger als Darryl. In seinen walnussbraunen Augen allerdings lag alle Kraft, die ein Mensch braucht. Gleich an dem Tag, als er diese Augen zum ersten Mal gesehen hatte, hatte Socrates gewusst, dass es die Augen eines Freundes waren, dem man trauen konnte.

»Bin mit mei'm Freund Darryl unterwegs. Wir kucken unser Haus an.«

»Gu'n Tag und willkommen.« Right streckte Darryl die Hand entgegen. Der Junge stand auf und gab ihm seine.

Right hielt sie fest. »Schon was gesehn?«, fragte er erst augenzwinkernd, bevor er sie wieder losließ.

»Elf Fenster«, antwortete Darryl.

Right lachte und setzte sich auch auf die Stufen.

»Wo's Luvia denn?«, fragte Socrates.

»Zur Kirche«, sagte Right. »Da machen sie Süßkartoffelstrudel, fürs Straßenfest morgen. Joh. Aber du weißt ja, wenn sie hier wär, hättse längst dein' Arsch vonner Treppe geschubst.«

»Luvia schmeißt den Laden hier«, erklärte Socrates seinem Zögling. »Is ne Art privates Altersheim.«

»Aha.« Darryl war immer noch mit dem Haus gegenüber beschäftigt. »Ich seh sonst gar nix. Bloß elf Fenster mit Rollos runter.«

»Na, das is doch schon was«, sagte Socrates.

Darryl sah noch angestrengter hinüber, fand an den Rollos aber nichts von Bedeutung.

»Is doch'n schöner, sonniger Tag«, half Socrates.

»Ja – und?«

»Wieso ham die eigentlich die Rollos runter, wenns so schön draußen is?«

»Äh, weil die … schlafen?«

Right lachte. »Der is gut.«

»Is kein Mensch vor der Tür«, fuhr Socrates fort, »kommt kein Mensch vorbei, obwohl Sonnabend is. Und was du noch nich gesehn hast – spätabends kommt immer'n Ford-Transporter aus der Garage oder fährt rein. Und siehste das Rollo da oben, im dritten Stock? Ganz rechts das?«

»Ja«, sagte Darryl.

»Sieht das anders aus?«

»Irgendwie ja.«

»Irgendwie – wie?«

»Als obs glänzt. Weiß nich.«

»Klar weißte das, ganz genau. Das glänzt. Weils nämlich nich aus Stoff is wie die andern, sondern Plastik. Und weißte auch, warum?«

»Äh, äh, äh … weil die da drin was andres machen?«

Socrates und Right lachten. Darryl schnitt eine finstere Grimasse und starrte auf den Boden zwischen seinen Knien.

»Wir wollen dich nich veräppeln, Darryl. Musst nich sauer sein mit mir. Es war nur so komisch, was du gesagt hast. Das ganze Haus da drüben is nämlich voll mit Bullen. Und die machen da, was sie Überwachung nennen. Die beobachten. Und zwar die Jungen Afrikaner. Und weißte, warum?«

Darryl saß in der Falle und wusste es. Er zog die Schultern ein und ließ den Kopf zur Seite hängen.

»Die sind ganz besorgt wegen jungen Negern, die aufs College gehn. Womöglich baun die da Bomben. Noch schlimmer. Womöglich schleifen die die andern Neger hier alle zur Wahlurne. Und da sind auch schwarze Bullen bei. Ich und Right, wir ham sie gesehn. Schwarze Cops bespitzeln schwarze Collegestudenten, und gleich daneben kriegt Jamal sein Ding gelutscht. Klingt das wie Recht und Gesetz, Darryl?«

Der Junge schüttelte den Kopf und sah verwirrt aus.

»Drei Bullen pro Schicht. Drei Schichten pro Tag«, erklärte Right. »Und da ham wir mal ausgerechnet, mit Zulagen und Extras kost' das mindestens zwei'nhalbtausend Dollar pro Tag, die paar Kinder da zu beobachten. Und hier haste zwanzig Leute, die kriegen kaum ihr Essen bezahlt. 'ne verdammte Schande is das.«

»Und als wär das noch nich schlimm genug, steht fast genau daneben' Crackschuppen und floriert«, sagte Socrates. »Zwei Häuser weiter, und hier sind die Bullen und … Seit wann sind die hier jetzt, Burke?«

»Vier Wochen.«

»Vier Wochen sind die jetzt hier«, wiederholte Socrates. »Vier Wochen. Und genau in den letzten vier Wochen sind in dem Block hier'n halbes Dutzend Leute erschossen und erstochen worden. Wenn man die 911 ruft, brauchen die Bullen ne Viertelstunde, bevor die überhaupt drangehn, und die Bullen in dem Haus da drüben, die machen nich mal Piep. Nich mal'n gottverdammtes Piep.«

»Mmh!«, grummelte Right Burke. »'ne verdammte Schande.«

»Socrates Fortlow!«, gellte eine Frauenstimme. »Was zum Teufel hast du auf meiner Treppe zu suchen!«

»Ach – oh«, sagte Right.

»Tag, Luvia«, begrüßte Socrates eine Frau mit sehr schmalem Gesicht, die die Treppe heraufgestürmt kam. Er stand auf. »Das hier is Darryl. Darryl, steh auf, und sag der Wirtin von Right guten Tag.«

Darryl tat, wie ihm gesagt wurde. Er stand kerzengerade und streckte der Frau, die dünn war wie ein Zweiglein, die Hand entgegen.

»Wer is das, Socrates?«, fragte die.

»Mein Freund. Früher Hühnerdieb, heut'n Junge, der sucht, was er Gutes tun kann.«

»Also, mein Junge, dann will ich dir mal was sagen«, fing Luvia an. »Wenn du wirklich was Gutes tun willst, halt dich von dem Kerl hier fern. Der is alles Mögliche, bloß nich gut.«

»Nun lass schon, Luvia. Du musst mich ja nich mögen. Aber Darryl hier, der kommt vielleicht mal vorbei. Ich weiß ja, du hasst alle Männer, aber ich hoffe, du hast'n bisschen Herz für'n Mann, der noch'n Kind is.«

Right Burke lachte und bekam einen Klaps auf die Schulter dafür von Luvia. »Runter von mei'm Eigentum, Socrates Fortlow! Aber plötzlich!«, schrie sie.

»Bis später, Right«, sagte Socrates, stieg mit Darryl die Stufen wieder hinunter und ging den ganzen Weg, den sie gekommen waren, zurück.

3.

»Warum hasst'n die dich?«, fragte Darryl in Höhe des nächsten Häuserblocks.

Socrates grinste. »Is ne gute Frau, mein Junge. 'ne ganz gute Frau. Die schmeißt da den Laden für arme schwarze Leute, und dabei is sie an jedem Monatsende selber pleite. Wenn sie nich was von der Kirche gespendet kriegen würde, hätten die das Haus längst geräumt.«

»Aber wieso hasst die dich denn?«, fragte Darryl noch einmal.

»Na, weil sie ne gute Frau is.« In Socrates' Stimme klang leise Wehmut an. »Und ich bin nix weniger als'n guter Mensch. Luvia hat das Böse in mir sofort gerochen. Die hat mich bloß einmal sehn müssen und gewusst, was ich bin. Sie is ja auch noch Christin.«

»Aber wenn sie fromm is, heißt das nich, dass sie dir vergeben muss?«

»Die Christen glauben an die Erlösung, stimmt. Aber man muss normalerweise tot sein, bevor man die kriegt. Luvia würd bestimmt'n paar nette Worte finden, wenn ich tot wär. Aber nur die allernötigsten. Ganz bestimmt.«

Auf der Central Avenue gingen sie in einen kleinen Laden, kauften Popsicles und machten sich dann weiter auf den Weg zu Socrates' Wohnung.

»Hat dir der Tag Spaß gemacht, Darryl?«, fragte Socrates den Jungen.

Inzwischen war es später Nachmittag. Der Himmel über dem Meer changierte von Staubblau in helles Korallenrot.

»Ja«, kam die zögernde Antwort. »Aber ich weiß immer noch nich, was ich machen könnte. Mir fällt nix ein wegen dem Crackschuppen und den Afrikanern. Und an die Bullen geh ich bestimmt nich dran. Ich bin bloß ne kleine Nummer. Ich brauch was Kleines zum Tun.«

Socrates lächelte. Allmählich taten ihm die Beine weh von dem langen Fußmarsch.

»Was hältst'n von diesen Jungen Afrikanern? Ich meine, wieso magste die nich?«

»Na ja. Die reden immer, als hätten sie den großen Durchblick, und wir sind alle doof mit unserer Musik und dem Zeug, so. Ich meine, die hocken da in ihrer Bude und wollen uns erzählen, wie man lebt, dabei sind die auch nich besser dran. Die ham auch keine Kohle und keine geilen Schlitten.«

»Ach so? Aber wenigstens versuchen die, was besser zu machen. Oder?«

»Ja, kann sein. Trotzdem, ich muss die ja nich mögen.«

»Lass uns mal stehen bleiben, kleiner Bruder. Meine Beine sind nich mehr so jung wie deine.« Socrates lehnte sich an die Wand einer zugenagelten Eisenwarenhandlung. Er holte tief Luft und lächelte in den blauen Himmel. »Ich mag die auch nich«, sagte er dann. »Also, was die sagen, gefällt mir schon, aber Worte sind keine Taten. Und die wissen nich, wie man Menschen behandelt.«

»Was meinst'n damit?«, fragte Darryl.

Socrates sah ihm an, dass er die Frage ernst meinte. Er sah, dass Darryl wirklich Respekt vor ihm hatte und wirklich wissen wollte, wie er dachte. Socrates bekam Angst bei der Vorstellung, dass Darryl hören wollte, was er zu sagen hatte.

»Man belehrt Menschen nich, man liebt sie. Man muss kein Haus und ne Druckerpresse ham und ne Mauer hochziehen. Man macht das wie Luvia. Man legt los, mit offenen Armen und Adressbuch. Über Bullen muss man sich auch keine Sorgen machen. Die sind so wichtig wie'n Furz. Aber'n Crackschuppen, den lässt man nich zu auf seiner Straße. Nee, nee. Man hat seinen

Bruder nämlich zu lieben, und wenn man den liebt, dann sorgt man auch dafür, dass er sicher leben kann.«

»Is inner Bande genauso«, sagte Darryl.

»Ja«, nickte Socrates. »Irgendwie ja. Und irgendwie gar nich. Die Jungen Afrikaner sind auch ne Art Bande. Mitsamt Geheimcodes und Fahne. Die sind bereit, in' Krieg zu ziehen. Is auch in Ordnung. Man muss manchmal Krieg führen. Aber meistens soll man lieber helfen. Man soll lieber lachen und anständig essen und ins Bett gehen und wissen: Auf der eigenen Straße muss keiner Hunger leiden.«

Darryl sah Socrates tief in die Augen. Er hatte das Wort Hunger gehört. Socrates hatte es geahnt.

»Also hasst dich bloß die Dame von der Marvane Street, wenn du was Gutes machst«, überlegte Darryl laut.

»Tja-ja. Die Einzige, die dafür sorgt, dass es Schwarzen gut geht. Die Einzige, die in' Krieg ziehn *dürfte.*«

Sie gingen wieder weiter, und niemand von beiden sagte etwas, bevor sie vor Socrates' Hintertür standen. Sie traten ein, und beide mussten auf die Toilette.

Als sie endlich zusammensaßen, fragte Socrates: »Und? Was machste jetzt?«

»Ich muss nach Haus.«

»Ich meinte, was du *tun* willst, mein Junge.«

Darryl glotzte seinen Mentor an, aber in seinem Mund formten sich keine Wörter und hinter seinen Augen keine Gedanken. Socrates erinnerte sich an all die Stunden und Jahre, die er mit Leere im Kopf hinter Gittern zugebracht hatte. Er erinnerte sich, dass er lange geglaubt hatte, alles, was das Leben ausmacht, ist, Schmerz zu spüren – oder eben nicht.

»Was soll ich'n tun?«, fragte Darryl schließlich.

»Ich weiß nich, Darryl. Vielleicht – vielleicht müsstest du träumen.«

»Häh?«

»Hast du immer noch die bösen Träume nachts?«

»Nich mehr so schlimm. Und wenn, wach ich auf und denke, ich werd was tun, und dann schlaf ich wieder ein.«

»So's gut«, sagte Socrates. »'n Junge braucht nämlich sein' Schlaf. Sonst kann er nich zur Schule gehn und keine schweren Fragen beantworten so wie du vorhin, wenn er sich nich richtig ausruht.«

»Was'n für Fragen?«

»Die in der Marvane Street.«

Darryl kippte den runden Kopf zur Seite und nickte. Er zwinkerte mit den Augen und nickte noch einmal.

Socrates legte ihm die Hand auf die Schulter. »Weißt du, Darryl, ein armer Junge wie du muss eigentlich nur zweierlei.«

»Was denn?« Darryl legte beide Hände auf Socrates' Arm.

Es war eine sachte, flüchtige Berührung. Sie tat überhaupt nicht weh.

»Zuerst muss man mal überleben«, antwortete Socrates. »Und dann muss man denken. Nachdenken und träumen.«

Darryl nickte. »Aber ich werd bestimmt auch umgebracht.«

»Wirst du nich, mein Junge. Das lass ich nich zu.«

»Wie willst'n das verhindern?«

»Das weiß ich nich«, sagte Socrates. »Aber ich bin nich allein. Und wenn die bei dir da zu schießen anfangen, dann kommste zu mir hier. Wenn ich nix machen kann, gehn wir zusammen zu Right und Luvia. Die hat ne ganze Kirche hinter sich. Und noch was, Darryl. 'n Junge wie du muss vielleicht mal in' Untergrund.«

»So in' Loch?«

»Nein, kein richtiges. Aber du musst dich vielleicht mal verstecken. Dann kommste auch hierher, und kein Mensch erfährt das.«

»Und wenn die mich inner Schule abgreifen wollen?«

»Dann gehst du aus *der* Schule weg und lernst woanders.«

»Geht das denn?«

»Das geht alles, mein Junge. Man kann alles – solange man am Leben is.«

4.

In dieser Nacht hatte Socrates einen Traum:

Er träumte, dass er in einem winzigen Zimmer schlief, gerade so groß wie ein Wandschrank. Er träumte vom Regen, als es laut und aggressiv an der Tür klopfte. Er schoss hoch und verkroch sich am anderen Ende der Segeltuchpritsche, panisch wegen der heftigen Schläge, die ihn aufgeweckt hatten.

»Socrates!«, dröhnte eine Bassstimme. »Socrates!«

Und da wachte Socrates auf.

Aber als er wieder einschlafen wollte, brüllte die Stimme wieder seinen Namen. Noch lauter diesmal, und Socrates taumelte in den Wachzustand zurück. Fünfmal rief ihn die Stimme, und fünfmal wachte er keuchend auf. Beim letzten Mal nahm er sich vor, der Stimme nicht wieder davonzulaufen.

Und wieder schlief er ein, und wieder rief ihn die Stimme.

»Was willst du denn!«, schrie er zurück und schämte sich, weil es ihn schauderte.

»Komm raus hier!«, befahl die Stimme.

Socrates zog die Tür auf und stand vor einem baumlangen und pechschwarzen Mann. Er hatte eine sehr breite Nase und sinnliche, wulstige Lippen. Sein Blick war hart und seine Schultern breit wie ein Segel.

»Los, komm!«, sagte der Riese. Und dann gingen sie durch den strömenden Regen.

Das Wetter kam Socrates merkwürdig vor, denn er konnte, trotz der wolkenverhangenen Nacht und des Regens, ganz in der

Ferne den Mond sehen, wie er einen kleinen Hügel beschien. Auch das Feld, durch das er und sein riesiger Gefährte liefen, war vom Mondlicht erhellt.

So gingen sie eine ganze Weile, bis Socrates' Beine anfingen zu schmerzen. Endlich kamen sie an einen großen steinernen Bogen, in dessen Fries ENDE DER SEELEN gemeißelt stand. Hinter dem Bogen erstreckte sich über hunderte von Kilometern ein Friedhof – vom Regen getränkt und vom goldenen Mond erleuchtet. Er zog sich so weit in die Ferne, dass sein anderes Ende im Tageslicht lag. Es war der Friedhof für all die schwarzen Menschen, die vor Gram gestorben waren. Jedes Grab hatte einen kleinen Stein aus Granit, kaum größer als ein Silberdollar.

»Hier!« Der Riese drückte Socrates einen Spaten in die Hand. »Wir müssen die jetzt alle ausgraben. Wird Zeit.«

»Alle hier!«, schrie Socrates gellend durch eine Windbö.

»Allesamt«, sagte der Riese.

»Das kann ich nich!«

»Aber anstrengen könntste dich!«

»Das bringt mich doch um!«

Der Riese fuchtelte in Richtung Gräber, und seine Hand war noch größer als die von Socrates. »Wir sterben alle mal!«

Wieder wurde Socrates wach. Er setzte sich hoch und bekam einen solchen Lachanfall, dass er aufstehen musste. Er lachte so heftig, dass er bald Seitenstiche hatte und in die Knie ging. Als er sich endlich ausgelacht hatte, rannte er auf die Toilette und erbrach den Rinderbraten mit Pilzsoße, den er zum Abendbrot gegessen hatte.

»Das war so ...«, erzählte er ein paar Wochen später Right Burke, »... das war so, als wär ich'n Kind und seh zum ersten Mal'n Blitz. Mir is ganz schwindlig geworden von der ganzen Lichtspielerei da, aber von dem Gedonner hab ich'n Heidenschiss gekriegt.«

Mann weg

1.

Es war 17:36 Uhr auf Socrates' neuer Digitalarmbanduhr, als Corina Shakur zu Besuch kam. Er wusste, dass sie es war, als es klopfte, trotzdem machte er ihr persönlich die Tür auf. Sie stand etwas entfernt und schien auch keine Absicht zu haben, näher zu kommen.

»Hast *du'n* gesehn?« Die hoch gewachsene junge Frau verzog verächtlich Mund und Nase.

»Tag, Corina«, sagte Socrates lächelnd. »Was machst'n du hier? Suchste Howard?« Corina war zu wütend für eine Antwort auf seine höfliche Frage. Sie legte den Kopf auf die Seite, packte sich selbst an den Schultern und hielt sie so fest, als ob sie ihren ganzen Körper zu einer Faust ballen wollte.

»Komm doch rein«, sagte Socrates. »Na, komm.«

Bevor sie ablehnen konnte, hatte Socrates kehrtgemacht und war auf dem Rückweg in seine kleine Behausung. Er lief durch die zweieinhalb Schritt große Küche und den türlosen Türdurchbruch in sein Schlafzimmer.

»Ich hol dir nur schnell'n Stuhl, Corina«, rief er über die Schulter zurück. »Hab'n paar alte Küchenstühle gefunden und aufgemöbelt.«

Mit zwei Stühlen aus Chrom und gelbem Vinyl kam er wieder in die Küche. Corina stand noch immer in der Tür, und die Sonne zeichnete ihre hohe, geschwungene Figur als Schattenriss.

»Komm doch rein, Corrie.« Socrates lächelte sie an, warf ihr einen scheelen Blick zu und fühlte sich ganz aufgekratzt.

»Ich hab keine Zeit zum Trödeln, Socrates Fortlow.« Corina hielt weiter Abstand. Sie redete mit ihm, als stände sie an einem anderen Ufer.

»Is gut.« Socrates platzierte einen Stuhl mit Blick auf sie und setzte sich. »Aber dagegen, dass ichs mir bequem mache, haste nix, nich?«

»Was soll'n das?«

»Du suchst Howard?«

»Hast'n gesehen?«

»Du kannst doch ruhig reinkommen, Corina.« Socrates klang leise frustriert. »Möchtst'n Kaffee? Ich krieg nich oft Besuch von jungen Damen. Wär einfach schön, wenn du dich'n Augenblick auf meinen Stuhl setzt.«

Corina seufzte auf. »Ich kann nich lange bleiben. Die Kinder sind bei meiner Schwester.«

Socrates sprang auf und drehte sich zur Seite, damit Corina nicht sah, wie sehr er sich freute, dass sie hereinkam. Er schob die Stühle an den faltbaren Papptisch und riss ein Streichholz an, um den Butankocher anzuzünden. »Wo is Howard denn hin?«, fragte er, während er Wasser in einen Topf laufen ließ.

»*Du* hast'n *nich* gesehn? Bestimmt nich?«, fragte Corina. Tränen in den Augen hatte sie nicht, nur ein Stimmchen wie ein trauriges kleines Mädchen.

»Nein.« Socrates setzte den Wassertopf auf und sich selbst auf den Plastikstuhl, der früher seine einzige richtige Sitzgelegenheit gewesen war. »Was is'n passiert?«

Socrates hatte Corina immer gern gehabt. Sie hatte so ein Gesicht, das zeigte, was sie wirklich fühlte, auch wenn sie sich noch so anstrengte, wütend auszusehen. Sie trug die Schultern hoch, ihr ganzer Körper war aufrecht und gerade bis auf den kleinen Bauch, und der wirkte irgendwie gemütlich und heimelig.

Corina dagegen traute Socrates nicht über den Weg, aber er hatte ihr das nie übel genommen; er fand, dass Frauen, die ihm nicht trauten, wohl einfach einen guten Riecher hatten.

»Wir ham uns gekracht gestern Abend, und er is weg.« Corina

lehnte sich nach hinten und drehte den Kopf weg, um nicht in Tränen auszubrechen. »Er war doch noch nie die ganze Nacht weg.«

»Hm!« Socrates stand auf und sah nach dem Wasser, obwohl er genau wusste, dass es noch nicht kochte. »Worüber habt ihr euch denn gekracht?«

»Nix eigentlich. Ich hab bloß gesagt, er kann ja vielleicht auch mal bei *McDonald's* jobben oder irgendsowas, solange er noch keine Stelle mit Computerkram hat. Der is jetzt seit neun Monaten arbeitslos, und mich setzen sie auf weniger Stunden bei *Penney's*. Ich hab bloß gesagt, das wär doch ne Zwischenlösung, für die Wartezeit.«

»Und das hat ihm nich gepasst? Was'n da dran falsch? Will er nich arbeiten?« Socrates nahm einen Nessellappen, faltete ihn zweimal und füllte drei Esslöffel guten MJB-Bohnenkaffee in die Mitte.

»Nein«, protestierte Corina. »Faul isser nich. Bloß stolz. Er findet, er is zu schlau, um Burger für Kinder zu braten.«

»Aber seine Frau das ganze Geld ranschaffen zu lassen, dazu isser wohl nich zu stolz, was?« Socrates formte den Nessellappen zu einem Säckchen und band es oben mit einem Faden zu.

»Howard is nich arbeitsscheu«, wehrte Corina wieder ab. »Er hatte ja auch'n guten Job da, in den städtischen Grünanlagen. Aber da ham sie ja so viele entlassen.«

Socrates stand da, das Kaffeesäckchen in der einen, einen Blechtrichter in der anderen Hand. »Das is doch jetzt fast'n Jahr her. Und Winnie und Howard junior hörn ja auch nich auf zu wachsen, bloß weil der Papa nichts Neues zum Anziehen kaufen kann.«

»Genau«, stimmte Corina zu. »Hab ich ihm auch gesagt. Is doch wurscht, was andre Leute denken. Hauptsache is, wie seine Kinder sich fühlen.«

Socrates steckte das Kaffeesäckchen in den Blechtrichter und den in eine Glaskanne, die wie ein Stundenglas geformt war. »Hat er denn noch nich angerufen oder sonst was?« Er setzte sich wieder.

»Nein.«

»Dann isser'n Idiot«, verfügte Socrates. »Der Mann hat ne Frau wie dich und scheucht die jeden Tag raus auf die gefährlichen Straßen zur Arbeit. Und die Frau füttert dem auch die Kinder noch durch. Ähhh. Also – *ich* würd nachmittags bei *McDonald's* und nachts bei *Burger King* arbeiten.«

Er schenkte Corina sein strahlendstes Grinsen. Über ihre Lippen flog ein Hauch von Lächeln.

»Das is doch nich zu viel verlangt«, klagte sie dann. »Ich geh doch selber arbeiten bei *JCPenney's*, ich mach den ganzen Haushalt, und ich pass jede Sekunde auf die Kinder auf, wenn die nich im Haus sind. Weil garantiert, wenn ich die mal allein nach draußen lasse, Kugeln fliegen.«

»Ja, ich weiß«, sagte Socrates. Es stimmte ja, aber er wollte der Frau seines Freundes etwas anderes sagen. »Man muss Augen hinten am Kopf ham, wenn man in dieser Welt lebt, Mädchen. Augen hinten am Kopf, gespitzte Ohren und zwei Finger im Wind.«

Corina hatte eine breite Lücke zwischen den beiden Vorderzähnen, und das Lächeln, das sie Socrates jetzt schenkte, war wie ein Diamant und machte ihn zum Minenarbeiter.

»Soll ich mitkommen und dir helfen, Howard zu suchen?«, fragte der Exknacki und sah Corina tief in die Augen.

»Ach, ich weiß nich, Socrates Fortlow. Howard wird vielleicht sauer, wenn er rauskriegt, dass ich was von ihm ausplaudere.«

»Na, dann soll er doch sauer werden! Joh! Der kann von Glück sagen, dass er nich nach Hause kommt, und da liegt'n andrer Mann in sei'm Bett.«

»Nee.« Corina schüttelte energisch den Kopf und sah ihrerseits dem alten Mann in die Augen. »So was läuft bei mir nich.«

»Weiß ich doch, Corrie. Bist ne gute Frau. Liebst deine Kinder und dein' Mann und hast gar keine Zeit für so'n Quatsch. Ich wollte auch bloß sagen, dass Howard so ne schöne Frau nich einfach sitzen lassen kann und dann schlafende Hunde erwarten. 'ne Frau wie du braucht jemand, bei der ganzen Arbeit, die du machst, und der Liebe, die du gibst. Und deshalb kann ich das einfach nich begreifen.«

»Was denn begreifen?« Der Ausdruck auf Corinas Gesicht brachte in Socrates' Herzen eine Saite zum Klingen, von der er geglaubt hatte, sie sei mit Muriel gestorben – mit der Frau, die er vor Jahrzehnten ermordet hatte.

Einen Augenblick lang bekam er keinen Ton heraus. Das Blut rauschte ihm so seltsam durch die Adern, dass er fürchtete, das Herz könnte ihm stehen bleiben. Der Stuhl unter ihm schien ins Rutschen zu kommen. »Äh, na ja«, murmelte er endlich, »ich begreif nich, wie man ne geliebte Frau auch nur *eine* Nacht lang allein lassen kann. Man kann doch nich wollen, dass so ne Frau auf die Idee kommt, man will sie verlassen. Die is doch das Leben für einen. Das ganze Leben.«

Corina Shakur hatte schlichte Jeans und eine Wildlederbluse an und die Haare hinten mit einem blau-weiß gepünktelten Taschentuch zusammengebunden. Ihre nackten Füße steckten in Turnschuhen. Jetzt klatschte sie in die Hände und beugte sich vor, keine Spur von Angst im sanften Gesicht. »Hast *du* schon mal wen verloren?«

Die Frage blieb fünf oder zehn Sekunden in der Luft zwischen ihnen hängen.

»Das Wasser kocht«, sagte Socrates leise.

Dann goss er es dampfend aus dem Stieltopf in den Trichter. Eine braune Flüssigkeit tröpfelte langsam in die Glaskanne.

Socrates behielt sie fest im Auge, als gehörte zum Kaffeekochen auch das Kaffeekanne-Bewachen.

»Sag doch mal.«

Socrates musste heftig schlucken. Er goss etwas Wasser nach, und der Kaffee tröpfelte schneller. Dann holte er zwei dicke Becher aus dem Regal und stellte einen vor Corina auf den Tisch. »Tut mir Leid, dass wir uns nich ins andre Zimmer setzen können«, sagte er. »Aber da schlaf ich auch drin, das is nich aufgeräumt.«

»Ich sitz gern hier«, sagte Corina und sah zu, wie er mit dem Kaffee an den Tisch kam und einschenkte.

»Nimmste was dazu?«

»Zucker.«

Er holte ein Schälchen mit Zuckerwürfeln aus dem Regal und hielt es fest, während Corina drei Stücke herausangelte. Es dauerte länger als nötig, bis er einen Löffel für sie gefunden hatte.

Sie sah ihn an, während sie umrührte. »Schon mal wen verloren, Socrates?«, fragte sie noch einmal.

Socrates setzte sich hin und hustete sich einen Frosch aus dem Hals. Dann schlürfte er etwas schwarzen Kaffee und hustete noch einmal. »Ich hatte mal'n Mädchen. Die hat mich geliebt wie der junge Morgen – is lange her.«

»Noch im Osten drüben? Howard sagt, du bist ganz aus'm Osten.«

»Nur Indiana«, antwortete Socrates.

»Und die hat dich verlassen?«

Socrates hob den Kopf und sah Corina Shakur an. Dreiundzwanzig war sie – fünfunddreißig Jahre jünger als er. Aber sie wusste Dinge, die er nur erraten konnte. Sie hatte Kinder geboren. Sie glaubte bestimmt an Gott. Und sie wachte morgens auf und überlegte, wie alles besser werden könnte – oder so gut bleiben.

»Wie hieß'n die?«, bohrte Corina weiter.

»Willst du Howard wiederhaben, Corrie?«

»Glaub ja.« Corina betrachtete ihre langen Finger. »Bloß manchmal stinkts mir. Ich geb mir alle Mühe, damit für ihn alles gut is, aber er is die ganze Zeit schlecht drauf. Ich sag ihm, er muss versuchen, das durchzustehen. Das weiß er ja selber, aber irgendwie isses ihm zu viel.« Sie schüttelte den Kopf und nippte an ihrem süßen Kaffee. Als sie danach die Fingerspitzen den Becherrand entlanggleiten ließ, bekam Socrates wieder Herzflattern. »Der will immer tanzen und ausgehn, so wie früher, als wir noch ausgehn konnten, aber jetzt sind doch die Kinder da. Was soll ich'n machen? Meine Schwester kann auch nich immer. Ich kann doch nix für seinen Stolz. Ich kann doch nich zwei Stellen annehmen, bloß weil er nich mal eine nimmt. Aber wenn ich das sage, wird er sauer. Und ich weiß einfach nich, obs das wert is.«

Corina sah zu Boden, aber sie wusste genau, dass Socrates sie beobachtete. Ihr Blick sagte das. Socrates sah ihr zu, bis sie ihren Kaffee fast ausgetrunken hatte.

»Darf ich mal was sagen, Mädchen?« Hätte Socrates einen Hut gehabt, er hätte ihn aufs Herz gehalten.

»Was'n?«

»Also, ich möchte nich, dass du sauer wirst oder dass du denkst, ich mach irgendwas hinter Howards Rücken. Das könnt ich gar nich.«

»In Ordnung, Mr. Fortlow. Was willst'n nun sagen?«

»Möchtst'n Stück Kuchen? Ich hätt noch ne kleine Schweinerei aus'm *Bounty* im Schrank, von gestern.«

»Nein. Ich möcht kein' Kuchen. Ich möcht hören, was du sagen wolltest, und dann muss ich los.«

Socrates legte seine kräftigen Hände auf die Knie und beugte sich vor. »Du bist ne schöne Frau, Corina. Klug und selbstbewusst und die Art Frau, auf die'n Mann zählen kann. Bei uns zu Haus hieß so was ne gute Frau. Und wenn ich dich so ansehe, dann hofft da so'n Teil von mir, dass der Idiot nie wiederkommt. Weil ich nämlich zu gern vor deiner Tür stehn würde, mit Blumen und mit Spielzeug für die Kinder. Ich seh nämlich, wenn ich hier so sitze und dich ankucke, all die Dinge, die mir in mei'm Leben gefehlt ham.«

Corina sah hinter sich auf die Tür. »Keine Angst, Kleines«, sagte Socrates sofort. »Ich weiß zwar nich, was du so gehört hast über mich, aber ich tu dir nix. Und das wird auch kein heimlicher Seitensprung hier. Ich würd Howard genau dasselbe sagen wie dir. Genau in dieser Minute. Weil ich nix zu verlieren hab, und das weiß ich. Schwarze Männer jammern ja dauernd, wie schwer sies im Leben ham. Dabei kennen die meisten nich mal die Hälfte vom Leben. Zu viel Stolz – ja? Gibt doch kein' größern Stolz als Kinder. Gibt kein' größern Stolz als ne Frau, die ihren Mann liebt.« Socrates spürte den Schweißfilm auf seinem Gesicht und hörte seine eigenen fiebrig-lüsternen Untertöne.

Corina waren die Tränen in die Augen geschossen, und sie versuchte nicht, das zu verbergen.

»Sowie du weg bist, geh ich Howard suchen, und dann erzähl ich ihm, was ich dir grad gesagt hab. Und wenn der das nich hören will, dann steh ich vor deiner Tür, mitsamt Stelle und Bonbons für die Kinder.«

Socrates stand auf, und Corina tat folgsam dasselbe, wie ein im Windschatten eines großen Schiffs hängendes kleines Segel.

Er brachte sie zur Tür. »Keine Sorge«, flüsterte er ihr zu. »Bei mei'm Glück is der bestimmt schon vor dir wieder zu Haus.«

Corina schlingerte hinter ihm her und bekam plötzlich Schlagseite, blieb stehen und schaukelte dann so weit vorwärts, dass ihre vollen Lippen an Socrates' Mundwinkel reichten. Der Kuss war ein Testament, er bezeugte, dass sie genau gehört hatte, was er gesagt hatte; und sie hatte keine Angst vor dem, was er fühlte.

2.

Er sah ihr nach, als sie durch den kleinen Garten zur Straße hinter seinem Zaun ging. Sie drehte sich im Gehen noch einmal halb um und erwiderte seinen Blick.

Ein Seitenblick und ein halber Kuss, dachte Socrates. *Vielleicht krieg ich, wenn ich noch zwanzig Jahre warte, sogar ne Umarmung.*

Er ging zurück in seine kleine Küche und fühlte sich wie an allen Werktagen, wenn er mit dem Bus von der Arbeit kam. Er setzte sich hin, holte tief Luft und sagte laut: »Du kannst jetzt rauskommen, Howard.«

Howard Shakur trat aus Socrates' Schlafzimmer und zog ein Gesicht, das den meisten Männern Angst gemacht hätte. Socrates nicht.

»Na, verhauste mich jetzt, mein Junge?«, fragte er nur. »Wenn ja – hoffentlich haste deine Gören gut versichert.«

»Was fällt dir denn ein, die hier reinzuholen und ihr dann so'n Zeug zu erzählen!«

»Möchtst'n Whiskey, Howard?«

Socrates deutete matt auf das Schränkchen unter dem Ausguss. »Da is welcher drin.«

Howard bückte sich und kam wieder hoch mit einem Flachmann billigem Whiskey, ächzend wie alle zu fetten Männer. Dann nahm er zwei Gläser vom Regal.

»Also, was fällt dir ein, Corina den ganzen Scheiß zu erzählen?«, fragte Howard noch mal und nahm auf dem Stuhl Platz, auf dem vorher seine Frau gesessen hatte.

»Ich hab ihr nix andres erzählt als das, was ich dir vor ner Stunde auch erzählt hab. Ich hab dir doch gesagt, du bist'n Idiot.« Socrates nippte am Whiskey und schnitt eine Grimasse.

»Nee, ich meine, wie du mit ihr geredet hast, Mann. Biste etwa hinter meiner Frau her?«

»Verdammt, ja, wär ich. Was denkst'n du, Howard? 'ne Frau, die so aussieht, und die rennt rum und reißt sich'n Arsch auf und geht'n ganzen Tag arbeiten? Die is ja pures Gold.«

»Du redst von meiner Frau, Mann!« Howard kippte seinen Whiskey und schenkte sich nach.

»Von wegen.« Socrates schüttelte den Kopf und kippte seinen Whiskey ebenfalls. »Nee, nee.«

»Was soll *das* denn heißen? Isse nich meine Frau? Von wem isse dann die Frau, wenn nich von mir?«

Rasant wie nur sehr selten schoss Socrates vor und packte Howard am Handgelenk.

»Au!«, schrie der auf und versuchte, den Arm wegzuziehen, aber der ältere Socrates hatte einen zu starken Griff.

»Ich will dir mal was sagen, mein Junge. Solange *du* hier rumlungerst, weit weg von dem Mädchen, so lange gehört die, wem *sie* will. Und da würd auch kein Mann sagen: ›Och, nee. Ich lass lieber die Finger davon, vielleicht kreuzt Howard ja doch eines Tages wieder auf.‹ Fick dich ins Knie, Howard! 'ne Frau wie Corrie macht jeden Mann heiß.« Socrates ließ Howard so heftig los, dass der auf dem Stuhl zurückflog.

Howard sprang auf und stellte sich in Kampfposition. Auch Socrates stand auf und signalisierte Kampfbereitschaft. Ihm kochte das Blut in den Adern. Irgendetwas Starkes musste er tun. Wenn schon nicht mit dem Mädchen, dann wollte er wenigstens Howard die Fresse polieren.

Aber Howard hatte noch nicht genug Whiskey intus, um so blöd zu sein. Er schnaubte einmal und beließ es dabei. »Ich dachte immer, du bist mein Freund«, sagte er.

»Wenns um Frauen wie Corrie geht, hat man keine Freunde, Howard. Ich hab versucht, dir das klarzumachen, bevor sie hier ankam. Das' ne Frau, was du da hast. Das' kein Hund. Das' auch kein Auto, was du irgendwo parken kannst. Die is ne Frau, und die braucht ihrn Mann. Und die will, dass du der Mann bist, jedenfalls im Augenblick. Aber ich sag dir, ich bin spätestens übermorgen da. Ich schwörs. Dann hast du deine Freiheit und ich mein Glück.«

»Das' nich richtig, Bruder.« Howard schüttelte den Kopf. »Das' gar nich richtig. Ich komm hierher und erzähl dir was von mei'm Problem, und du machst dich an meine Alte ran.«

»*Du* hast gesagt, du willst sie nich. Haste das nich gesagt?«

»Ich hab gesagt, ich kann so nich mehr leben, da. Die scheucht mich doch nur noch rum.« Howard stellte den Stuhl wieder auf die Beine und setzte sich. Dann schenkte er sein Glas voll und glotzte grimmig auf die Tischplatte.

»Siehste.« Er hielt sich eine Hand auf die Brust. »Und ich hab nix dagegen, gescheucht zu werden. Ich hab nix dagegen, wenn mir ne Frau sagt, wo ich was falsch mache. Die darf mir gern in' Arsch treten und mich dann auf'n Mund küssen … Scheiße. Ich sag dir, ich steh als erster Schlange.«

»Aber die is meine Frau«, sagte Howard.

»Dann schaff dein' Arsch nach Haus, und benimm dich auch danach.«

»Du hast mir nich vorzuschreiben, was ich mache«, knurrte Howard zurück. »Ich geh nach Hause, wanns *mir* passt.«

»Wenn du dann noch'n Zuhause hast.«

Sie tranken die Flasche leer. Howard hatte mehr Whiskey erwischt als Socrates, aber auch der spürte die Wirkung. Er murmelte vor sich hin: »Wenn' Trottel die Tür nich findet, muss man ihm zeigen, was ne Harke is.«

»Was erzählste?«, fragte Howard böse.

»Ach, fick dich selbst.«

»Ich geh ja schon«, verkündete Howard, machte aber keinerlei Anstalten, seinen massigen Leib vom Stuhl zu lösen.

»Howard?«, fragte Socrates. »Stellst du dir manchmal vor, Corina fickt mit irgendm andern Bruder?«

Der jüngere Mann zog ein finsteres Gesicht und schwieg. »Weißte, irgendso'n kleiner Knopf. Und der grunzt und wieselt rum wie ne gottverdammte Natter. Und zwar um deine Frau rum. Und die singt sein' Namen und strahlt, als hätt sie grad Jesus gesehn.«

Howard riss den Mund auf – und schnappte Luft.

»Wär gar nich mal schade.« Socrates hielt die leere Flasche kopfüber in sein Glas. Es dauerte einen Augenblick, bis er merkte, dass nichts mehr rauskam. »Nee, wär eigentlich nich schade. Du findst doch ne neue Kleine, die singt dann für dich. Und dann redste dir ein, die singt sowieso'n schöneres Lied, die neue Kleine. Aber vielleicht haste noch nich überlegt, wie das weitergeht, wenn der dürre Knirps wieder runtersteigt von Corina. Wie er sich eine von dein' alten Unterhosen holt und damit abwischt und wie er ins andre Zimmer rübergeht und deine Kinder, Winnie und Howard junior, auf ihn zuhüpfen und ›Papi! Papi!‹ krähn.«

Socrates sackte auf dem Stuhl nach hinten. Seine Hand glitt vom Tisch, die Flasche rutschte zu Boden und zerbrach. Beide Männer starrten in die Scherben.

»Und trotzdem hast dus besser als ich, Howard. Du hast es besser als ich. Du bist zwar'n Idiot, aber du hast ne Frau, die mal Babys von dir gekriegt hat. Und du kannst noch so'n Idiot sein und die nie wieder sehn – aber du *hast* die.«

Howard fiel vornüber vom Stuhl. Grunzend hockte er sich auf die Knie und hievte sich wieder hoch.

Socrates hörte, wie er ging, sah es aber nicht. Sein Blick wanderte über die Tischplatte und blieb auf der Walnussmaserung der Tapete liegen, die auf der Pappfläche klebte.

3.

Socrates Fortlow, verurteilt wegen Mordes und nach siebenundzwanzig Jahren Haft entlassen (an seinem Geburtstag), wusch sich mit dem Wasser aus seinem Küchenausguss. Dann spritzte er sich ein paar Tropfen Eau de Cologne aus einer Musterflasche an; er hatte sie einem Mann, der auf einer Decke auf der Straße Trödel feilbot, abgekauft. Er hatte heute schwarze Jeans und einen militärgrünen Rollkragenpulli an. In den Taschen seiner Armeejacke waren fünf Tafeln *Hershey's*-Schokolade und ein mexikanischer Ring, Sterlingsilber mit eingelegten blauen Steinen. Den hatte er bei demselben Mann erstanden wie das Eau de Cologne.

Dann ging er zu Howard und Corina Shakurs kleinem Stuckhaus in der 121st Street, elf lange Blocks entfernt. Er hatte seit Tagen von beiden nichts gehört. Aber das war kein Wunder. Socrates besaß kein Telefon, Howard war wahrscheinlich noch immer sauer auf ihn, und Corina hatte genug mit der Familie zu tun.

Auf der winzigen Veranda lag ein Plastikdreirad. Die Fliegengittertür war zu, aber die richtige dahinter stand offen. Socrates fühlte, wie sein Herz pumpte. Er wartete eine Sekunde, dann klopfte er an den Aluminiumrahmen.

»Mama!«, brüllte irgendwo drinnen Winnie. »'s wer anner Tür!«

Das orangerote Hauskleid stand Corina gut. Als sie Socrates sah, legte sich ein Lächeln über ihr weiches Gesicht. Sie machte den Mund auf, und Socrates hoffte, sie würde gleich etwas Einladendes sagen, aber sie rief nur laut: »Howard. Howard – Socrates is hier.«

Dann zog sie die Fliegentür auf und bat ihn herein. Socrates nahm auf einem zierlichen Sofa mit dünnen Beinen aus Kiefernholz Platz. Winnie spielte auf dem Boden mit ihrer Puppe, Howard junior hatte einen Finger in die Nase gebohrt und sah den Neuankömmling mit großen Augen an.

Howard kam aus der Küche, und Socrates stand extra wieder auf und schüttelte ihm die Hand. »Tag«, sagte Howard.

»Tag, wie gehts dir denn?«, fragte Socrates. »Ich komm grad hier vorbei und wollte bloß mal sehen, wies euch so geht.«

»Wieder gut, Mr. Fortlow.« Corina strahlte ihn an.

»Ja«, bestätigte Howard. »Hab'n Job jetzt, bei *Pronto Pizza.*«

»Tatsächlich?«

»Ja. Bei denen war grad der Stellvertreter vom Chef abgehauen, und da ham sie mich auf Probe genommen, wegen meiner Erfahrung mit städtischen Jobs. Zahlen zwar im Augenblick bloß sechsfünfundzwanzig, aber in acht Monaten kann ich auf achtfünfundachtzig kommen, wenn ich gut bin.« Howard sah Socrates die ganze Zeit argwöhnisch an.

»Setzt euch doch«, sagte Corina.

Howard nahm einen Stuhl gegenüber vom Sofa, und Corina lief in die Küche und kam mit einem Küchenstuhl zurück. Sie lächelte und sah glücklich aus.

»Für welche Schicht ham sie dich eingeteilt?« Auch Socrates nahm wieder Platz auf dem Sofa.

»Drei bis elf. Ich krieg aber vielleicht Tagschichten, wenn ich erst mal länger dabei bin. Könnte sogar Geschäftsführer werden, wenn alles klappt.«

»Das is ja richtig gut, Howard.« Socrates brachte die Worte nur flüsternd heraus, obwohl er sie ernst meinte.

»Als Howard wiedergekommen is, hab ich ihm erzählt, was du mir gesagt hast.« Corina lächelte wieder. »Ich hab ihm erklärt, ich kann sofort'n Mann kriegen, der bloß wegen mir zwei Jobs macht.« Sie griff nach Howards Hand und hielt sie fest.

»Ja«, antwortete Socrates. »Und Howard is ja kein Idiot, o nein. Winnie?«

»Ja?«, sagte die Kleine. Sie hockte in einer Ecke und unterhielt sich gerade mit ihrer schwarzen Babypuppe.

»Magst'n Stück Schokolade?«

Winnie schwang sich herum und sah ihre Mutter an. Corina nickte, und daraufhin nickte auch das kleine Mädchen. Aber kaum hatte Socrates die Tafel *Hershey's* aus der Tasche gezogen, fing Howard junior an zu jaulen und die Hände über seinem Köpfchen zu schwenken: »'lade! 'lade!«

»Geh schön teilen mit dei'm Brüderchen«, sagte Howard senior.

»'nornung, Papa.«

Die Großen unterhielten sich eine Zeit lang, dann stand Socrates auf. Corina sagte zum Abschied, dass sie am nächsten Sonntag ein Essen vorhatten, mit Eltern und Schwiegereltern, und er solle doch auch kommen.

»Mein Vater gefällt dir bestimmt, Socco«, ergänzte Howard und zeigte zum ersten Mal ein Lächeln. »Is auch schon alt, genau wie du.«

Als Socrates schon auf der Straße war, hörte er: »Wiedersehn, Mr. Fortlow!«

Er drehte sich um und sah Winnie hinter der Fliegentür und Corina über sie gebeugt.

4.

Auf dem Nachhauseweg entdeckte Socrates einen runden Esstisch mit drei abgebrochenen Beinen auf der Straße. Er war aus Ahorn und völlig verkratzt. Socrates hievte ihn sich auf den Rücken und band ihn mit dem Ledergürtel aus seiner Hose, den er um das eine, noch feste Bein geschlungen hatte, an sich. Über die ganze restliche Strecke von neun Blocks schleppte er den schweren Tisch. Er hatte eine Absprache mit sich getroffen: Wenn er den ganzen Weg ohne Absetzen schaffte, durfte er den Tisch behalten.

Die Absprache enthielt allerdings auch eine Sonderklausel: Wenn ihm irgendjemand Hilfe anbot, musste er die nicht ablehnen. Aber niemand bot irgendetwas an. Niemand schien auch nur Notiz zu nehmen vom mühselig beladenen Socrates Fortlow.

Die drei letzten Blocks lang hatte er Lungenstiche, und seine Kniegelenke brannten wie Feuer. Als er endlich vor der Holztür zu seinem Gärtchen stand, hätte er die ganze Last beinah fallen lassen. Er hielt sie buchstäblich mit dem linken kleinen Finger und schaffte es genau bis zu seiner Hintertür, dann ließ er los.

Am nächsten Sonntag war auch Socrates bei dem Abendessen. Shakur der Älteste war genauso fett wie sein Sohn Howard. Es wurde ein schöner Abend, und Socrates versprach Corina beim Gehen, sie und Howard irgendwann demnächst auch zum Essen einzuladen.

Die drei nächsten Wochen lang arbeitete Socrates an seinem Tisch. Reparierte die gebrochenen, gesplitterten Beine mit Holzleim und Metallschienen. Machte richtige Nuten in Platte und Beine und leimte alles wieder zusammen und beschwerte es mit einem Sandsack. Schmirgelte auch alle Flächen ab und verspachtelte alle Kratzer, bevor er den ganzen Tisch abbeizte und schließlich sein Werk mit einer Polyurethanschicht versiegelte und schützte. Abend für Abend, sobald er von seinem Packerjob beim *Bounty Supermarket* wieder zu Hause war, bearbeitete er das Holz. Wenn er endlich im Bett lag, rieb er sich die Fingerspitzen und betastete die brennenden Arbeitsschwielen.

Schließlich hatte er sein Werk vollendet, machte wieder einen Fußmarsch zum shakurschen Domizil und lud die ganze Familie zu sich zum Essen ein.

Es gab Gemüsereis und Rinderkutteln in einer Tomaten-Knoblauch-Wodka-Sauce. Das Kuttelrezept hatte ihm der Fleischer bei *Bounty* gegeben.

Gegessen wurde an dem restaurierten Ahorntisch.

Es gab außerdem Eis und Kuchen für die Kleinen und *Seagram's* und Mineralwasser für die Eltern.

Howard war nicht mehr sauer auf Socrates. Howard hatte seine Frau und seine Arbeit und seine Kinder. Allen schmeckte es, und Corina trank mehr, als sie gewohnt war. Sie brabbelte in Babysprache mit ihren Kindern und machte gleich beiden Männern schöne Augen.

Dann stand Socrates auf. »Corina«, sagte er, »ich hab'n Geschenk.«

»Ach?« Corina legte den Kopf schräg zur Seite. »Was denn für'n Geschenk?«

»Der Tisch hier, den hab ich gefunden und wieder aufgemöbelt«, antwortete Socrates. »Und den möcht ich euch vermachen.«

»Nein.« Corina schien fast ein bisschen ernüchtert. »Das' doch viel zu viel. Der is ja so schön.«

»Ja«, sagte Howard.

»Ja«, echote Socrates. »Ich hab'n gefunden und wieder aufgemöbelt. Und dabei musst ich die ganze Zeit an euch denken. Euch beide, und dass ich sagen wollte, Howard, was für ne wunderbare Frau du hast. Und dass du jetzt, wenn du mal wieder weglaufen oder aufstecken willst, bloß ankucken brauchst, wie viel harte Arbeit ich da reingesteckt hab.« Socrates sagte das zu Howard, sein Blick aber klebte an Corina. »Denn du weißt ja, ich sitz hier in den Startlöchern sonst, da gibts gar kein Vertun.«

Genau in diesem Augenblick gab Howard junior einen wilden Kreischlaut von sich und fing an zu lachen. Mit einem überraschten Lächeln wandte Corina sich um und hob ihren Sohn auf den

Arm. Der patschte ihr sofort auf die Nase und lachte wieder, aber Corina ging darüber hinweg.

»Glaubstes geht, Howard?«, fragte Socrates seinen Freund.

»Was soll'n gehn?«

»Der muss doch zu euch rüber. Müsste aber zu schaffen sein, wenn wir'n umgekehrt tragen.«

»Du willst uns den wirklich schenken?« Howard sah seinen Freund ungläubig an.

»Denk einfach an mich, immer wenn du da dran isst, Mann. Sonst nix. Denk einfach an mich hier draußen und an dich da drin – im Schutz und in der Wärme von deiner Familie.«

Der Wanderer

1.

Socrates Fortlow war, als er aus der Haft entlassen wurde, sofort abgehauen, so als wäre er über die Mauer rausgekommen. Eine Familie, die ihn hätte aufnehmen können, gab es nicht. Alte Freunde gab es auch nicht, außer anderen Männern, die auch gesessen hatten und jetzt im Dunstkreis von Indianapolis oder Gary oder Chicago lebten. Sie hatten ihm zwölfhundertzweiunddreißig Dollar und dreiundsechzig Cent ausbezahlt für seine siebenundzwanzig Jahre hinter Gittern. Er hatte das Geld in die Tasche gestopft und einen Bus nach Los Angeles bestiegen.

Dass er hierher fuhr, hatte drei Gründe.

Der erste war, dass er zwar auf einem Bauernhof geboren und aufgewachsen war, aber vom Land keine Ahnung mehr hatte. Gemächliches, bäuerliches Leben hätte er gar nicht mehr ausgehalten, er brauchte also eine Großstadt.

Der zweite Grund für seine Flucht nach Westen war, dass das Zuchthaus, in dem er gesessen hatte, kalt war und überall zog. Die einzige Kühle, die er ab sofort noch wollte, war die Kühle von frisch gezapftem Bier im Wert von tausend Dollar, das er zu tanken vorhatte.

Drittens hatte er im Gefängnis gehört, dass L.A. eigentlich ein weit verstreutes, riesiges Bündel von kleineren Städten war und es alle Leute dort viel zu eilig hatten, um sich Gesichter, Umgebungen, Zeiten oder Ereignisse zu merken. Und das war genau die Anonymität, die ein Exknacki gebrauchen kann. Und so stieg er vornübergebeugt, düster und schweigsam wie jemand, der auf der Flucht ist, in einen Greyhound. Er fuhr durch bis nach Kalifornien, und dort vergrub er sich, voller Hass auf jeden Polizisten, jeden amtlichen Blick und jeden Schritt hinter sich.

Er war abgehauen, weil er wusste, dass ihn in Indiana jeder Bulle kannte. Und weil das so war, würden sie ihn immer mal wieder in die Kiste zu stecken versuchen. Wenn ihn aber noch mal irgendjemand in irgendeine Zelle zu sperren versuchen würde, würde er alles tun und ihn kaltmachen.

Socrates Fortlow lief also um sein Leben.

Gleich in der ersten Woche nach seiner Freilassung, vor inzwischen acht Jahren, hatte er die erste Prügelei. Auf der kleinen Straße hinter seiner Tür pöbelte ihn ein bulliger junger Mann an. Er hieß Charles Rinnett, er wollte vor seinen grinsenden Freunden eine Schau abziehen und beschimpfte Socrates als »Penner«, als »lumpensammelndes und Mülltonnen leerfressendes Stück Dreck«.

Socrates war damals erst fünfzig, aber damit mehr als doppelt so alt wie Charles. Trotzdem machte er dem jungen Mann ganz klar, und zwar sowohl verbal wie handgreiflich, dass er weder obdachlos war noch sich je von Abfällen ernährt hatte.

»Manchmal is ne zerdetschte Nase das Einzige, was ihr Bengels kapiert«, hatte er erklärt, als er über dem Pöbler stand. Er hatte ihn dreimal zu Boden schlagen müssen, bevor der junge Mann kapiert hatte, dass er lieber liegen blieb. Die anderen Jungmannen lachten jetzt nicht mehr über Socrates, sondern machten sich über ihren Freund lustig.

Seit diesem Tag hatte Charles nie wieder ein Wort mit Socrates gewechselt. Er wurde einfach älter und trübsinniger, und dann und wann sah man ihn auf den Straßen von Watts Flaschen und Dosen aufklauben. Socrates beobachtete all die Jahre, wie Charles bösartiger und schäbiger wurde.

Wenn er gekonnt hätte, hätte er sich bei ihm dafür entschuldigt, dass er ihm die Nase gebrochen hatte; er hätte ihm erklärt, dass er gerade aus dem Zuchthaus gekommen war, als sie sich geprügelt hatten. Und dass man im Zuchthaus gleich am ersten Tag irgendjemandem voll eine dröhnen muss, weil man beweisen muss, dass man kein Waschlappen ist. Eine Prügelei war einfach nur wie ein Einstand zur Ladeneröffnung.

Im Laufe der Jahre führte Socrates manchmal Gespräche im Geist mit Charles. Er fragte den Schlappsack mit den gelben Augen zum Beispiel, warum er immer nur herumlungerte, auf immer denselben Straßen. »Warum treibste dich hier eigentlich rum wie'n verwahrlostes Kind? Du bist doch'n Mann, du könntst was aus dir machen.« Er formte die Sätze ohne Ton mit dem Mund, während er von seinem neuen Arbeitsplatz im *Bounty Supermarket* mit dem Bus nach Hause fuhr.

»Und selber? Was hast du'n so Besondres aus dir gemacht, Alter?«, fragte der imaginäre Charles zurück. »Wohnst da in so'm Rattenloch und fährst jeden Tag mit'm Bus in so'n Laden. Wie viel kriegst'n da? Was machste da überhaupt?«

»Ich hab ne Stelle da«, flüsterte Socrates weiter. »Ich steh morgens auf und geh zur Arbeit. Ich krieg'n Lohn. Ich hab sogar'n Konto.«

Die Dame, die vor Socrates saß, stand auf. Er dachte, sie wollte aussteigen, aber sie setzte sich woandershin.

Er hielt die Finger vor die Lippen und konzentrierte sich darauf, keinen Ton mehr zu sagen. Aber dann fing sein Freund im Geist an: »Bist doch genauso'n Niggah wie ich, Socrates Fortlow. Auch deine Scheiße stinkt, auch du stehst ganz unten auf der Leiter vom weißen Mann – gleich neben mir. Ich kann nirgends anders hin, und du kannst das auch nich.«

»Kann ich wohl!«, platzte Socrates heraus. »Ich kann überallhin, wos mir passt, verdammt noch mal!«

Niemand drehte sich um und sah ihn an, aber alle hörten, was Socrates gesagt hatte, alle hätten seinen Schwur bezeugen können.

2.

Am folgenden Sonnabend stieg Socrates morgens in einen Bus, der bis nach Santa Monica fuhr. Er war groß und blau und völlig leer bis auf ihn und die Busfahrerin – eine redselige schwarze Frau.

»Tja, meine Kinder sind alle in Atlanta unten«, erzählte sie. »Sie wissen ja, Farbige sind ständig auf Achse. Wollen immer ganz schnell irgendwohin. Ich hab ihnen immer wieder gesagt, bleibt doch hier. Ich sag immer, Hauptsache, man kriegt irgendwo die Füße auf'n Boden und baut sich was auf. Aber die hören ja nich. Die sagen, hier oben gibt kein Mensch'm Farbigen ne Chance. Also, mir braucht kein Mensch irgendwas geben, gar nix. Geschenkt wird einem sowieso nix, was, Mister?«

»Na ja«, antwortete Socrates. »Eins vielleicht doch.«

»Ach«, sagte die Fahrerin. »Was'n?«

»'n saubern Tritt in' Hintern.«

Die Fahrerin musste lachen. Sie lachte so haltlos, dass Socrates Angst bekam, sie könnte die rote Ampel, auf die sie zurollten, übersehen. Tat sie aber nicht. Schwankend und mit Bremsgeräuschen wie das Trompeten eines Elefantenbullen kam der Bus zum Stehen, und Socrates fühlte sich, als ritte er im Innern einer Riesenwelle.

»Was machen Sie'n hier heut?«, fragte sie dann. »Arbeit hier draußen?«

»Ich fahr einfach mal raus, wollt ich immer schon«, antwortete Socrates. »Man soll nich das ganze Leben wie'n bekloppter Höhlenmensch in seiner Höhle hocken. Will mir mal's Meer ankucken. Bin jetzt seit acht'nhalb Jahren in L.A. und hab noch nich *ein*mal's Meer gesehn.«

»Hm! Sie wissen das wenigstens.« Die Fahrerin grinste selbstzufrieden über diese Wahrheit. »Das' nämlich das Problem bei'n meisten. Die ham die ganze Welt vor der Nase liegen und jammern bloß rum, was sie alles nich können. Bin ganz Ihrer Meinung. Man kauft sich ne Karte und kuckt sich was an.«

An der Kreuzung Lincoln und Pico Boulevard stieg Socrates aus und schlenderte die Straßen entlang, bis er plötzlich vor dem großen blauen Ozean stand.

Entlang des Strands, ungefähr hundert Meter vom Wasser entfernt, zog sich ein Fußweg wie ein Band. Auf ihm strebten fast nackte Männer und Frauen in beiden Richtungen, langsam oder im Laufschritt, auf Rollerblades oder Fahrrädern. Manche hatten Skateboards, andere waren Surfer, und ein paar Männer und Frauen trugen Taucheranzüge. Alle sahen aus, als müssten sie schwer schuften bei ihren Freizeitbeschäftigungen.

Socrates fiel der Gefängnishof wieder ein.

Es war dasselbe Gefühl wie damals, jedes Mal, wenn er wieder aus der Einzelhaft durfte. Nach ein paar Wochen im »Kühlschrank« war der Hof jedes Mal wunderschön. Sonnenschein und Gesellschaft von anderen Männern waren wieder da. Gewichte zum Heben und Würfel zum Spielen waren auch da und Illustrierte und Unterhaltungen. Er saß zwar immer noch im Knast, aber er hatte eine Ahnung von Freiheit nach der Zeit der verschärften Haft. Selbst Knast fühlte sich manchmal gut an, wenn man die Beine lang machen und ab und zu in die Sonne blinzeln durfte.

An diesem Tag am Strand schien die Sonne heiß und grell. Socrates zog Schuhe und Strümpfe aus und steckte sie in die Armeejackentaschen. Dann zog er die Jacke auch aus und hängte sie sich über die Schulter.

Dicht am Wasser waren kaum Leute. Nur ein paar Jogger und ebenso viele Hunde.

Der Wellengang war laut hier unten. Die Wellen rauschten und zischten und sangen wie ein Chor aus lauter absaufenden Glocken. Alles war Klang hier unten am Wasser. Die ganze Welt war des blauen Gottes Lied.

»Gott is weit und breit nich hier, mein Kind«, pflegte Socrates' Tante Bellandra Beaufort immer zu sagen. »Der is ne Million Kilometer weg, da irgendwo mitten im Meer. Und weiß isser auch nich, wies immer heißt.«

»Gott is schwarz?«, hatte der kleine Socrates seine hoch gewachsene, magere Tante gefragt und sich, auf ihrem Schoß, an ihre knochige Brust gelehnt.

»Näh, Liebes«, hatte sie traurig geantwortet. »Schwarz isser auch nich. Wenn er das wär, hätten wir hier unten nich den ganzen Mist am Hals. Näh – Gott is blau.«

»Blau?«

»Hm-hm. Blau wie das Meer. Blau. Trist und kalt und ganz, ganz fern, so is auch der Himmel fern und blau. Das is'n langer, langer Weg zum lieben Gott. Und vielleicht, wenn du hinkommst, sagt der nix. Kein' verdammten Ton.«

Socrates wanderte Kilometer kurvenreiche Strände entlang. Oben drauf war der Sand heiß von der Sonne, aber kühl, sobald sein Fuß in die feuchte Schicht darunter sank. Er ging nach Norden, vorbei an Malibu und immer weiter, direkt zu auf das Blau des Wassers und des Himmels. Er blieb dicht beim Meer und dachte an seine Tante und ihre Predigten, dass Gott stets außer Reichweite blieb, die Menschen aber stets versuchten, dort hinzukommen.

Die Menschen sind nie zufrieden mit dem, was is, und deshalb is auch bloß einer von hundert glücklich.

Er aß drei Bananen und ein Sandwich mit Erdnussbutter und Marmelade, die er in den Taschen hatte. Vom weichen Sand, dem

Wind und dem wilden Meer bekam er ein Gefühl, als ob er dahintaumelte unter irgendeines zornigen Gottes Groll. Die Sonne stand hoch und brannte ihm auf den Kopf. Aber der kalte Wind trocknete seinen Schweiß und kühlte seine Knochen. Socrates wusste, dass Charles Rinnett nie so weit gekommen war – nicht auf eigene Faust, nicht nüchtern, nicht mit offenen Augen.

»Raus aus'm Kühlschrank«, sagte er zu sich, »und rein ins Meer.«

3.

Socrates wanderte immer weiter, fröstelnd und glühend und mit einem Gefühl von Freiheit, wie er es nur als kleiner Junge erträumt hatte, auf dem Schoß seiner bitteren Tante.

Socrates sah Muscheln und Spritzen, halb vergraben im Meeressaum; er sah einen Möwenschwarm an einem braunen Hundekadaver reißen; er sah die von der Flut in den trockenen Sand gekräuselten Muster. Und hier und da lag salziger Schaum, wie getrocknetes Sperma, Skizzen auf sandfarbener Depression.

Alles war so rau und schön, wie er das Leben immer kennen gelernt hatte. Socrates spürte jedem Atemzug nach und fragte sich, ob er das Leben wohl aufgeben könnte, das er sich aufgebaut hatte, da unten bei Charles und seinen idiotisch grinsenden Freunden.

Wenn er müde wurde, setzte er sich. Er hatte genug Obst und Sandwiches dabei. Er wusste, eigentlich hätte er umkehren sollen, aber er hatte das Gefühl, irgendwo weiter vorn war vielleicht etwas und wartete auf ihn. Etwas, das er mit nach Hause nehmen konnte. Etwas, das ihn davor bewahrte zu vergessen, was er gesehen und gefühlt hatte.

Er kam auf seinem Weg nach Norden an vielen Leuten vorbei, sprach aber mit niemandem. Nur manchmal nickte und lächelte er jemanden an; und hin und wieder wurde sein Gruß erwidert.

Am späteren Nachmittag sah er ein Paar, das von ganz fern auf ihn zukam. Ein Mann in irgendwie grauen Hüllen und eine Frau, die leuchtend bunt gekleidet war. Er war stämmig, sie war schmächtig und hatte einen jugendlichen Gang. Die eine Hand schlenkerte vor und zurück, der andere Arm lag um die Taille des Liebhabers.

Ein Liebespaar waren sie bestimmt, das konnte Socrates erkennen. Der Mann war älter und sie die Art Kindfrau, die ältere Männer kirre macht. Eine doppelte Leidenschaft ging von ihnen aus. Sein Gang war schwer und bedächtig und ihrer so leichtfüßig, dass sie neben ihm zu schweben schien.

Socrates hoffte, dass sie weiter in seine Richtung gingen. Er hätte gern ihre Gesichter angesehen und ihnen zugelächelt.

So auf die Ferne hielt Socrates den Mann für einen Schwarzen oder Mexikaner, oder vielleicht war er auch nur ein sehr braun gebrannter Weißer. Das Mädchen musste weiß sein. Ihre Haut schien in der Nachmittagssonne noch zu leuchten.

Aber das war nicht von Bedeutung. Nichts war von Bedeutung in diesem atemgleichen Wind aus dem blauen Meer; im Schreien und Läuten und in den Zischlauten einer Sprache, die älter war als die Menschheit, älter als das Leben selbst. Socrates hörte die Worte von diesem blauen Gott unten am Schädelboden.

Er fühlte sich wie irre, und es verschlug ihm die Sprache.

Langsam kam das Paar auf ihn zu.

Er schleppte sich weiter.

Als sie nur noch knapp dreihundert Meter entfernt waren, wusste Socrates bestimmt, dass der Mann schwarz war, war aber bei dem Mädchen nicht mehr sicher. Aus der Nähe war ihre Haut olivfarben.

Das Mädchen, die Frau, weiß oder schwarz, was immer sie sein mochte – sie winkte Socrates zu, und ihm hüpfte das Herz. Er fühlte sich wieder wie ein Kind, das im Sandkasten auf dem Spielplatz gleich neue Freunde kennen lernt.

4.

»Na, Mann«, sagte der vierschrötige Neger, der tatsächlich ganz in Grau gekleidet war, »wie gehts, wie stehts?«

Er griff nach Socrates' Hand und hielt sie fest umklammert. Es kam selten vor, dass Socrates jemandem begegnete, der so stark war wie er. Er war vielleicht älter, er hatte vielleicht nicht mehr die Puste, aber eine Mülltonne für hundertfünfzig Liter Inhalt randvoll mit Wasser wuchtete Socrates immer noch und schleppte sie einen ganzen Häuserblock lang.

»Hallo«, sagte die junge Frau knapp. Ihre Haut hatte die Farbe von Bernstein und ihre langen Haare alle Töne von Blond bis Braun und jede Form von Glatt bis Kraus. Ihre Augen waren womöglich grün. Aber was Socrates wirklich in Erstaunen versetzte, war ihr Gesicht. Der Kopf war länglich und pferdeartig, und das Gesicht hatte nur wenige Züge. Das Nasenbein war tief nach unten gezogen und wurde kurz über den üppigen Lippen etwas breiter. Die Wangenknochen saßen sehr hoch, aber deren Ausdruck war abgeschwächt durch die steile Stirnkurve.

Sie war eine wunderschöne Kindfrau, höchstens siebzehn und seltsam anzusehen – fast als wäre sie kein menschliches Wesen.

»Wir haben Sie schon lange gesehen«, sagte sie jetzt. »Gordo denkt, Sie waren auch Soldat, wie er, aber ich sehs nicht so. Ich hab gesagt, Sie waren nie bei irgendner Armee. Sie gehen nicht, als hätt Ihnen mal irgendwer Marschieren beigebracht.«

Socrates lächelte und nickte.

»Und?«, fragte der Mann.

»Und was?«

»Waren Sie beim Militär?«

»Wohl kaum«, sagte Socrates.

Das Mädchen kniff dem Mann in den Oberarm und rief: »Hah! Gewonnen!«

»Willste was trinken?« Gordo schwang den großen grauen Rucksack von der Schulter und kniete sich in den Sand. »Das is übrigens Delia.«

Delia hielt Socrates die Hand entgegen, und als er sie ergriff, zog sie ihn nach unten, damit er sich zu ihnen setzte.

»Und wie heißt du?«, fragte sie.

»Socrates.«

»Boh. Das' ja scharf.« Das sagten ihre Lippenbewegungen. Vielleicht hatte sie es geflüstert, verstanden hatte es Socrates durch das Wellenrauschen jedenfalls nicht.

Gordo holte eine Literflasche billigen Rotwein aus dem Rucksack. »Gras ham wir auch. Willste ein' durchziehen?«

»Wein reicht mir.«

Gordo hatte ein Jungsgesicht, aber seine Haare waren mehr als halb ergraut; auch der Schnauzer und die Augenbrauen waren Pfeffer und Salz. Er schraubte die Flasche auf und nahm einen vollen Schluck Rotwein.

Socrates trank als Nächster.

Delia hielt sich die Flasche vor den offenen Mund und wollte sich den Wein einkippen, goss aber etwas daneben auf die bunte Flickenweste. Lachend reichte sie die Flasche zurück an ihren Liebhaber.

Gordo bohrte die Flasche in den Sand. »Was treibt'n dich hierher?«, fragte er Socrates.

»Kann ich gar nich genau sagen«, antwortete Socrates. »Is einfach'n Spaziergang. So was mach ich ungefähr alle zwanzig Jahre mal.«

Gordo lächelte. »Magste was essen? Wir ham Chili und Tortilla-Chips mit.«

»Und Getränke«, ergänzte Delia.

»Ja, gern.« Socrates fiel ein, dass er eigentlich nach Hause sollte, zurück nach Watts. Er fand, er war schon viel zu weit gegangen. In seinem Kopf sagte deutlich eine Stimme: »Geh jetzt nach Haus, Socrates«, aber Wind und Wasser ließen die Stimme dünn und unbedeutend werden.

Delia schob den Lederrock hoch und schlug im Sand die nackten Beine übereinander.

»Ich weiß ne Stelle, da liegt Treibholz. Is'n guten Kilometer weg, den Canyon da rauf«, sagte Gordo. »Da könnten wir hin, da sieht kein Mensch'n Feuer.«

Socrates starrte diese langen braunen Beine an.

Und dann sah ihm Delia in die Augen, und ihr Grinsen wurde lautloses Lachen.

5.

Sie gingen den Strand entlang einen guten Kilometer nach Norden und dann durch einen alten Zementtunnel für Abwässer unter dem Pacific Coast Highway hindurch. Der Canyon dahinter war eng, steil und namenlos. Er führte ungefähr einen Kilometer weit in die Santa Monica Mountains und brach irgendwann ab. Das ganze ausgedörrte Bett entlang lagen ineinander verhakte Treibholzbündel, von zahllosen Fluten hier hochgespült.

»Biste oft hier?«, fragte Delia, während sie sich durch das trockene Strombett vorwärts tasteten.

»War hier noch nie.«

»Is komisch hier, irgendwie wild und gleichzeitig auch ganz zivilisiert.« Sie deutete nach oben auf die Klippen der steilen Felswände.

Socrates sah zuerst nur Himmel. Das Blau wurde jetzt gegen Abend dunkler. Dann sah er Lichter; elektrisches Licht in Häusern, die oben am Canyon klebten. Die Häuser sahen aus, als ob sie schwankten und gleich die Klippen hinunterkollern würden. Ein paar waren schon Beute von Erdrutschen und Erosionen geworden. So eine Katastrophe hatte eine ganze Hauswand aus lachsrosa Schlackeziegeln nach unten ins Stromtal gerissen.

»Wenn ich mir'n Haus leisten könnte«, Gordo sah die Felswände hoch, »dann würd ichs da bauen.«

»Warum das denn?«, fragte Socrates.

»Weil, da oben zieht der Boden sich selber weg, einfach unter'n Füßen.«

Er grinste in das verblassende Sonnenlicht.

»Aber …«, wieder fiel Socrates ein, dass er eigentlich weg musste, »aber das' doch sinnlos.«

»Der ganze Boden hier, unter dir und mir und unter Delia auch, der trägt sich ab. Der giert danach, dein Grab zu werden, Mann. Und die hocken hier und reden sich ein, der Boden unter ihren Füßen, der wär aber sicher …« Gordo schnippte laut mit den Fingern. »Dabei kannste hier plötzlich weg sein. So wie das eine Haus da oben.«

Delia schmiegte sich an Gordo und zupfte ihm ein vertrocknetes Blatt aus den Haaren.

»Muss man aber nich noch beschleunigen, den Prozess«, sagte Socrates.

»Na ja«, sagte Gordo, »wenigstens weißte da oben ganz sicher, dass so was kommt. Wenigstens weißte da oben, dass man leben muss.«

Er holte drei Ziegel und legte sie mit den Längsseiten nach innen, zu einer Art rituellem Kreis. Delia schichtete so viele Zweige dazwischen, wie sie konnte. Dann zog Gordo einen zerbeulten Blechtopf aus dem Rucksack, in dem drei Büchsen *Hor-*

mel-Chili standen. Und eine Riesentüte Tortilla-Chips und eine Achterpackung Dosencola mit Kirschgeschmack.

»Is mein Geburtstag heute«, sagte Gordo. »Da mach ich ne Party.«

»Kommste immer hierher zum Geburtstagfeiern?«, fragte Socrates.

Gordo sah ihm fest in die Augen, und sein gealtertes Jungsgesicht bekam einen Zug grimmiger Konzentriertheit. »Nein«, sagte er schließlich. »Hab noch nie hier Geburtstag gefeiert. Aber ich such mir immer'n besondern Ort. Und der is der besonderste.«

»Warum das denn?«

Wieder langte Gordo in den Rucksack und zog eine lange schmale Kerze hervor. Sie war dunkelrot und wurde nach oben schmaler. Lächelnd hielt er sie hoch. »Meine Geburtstagskerze.«

Delia war vollauf beschäftigt mit dem Versuch, die Chili-Dosen mit einem Campingöffner aufzukriegen, der kaum größer als eine Münze war. Dann schüttete sie den jeweiligen dunkelbraunen Inhalt mit den Fettklümpchen in den Blechtopf.

Gordo setzte die große Flasche an den Mund und trank den Rest Rotwein in einem Zug. Danach drehte er die Kerze in den Flaschenhals. »Für jedes Geborene muss eins sterben«, sagte er feierlich. »An jedem Geburtstag feiern wir die Toten.«

Zeremoniell wie ein Priester zündete er die Kerze an und hockte auf Knien und mit hilflos schlenkernden Armen vor der Flamme.

Delia klemmte den Topf zwischen die Schlackeziegel und zündete mit dem Feuerzeug die Äste an. Die Flammen loderten hell auf, und hinter der Entwässerungsanlage ging gleichzeitig die Sonne unter.

Es war, als hätte sie mit einem Handstreich die Nacht gerufen. Delia war ausgeleuchtet vom Feuerschein, schien aber wie in

Dunkelheit gehüllt, obwohl der Canyon selbst noch im ersten Dämmerlicht lag.

Socrates spürte den kalten Hauch des Abends. Er setzte sich und zog Strümpfe und Schuhe wieder an. »Wo bist du'n her, Mädchen?«, fragte er, um den Bann von Gordos wortloser Versunkenheit zu brechen.

»Ohio.«

»Und deine Eltern?«

Sie zuckte die Schulter, lächelte, zog den Rock sehr hoch und kniete sich ebenfalls hin.

»Hab sechs'nzwanzig Leute kaltgemacht«, sagte Gordo plötzlich. Und das war vermutlich das Einzige, das Socrates' Augen von diesen Beinen wegziehen konnte.

»Wie viel?«

»Sechs'nzwanzig. 'n letzten vor sechs'nzwanzig Jahren. So'n schielendes, dürres kleines Arschloch, höchstens sechzig Kilo. War beim Football, L.A. High School, da hat der mich beinah umgebracht. Beinah, du. Beinah.« Gordo starrte ins Feuer.

»Vietnam?«

»Das' die letzte Kerze«, fuhr Gordo fort. »Die allerletzte.« Er hob einen Zweig auf und zündete ihn am Docht der blutroten Kerze an. Das krumme Stöckchen blinkte und flackerte in der Abendbrise wie ein brennender Schmetterling. »Ich mach dann immer'n Ausflug mit'm Mädchen und trink und feier ein' von den Männern, die ich erledigt hab. Und jedes Mal zünd ich ne Kerze an für einen und esse und trinke und sag ihm'n Toast.«

»Und was soll ich dabei?«, fragte Socrates.

»Wir ham dich einfach gesehen, Mann. Sonst nix. Na ja, so wie man was am Strand findet und aufsammelt, weißte. So is eben Strandleben.«

»Aha«, sagte Socrates.

»Magste'n bisschen?« Delia schüttete ein Häufchen Tortilla-

Chips auf einen Blechteller und schöpfte mit einer der leeren Dosen Chili darüber.

Socrates nahm den Teller und eine winzige weiße Plastikgabel. »Danke.«

Sie füllte den nächsten Teller für Gordo, und der nahm ihn feierlich mit beiden Händen entgegen.

»Und du isst nix?«, fragte Socrates Delia.

»Ich ess kein Fleisch«, sagte sie und zauberte eine Apfelsine aus ihrem Cape. Sie biss ein Stück Schale heraus, drückte und lutschte an dem Loch, das sie freigebissen hatte.

Socrates versuchte, nicht allzu unüberhörbar zu atmen, während er zusah, wie sie mit Wangen und Zähnen und Zunge die Apfelsine bearbeitete.

»Haste'n Auto?«, fragte Gordo.

Socrates spürte, wie es ihn über den ganzen kahlen Schädel kribbelte. »Und du hast bestimmt kein' mehr umgebracht seit sechs'nzwanzig Jahren?«, fragte er zurück.

Auf Gordos dunklem Gesicht erschien ein weißes Lächeln.

Er gluckste leise auf.

Socrates fühlte sein ganzes Gewicht auf dem nachgiebigen weichen Boden. Wenn er jetzt hochspränge, würden seine Füße in den Sand sinken. Eine Abbildung von einem Gemälde fiel ihm ein, er hatte sie in der Gefängnisbibliothek gesehen. In einem Buch über die »Geschichte der europäischen Kunst«. Den Namen des Malers wusste er nicht mehr.

Es war eine düstere Szene gewesen. Zwei Männer waren bis zu den Knien im Morast versunken und hieben mit Keulen aufeinander ein. Sie waren schon blutüberströmt und erschöpft, aber sie mussten immer weiterkämpfen, in alle Ewigkeit. Das waren auch zwei massige Männer. Massiger als die Berge hinter ihnen.

»Dann war Schluss, Bruder«, sagte Gordo. »1996, dritter November. War nich weit weg vom Lager. Wollt sich mit'm spitzen

Messer auf mich stürzen, aber ich hatte'n gehört ...« Gordos Augen funkelten im Feuerschein.

Es war jetzt Abend.

»Und wo kommst du her, Bruder?«, fragte Gordo.

»Hauptsächlich aus'm Knast.«

»Wofür haste gesessen?«

»Mord.«

»Du hast ein' umgebracht?«, fragte Delia. Socrates gab ihr keine Antwort.

»Wie lang warst'n drin?«, fragte Gordo weiter.

»Sie'mzwanzig Jahre.«

»Für *einen* Mord?« Gordos Erstaunen war echt.

»War'n Mann und ne Frau. Und die hab ich auch vergewaltigt«, sagte Socrates und fragte sich, ob das Meer all das wundersamerweise hervorbrachte. »Ich hab auch noch drei Knackis kaltgemacht, aber das hat nie einer rausgekriegt. Jedenfalls hats keiner beweisen können. Außerdem die ganzen Typen, die ich tyrannisiert und schikaniert und beklaut und bedroht hab. Ich hab entweder selber irgendn Verbrechen begangen oder mir hat einer eins angetan, jeden einzelnen Tag, den ich im Knast war. Wenn du erst mal in der Kiste bist, gehörste da auch hin.«

»Haste auch mal wen mit eigenen Händen kaltgemacht?« Gordos Körper war gespannt, sein Kopf hatte etwas von einem Raubtier.

»Hab alles mit eigenen Händen gemacht. Bei allen. Hab nie ne Waffe benutzt. Ich hatte welche, aber benutzt hab ich die nich.«

6.

Gordo nickte, und seine Spannung lockerte sich ein bisschen. »Ich bin vonner High School zum Heroin gekommen, mit Umweg über Vietnam«, sagte er.

Delia hatte ihren Kopf in seinen Schoß gelegt und sah Socrates von unten in die Augen.

»War alles heftiger da. Die Drogen, der Regen, die Sonne und der Feind auch. Du hast grad ein' in' Boden gerammt, da hüpft der wieder auf. Hüpft einfach hoch und auf dich los. Nach ner Zeit haste bloß noch *ein* Gefühl: müde. Müde.«

Die Erschöpfung des Krieges senkte sich über Gordo. Die Schultern sackten ihm hinunter, der Teller auf seinem Schoß geriet ins Rutschen. Er hätte nichts sagen oder auch nur den Löffel heben können. Der ganze Mann sah so müde aus, dass Socrates überlegte, wie lange er es noch schaffen würde, Luft zu holen.

Und dann erzählte Delia von Waisenhäusern und Einkaufscentern und dass sie ein Niemand war und wie toll sie das fand, weil sie nämlich auch gar nicht irgendjemand sein wollte.

»Willste nich rüberkommen, ficken, Socrates?«, flüsterte sie plötzlich, als Gordo anfing zu nicken.

Socrates sah sofort zu Gordo. Er war darauf gefasst, sich zu prügeln, aber Gordo hatte gar nichts mitgekriegt.

»Was haste gesagt?«, fragte er Delia.

»Haste doch gehört. Is auch in Ordnung. Du magst mich, und heut is'n besonderer Tag. Wir könn' da rüber.«

Delia hielt ihm die Hand hin, und Socrates ergriff sie. Sie wollte ihn hochziehen, hatte aber keine Kraft. Sie beugte sich über ihn, küsste ihm eine Hand und knabberte daran herum. Socrates sah zu Gordo, aber der starrte inzwischen hoch zu den Sternen und fand die in Vietnam bestimmt auch heftiger – ganz bestimmt.

Delia knabberte an Socrates' Lippen und ließ ihre Zunge seine Zahnreihe entlanggleiten. Dann zog sie noch einmal an seinen Händen, und er stand auf. Sie gingen zum Rand des Feuerscheins und umarmten sich. Delia machte sich schwer, als wollte sie einfach ihr Gewicht in den weichen Sand sinken lassen. Aber Socrates blieb stehen und behielt Gordo, der in die Sterne starrte, im Auge.

Delia küsste ihn wieder, und er spürte den Zauber der Leidenschaft, aber die Leidenschaft kam aus dem Wind und dem Mondlicht; diese Leidenschaft hing gefährlich an den Wänden des Canyons. Was Socrates wollte, war nicht Sex. Und alles, was er brauchte, hatte er bekommen.

Auch Delia spürte es. Sie ließ die Arme sinken, blieb aber an ihn geschmiegt.

»Ich werd jetzt gehn«, sagte Socrates.

»Och.« Delia klang ehrlich enttäuscht. »Bleib doch. Wir müssen doch nix machen. Na, komm.«

Socrates winkte Gordo zu. »Bis dann.«

Der müde Veteran winkte zurück. »Bis dann.«

Delia stellte sich auf die Zehenspitzen und gab Socrates einen mädchenhaften Kuss auf den Mund. Er war feucht und weich und schmeckte nach Meer und Apfelsinenschalen.

7.

Socrates taumelte den Weg zurück, den er gekommen war; unten am Wasser, wo der Sand fest und feucht war. Die Wellen folgten ihm, krachten auf den Strand und brachen sich zu Schaum, der im kahlen Mondlicht zu phosphoreszieren schien. Das war, fand Socrates, das Lachen des Meeres.

Und komisch war es ja auch. Er dachte an Delia, wie sie sich mit Gordo im Sand wälzte, wie ihre Hanfhaare die Flämmchen des Kochfeuers widerspiegelten. Er dachte an Charles Rinnett, vor der Zeit alt geworden, wie er seinen gestohlenen Einkaufswagen die Hooper und die Central und die Florence Avenue entlangschob.

Eine lange Weile wanderte er so, dann blieb er stehen. Seine

Beine fühlten sich an, als hätte jemand ein Strom führendes Kabel drangehalten. Er riss sich zusammen, um nicht hinzufallen. Mit großen Schritten lief er zu einer Stelle, an der eine Klippe mit Unterholz auf den Sand traf. Dort fand er zwei große Pappkartons. Unbenutzt. Hinter einem dornigen Gebüsch verkeilte er sie ineinander. Den Gedanken an Särge versuchte er aus dem Kopf zu verbannen, als er drin saß.

Der Wind spielte die ganze Nacht mit den Pappwänden; der hohle Klang von rauschender Luft und das Sirren von treibendem Sand. Der Wind war so heftig, dass die Kartons ohne Socrates' Gewicht weggeflogen wären. Der Wind drückte ihm die eine Kartonwand entgegen. Er stemmte sich gegen den Druck und träumte vom Schoß seiner Tante Bellandra.

Am nächsten Morgen entdeckte er in der Umgebung seiner Zuflucht verwehte Abdrücke von Pfoten. Er bekam ein Glücksgefühl bei der Vorstellung, dass irgendein Hund sein wackliges Heim bewacht hatte.

Die Sonne schien so gleißend hell vom Himmel, dass das Meer ganz zahm aussah. Socrates riss die Arme hoch und gab bellende Geräusche von sich, und hunderte von Möwen stoben kreischend in die Luft. So konnte er erkennen, dass sie auf einer mit Wasser vollgelaufenen Lichtung gesessen hatten, gleich neben seiner dornigen Ecke.

Er fragte sich, was Delia und Gordo wohl machten. Aber er ging nicht zurück zu ihrer kleinen Grotte, sondern wanderte weiter in Richtung Busse und Zuhause.

Irgendwo unterwegs tauchte Charles Rinnett in seinem Kopf auf.

»Du hältst so'n Scheiß wohl für bedeutend?«, höhnte das Phantom.

»Schluss mit dem Gequatsche«, flüsterte Socrates und stellte sich vor, wie Charles Rinnett von einer Bö davongefegt wurde.

Lektionen

1.

»Und was hat sie gesagt?«, fragte Darryl ohne große Neugier. Er und sein einziger Freund Socrates Fortlow saßen auf einer Holzbank im Carver Park in Watts.

»Gesagt hat sie nix.« Socrates dachte an seine Mutter und daran, wie es ihn erstaunt hatte, dass sie älter geworden war, sogar im Traum. Ihre wenigen unter dem Sonnenhut zu erkennenden Haare waren inzwischen weiß, und ihr Gesicht hatte etwas Schweres. »Deshalb hab ich ja gedacht, sie is wirklich da«, sagte er laut.

»Was sagste?« Darryl sah nervös auf die zerzausten Bäume um sich herum.

»Na ja«, sagte der ehemalige Zuchthäusler, »als sie gestorben is, da saß ich im Knast, und da war sie ja erst zwei'nfünfzig. Aber in mei'm Traum war sie ne ganze Ecke älter. So als ob sie nie gestorben wär, bloß einfach immer älter geworden.«

»Ach so«, sagte der Junge. Er war in den letzten Monaten, seit er von zu Hause weg- und bei Socrates eingezogen war, zwölf Zentimeter in die Länge geschossen, hatte aber kein Gramm zugelegt. Er war schlaksig und knochig und fast so lang wie Socrates, aber der war stämmig und muskulös.

»Hörste mir eigentlich zu, mein Junge?« Socrates sah in die Richtung, in die Darryl weiter starrte. »Siehst'n?«

»Noch nich«, sagte Darryl. »Aber da kommt der immer lang.«

»Dann hör auf, da hinzukucken. Der weiß sofort, was für'n Schiss du hast, wenn du da ewig hinkuckst. Los, kuck *mich* an.«

Darryl drehte den Kopf und sah widerwillig Socrates an. Er zitterte.

»Also, wie findste das?«, fragte Socrates.

»Find ich was?«, greinte Darryl.

»Mein' Traum, was'n sonst?«

»Mit deiner Mama, den?«

»Ja.«

»War sie nett zu dir?« Darryls Pubertätsstimme klang brüchig, vom nahenden Mannesalter und von der Angst.

»O ja«, antwortete Socrates. »Meine Mutter hat als Einzige immer zu mir gehalten. Als Einzige.«

»Weil, weißte«, fing Darryl an, »ich träum nämlich manchmal von Yvette Frank.«

»Ja?«

»Hm-hm.« Darryl nickte wie ein artiger kleiner Junge. »Da is sie immer nackt und sagt mir, sie find' mich toll.«

»Und dann wachste auf und hast ne Latte?«

Darryl schoss mit dem Oberkörper nach vorn und rupfte unter der Parkbank einen fitzeligen langen Grashalm aus. An dem zwirbelte und quetschte er so lange herum, bis seine hellen Daumen- und Fingerkuppen ganz grün waren.

»Is doch normal«, fuhr Socrates fort. »Von so was träumt man als Junge. Da träumt man vom Mannsein.« Er sah hinüber zu der müllverdreckten Wiese des Parks. An einem Picknicktisch nicht weit von ihnen hatten vier Männer eine lebhafte Partie Domino angefangen.

»Füm'nzwanzig!«, rief Trevor Brown gerade und knallte seinen Stein auf die Platte.

Socrates kannte Trevor vom Ständigen Flohmarkt South Central im ehemaligen Einkaufscenter *Avalon*. Das Center selbst war 1988 Pleite gegangen. Der Supermarkt und die restlichen Läden waren in kleine Buden unterteilt worden, die man tage- oder wochen- oder monatsweise mieten konnte. In diesem überdachten Flohmarkt gab es alles, von Musik-CDs bis zu elektrischen Bohrmaschinen.

Trevor verhökerte dort T-Shirts, die seine Tochter bemalte, mit Porträts von Kriegern und Respekt heischenden Frauen aus Afrika.

Auch Socrates hatte dort hin und wieder eine Bude gemietet und mit Sachen getrödelt, die er aufgesammelt und in seiner freien Zeit aufgearbeitet hatte. Das war vor der Stelle als Packer und Lieferant beim *Bounty Supermarket*.

Jetzt hob Trevor den Kopf zu einem triumphierenden Grinsen und bemerkte Socrates.

Socrates winkte ihm zu, und Trevor erwiderte den Gruß mit einem fröhlichen Nicken.

Hinter den Männern bewegte sich ein Trupp aus drei Jungen – zwölf bis vierzehn Jahre alt. Kaltschnäuzige Kinder mit Turnschuhen ohne Schnürsenkel und tief auf den Hüften schlackernden Jeans. Sie wirkten massig in ihren weiten Jacken und latschten vorwärts wie ein Rudel ungezogener Bärenwelpen.

Die vier Männer hielten einen Augenblick lang mit dem Spiel inne und beobachteten, ob diese Kinder bedrohlich waren.

Darryl sah von seinem zermatschten Grashalm hoch und legte eine Hand auf Socrates' Schenkel.

»Isser das?«, fragte Socrates völlig ungerührt.

»Hm-hm.«

»Na, dann wolln wir mal.«

»Ich ka…ka…kannich.«

»Du musst, Darryl. Gibt keine andere Möglichkeit.«

Darryl flehte Socrates mit Blicken an, aber der Exsträfling ließ sich nicht erweichen. Er stand auf und ging. Er machte einen weiten Bogen, um nicht die Aufmerksamkeit der herumschlendernden Jungsbande zu erregen. Er ging hinüber zu den Dominospielern. »Tag, Trevor«, grüßte er.

Im selben Augenblick blaffte Philip, das Chefbärenkind: »Eh, du Stück Scheiße. Ich hab dir doch gesagt, du bleibst hier weg.«

2.

»Dein Junge hat Ärger da drüben, Fortlow«, sagte Trevor, als Socrates am Tisch ankam.

Er hatte sich nicht mehr umgedreht. Er wollte nicht mit ansehen, wie Darryl panisch davonlief. Aber Darryl lief gar nicht davon. Er stand da und sah dem kleineren, aber schwereren Philip ins Gesicht. Die beiden anderen Jungen hielten einen guten Meter Abstand. Jetzt streckte Darryl die Hände aus, als wollte er argumentieren.

Gut, dachte Socrates, die langen Arme sind sein Vorteil.

»Haste nich gehört, Socco?«, fragte Trevor Brown.

»Was haste gesagt?« Socrates ließ die Jungen nicht aus den Augen.

Die Männer um ihn herum redeten und stellten Fragen, aber Socrates starrte einfach. Es gab keine Wirklichkeit außer diesen Jungen.

Philip verpasste Darryl einen wüsten Überhandschwinger. Darryl kippte hintüber, kam kurz ins Torkeln und schoss mit einem rechten Haken aus dem Lehrbuch wieder vor. Seine Faust zielte auf Philips Kinn.

Der harte kleine Gewaltmensch zuckte nicht mit der Wimper. Darryl war gut trainiert und hatte mehr Mumm als die meisten, aber seine Muskelkraft reichte noch nicht.

Socrates holte tief Luft und hielt sie an. Irgendjemand legte ihm eine Hand auf die Schulter. Er schüttelte sie ab, ohne auch nur hinzusehen. Er hörte eine Männerstimme: *Wolpp!* und durcheinander kollernde Dominosteine.

Darryl förderte von irgendwo aus der Hose ein Steakmesser zutage, aber das schlug ihm Philip sofort aus der knochigen Hand.

Irgendjemand schrie: »Eh, was zum …«, aber den Rest verstand Socrates nicht mehr, denn er war losgerannt. Philips Faust war eben auf Darryls Kinn gekracht, und es konnte nicht mehr lange dauern, bis der schlaksige Junge – auch wenn er, wie ihm Socrates beigebracht hatte, versuchte, den Angreifer in Schach zu halten – übel zugerichtet sein würde.

Socrates warf die Schuhe ab, um im Gras besser Halt zu haben. Er war fast sechzig, aber er hatte nicht das Gefühl, alt zu sein, denn er hatte heißes Blut im Leib. Behände und geräuschlos schlich er sich hinter Philips zwei Freunde.

Darryl hatte gerade eine Faust in den Unterleib gekriegt und krümmte sich.

Der erste Junge ging mittels eines Schlags auf den Hinterkopf zu Boden.

Darryl wälzte sich schreiend am Boden, ein derber Tritt ging haarscharf an seinem Gesicht vorbei.

Der zweite Junge brachte gerade noch: »Eh …« heraus, bevor Socrates auch ihn bewusstlos schlug.

Philip hatte noch nicht mitgekriegt, dass seine Freunde am Boden lagen. Er warf sich mit einer fliegenden Ganzkörperattacke auf Darryl und beendete sie lachend und lasziv-obszön schnalzend.

Darryl jaulte vor sich hin, während Socrates die flachgelegten Jungen entwaffnete. Er holte eine Glock, einen verrosteten 22er und ein Springmesser aus ihren Taschen.

»Dreh dich rum!«, brüllte Philip.

Darryl lag auf dem Bauch und hatte Arme und Hände über den Ohren.

»Du sollst dich umdrehen, du Tucke!« Die Stimme war laut und hatte ein geiles Gurren. Philip versuchte mit der linken Hand, Darryl zum Herumrollen zu zwingen, in der rechten hielt er eine 45er Automatik.

»Hilfe!«, schrie Darryl auf. Und dann: »Bittebittebitte.«

Socrates schlug Philip die Pistole aus der Hand. Der drehte sich um und wollte sehen, wer das gewesen war, bekam aber sofort einen so derben Hieb, dass er sich zweimal überschlug und in einem Müllhaufen landete.

»Klasse!«, rief einer der Dominospieler. Die anderen johlten.

Die beiden Jungen am Boden versuchten aufzustehen, wussten aber nicht so recht, wo sie waren.

Socrates riss Philip am Arm hoch. Aber der Junge war in Ohnmacht gefallen. Socrates kniff ihm in die Wange und drehte die Finger. Der Schmerz machte Philip wach.

»Kannste mich sehn, mein Junge? Kannste mich hörn?«

Philips Kopf machte eine Bewegung, vielleicht ein Nicken. »Wer bis'n du?«, brachte er heraus.

Socrates ließ ihn los, und Philip musste aus eigener Kraft und auf wackligen Beinen stehen. Eigentlich wollte ihm Socrates noch eine donnern. Ein Schlag noch, und Philip würde es sich zweimal überlegen, bevor er Darryl anwichste. Er grinste und dachte: *'n dritten überlebt er nich.*

Aber bevor er zum zweiten ausholen konnte, brüllte Trevor von drüben: »Achtung! Pass auf, Socco!«

Der riesige Socrates fuhr herum, gefasst auf seinen Tod – oder den von irgendjemand sonst. Und dann, angesichts dessen, was er sah, hätte er fast gebrüllt vor Lachen.

Darryl kam mit steifen Beinen auf die beiden zugestakst, beide Hände fest um Philips 45er Automatik geklammert. Er taumelte beim Gehen von einer Seite zur anderen, auch die Pistole zielte irgendwo- und nirgendshin.

Auf einer Höhe mit Socrates blieb er stehen und hielt die schlenkernde Mündung im Abstand von einem halben Meter Philip vor die Brust. Dessen weit auseinander stehende Augen waren plötzlich hellwach und glotzten die Pistole an.

Darryl sah zu Socrates und wieder zu Philip. Der Mund ging

ihm wie von selbst auf zu einem breiten, tonlosen Jaulen. Die Augen jagten zwischen Freund und Feind hin und her.

»Kuck nich *mich* an!«, sagte Socrates.

Darryl zielte jetzt genauer, und Philip flitzte. Er raste an Darryl vorbei, duckte sich, um außerhalb von Socrates' Reichweite zu bleiben, und rannte dann schreiend in Richtung Dominotisch. Darryl schwang sich herum, um abzudrücken.

»Scheiße!«, schrie einer der Dominospieler.

Alle warfen sich zu Boden, obwohl es nicht mehr nötig war. Kaum hatte Socrates Darryls Arm berührt, ließ der Junge die Pistole ins Gras fallen, ohne zu schießen.

3.

»Ich hatte Schiss«, maulte Darryl und starrte nach unten auf Socrates' genarbten Linoleumboden.

»War'n verdammt guter Haken, was du dem Jungen da verpasst hast«, antwortete Socrates. »Voll aufs Kinn.« Darryl wuchs ein bisschen auf dem Stuhl.

Sie hatten das Messer und die drei Pistolen in einer braunen Papiertüte mit nach Hause gebracht.

»Du hast dein' Kram selbst in die Hand genommen, Darryl«, sagte Socrates. »Mehr kann man nich machen als Schwarzer. Man is immer inner Unterzahl und unterbewaffnet.«

»Aber die sind doch weiter hinter mir her«, sagte Darryl. »Die versuchen doch weiter, mich zu kriegen.«

»Ja, stimmt.« Socrates nickte. »Aber jetzt haste dich gewehrt. Jetzt haste getan, was ging, und jetzt braucht dir nix mehr Leid zu tun – nie mehr im Leben.«

»Und was soll mir das bringen?«

»Du hast dein' Teil getan, Darryl. Überlass mir den Rest.«

Es gab geräucherte Schweinshaxen mit Senf und Reis.

»Was is los, mein Junge?«, fragte Socrates.

»Weiß nich. Nix, wahrscheinlich. Ich mein, wenn ich wär wie du, hätt ich auch keine Probleme.«

»Hmm. Wenn du wärst wie ich, hättste zehn Jahre auf'm verdreckten Bauernhof gehockt und gehofft, dein Papi lässt sich voll laufen bis zum Umfallen, wenn er das nämlich nich macht, kriegste'n Arsch versohlt mit'm dicken Strick.«

»Das hat er gemacht?«, fragte Darryl. »Einfach so?«

»Als er endlich tot war, hat meine Mama geweint, aber nich, weil *der* weg war, sondern der Hof. Ich war selig, aber nur bis ich kapiert hab, ohne ihn krieg ich auch nich jeden Abend was zu essen. Nein, Darryl, du wärst nich gern wie ich. Du möchtst nich durch die Gegend streunen und mit Frauen umspringen, als wärn se Köter. Und dich prügeln und klauen und Krawall machen, bis sie dich in' Knast stecken. Näh, Mann. Du willst raus aus dieser ganzen Scheiße. Du musst.«

«Aber ich weiß ja nich wie«, sagte Darryl.

Nach dem Essen verfügte Socrates: »Du schläfst heut Nacht in mei'm Bett und ich auf der Couch hier. Du hast hart gearbeitet heut, du brauchst viel Schlaf.«

Kurz bevor er selbst einschlief, wusste Socrates, dass Darryl nicht bei ihm bleiben konnte. Eines Tages würde die Bande ihn finden. Und ihn entweder umbringen oder zu einem der ihren machen.

Vielleicht ja nicht. Es lief ja nicht immer so. Aber darauf ankommen lassen wollte er es nicht.

»Du hast dem Jungen das Leben gerettet«, hatte Trevor Brown im Park gesagt. *Noch nich*, dachte Socrates. *Noch nich.*

Wieder trat seine Mutter in einen Traum. Älter geworden, aber noch immer groß und aufrecht. Sie waren in dem Haus in Cartersville, im kleineren vorderen Zimmer. Es hatte ein breites Fenster, und dahinter lag ein Feld voller gezackter Garben Mais.

Socrates saß an einem Tischchen mit einer bunten Leinendecke und betrachtete seine Riesenhände. Sie stand am Fenster, und das war voll blauem Himmel und Maisfeld, und die Sonne schien so hell durch die Scheibe, dass Mrs. Fortlow wie im Schatten stand.

Socrates konnte ihre Augen nicht sehen.

»Was?«, fragte er fast wütend und merkte plötzlich, dass dieses Gespräch schon seit Jahren so ging. »Was?«

Es kam keine Antwort.

Er wollte aufstehen. Er wollte sich aufrichten und ihr begreiflich machen, wie mies er sich fühlte. Er kam nicht hoch, er schaffte es nicht mal, die Hände vom Tisch zu lösen.

Er fühlte sich so ohnmächtig, dass er anfing zu weinen. Und beim Weinen wurde sein Geist wieder wach und fragte sich, wie oft er gegenüber von diesem blauen Fenster und vor seiner Mutter gesessen hatte, weinend.

Dann bewegte sie sich.

Er war ganz sicher, das war noch nie passiert.

Noch ein Schritt, und all die Situationen fielen ihm wieder ein, als er sich einfach entschuldigen wollte für das Glück, das er von ihr genommen hatte.

Noch ein Schritt, und er konnte ihre Augen sehen. Sie flehten und weinten ohne Tränen. Von ihren feuchten Lippen kam kein Wort.

»Was?«, fragte Socrates noch einmal.

Er hob die Hände hoch. Irgendwie änderte das alles, und sie war plötzlich weg. Übrig waren nur noch sein Stuhl und das Fenster voll Himmel und Mais. Und er selbst war immer kleiner geworden. Jetzt war er nur noch eine Ameise, die von einem Fensterbrett aus in eine Welt, größer als ihre Vorstellungskraft, sieht.

»Nein.«

»Mama.«

»Ah-ah. Nein. Hör auf.«

Socrates schlug die Augen auf.

»Nein«, sagte im anderen Zimmer Darryl im Schlaf.

Socrates setzte sich neben das aufklappbare Sofabett. Er berührte Darryl nicht, er versuchte auch nicht, ihn zu wecken. Man hatte ihm als Kind beigebracht, dass die Träume eines Menschen etwas Intimes sind – wie Sex oder Aufs-Klo-Gehen – und dass man sie niemals unterbrechen darf. So saß er einfach da, eine Stunde oder länger, bis der Junge nicht mehr stöhnte und sich herumwälzte, sondern die Augen aufschlug.

»Heh«, sagte er zu dem Hünen an seinem Bett.

»Heh.«

»Weiß nich, ob ich das aushalte«, sagte Darryl.

»Ob du was aushältst?«

»Ich hab geträumt, du bist nich rechtzeitig da, und Philip schießt mir in' Kopf. Und – und – und Yvette war auch da, aber ich hab vor lauter Schiss kein' hochgekriegt, weil, ich war doch tot.«

Socrates lachte verständnisvoll. »Mach dir keine Sorgen, mein Junge. Ich bin immer im richtigen Augenblick da.«

Darryl blinzelte kurz und drehte sich auf die Seite. Im nächsten Moment schlief er wieder, und Socrates war nicht mehr sicher, ob er wirklich wach gewesen war.

4.

»Aber hier inner Gegend kann er nich bleiben«, sagte Socrates zu Luvia Pine. Zwischen beiden saß Right Burke, Luvias behinderter Pensionsgast und Socrates' bester Freund. Darryl war in der

Küche beim Keksebacken, zusammen mit Luvias Nichte Willomena.

»Und wieso nich?« Luvia konnte Socrates nicht leiden, aber sie mochte seine Freunde. Darryl hatte sie ins Herz geschlossen, und dass Right ab und zu hierher kam und nachsah, wie es dem Alten und dem Jungen ging, fand sie auch nicht tadelnswert.

»Du weißt doch, wie so Junggangster sind«, antwortete Socrates. »Die knalln' ab, aus'm fahrenden Auto, oder ziehn' mit Gewalt rein in ihre Bande. Du weißt doch selbst, wies is.«

»Muss er eben wieder zu seiner Mama ziehen.« Luvia stand auf, um zu demonstrieren, dass die Angelegenheit für sie erledigt war.

»Der hat zu Haus kein' Papa, und die Gegend, wo seine Mama wohnt, liegt mittendrin in der ganzen Scheiße«, sagte Right. Er wusste, es gab nur eine Möglichkeit, Luvia wieder zum Hinsetzen zu bewegen. Er musste ihr zeigen, dass auch er sich Sorgen machte. »Die Mama hat doch Darryl deshalb zu Socco ziehn lassen, weil sie genau weiß, der braucht jemand mit ner starken Hand, der ihn raushaut. Aber auch'n Socco kann nich jede Minute aufpassen.«

»Wie sollte ich das wohl ändern, Right Burke?«, fragte die hagere große Frau mit den schweren Knochen. »Ich hab'n Haus für alte Leutchen, so wie du und Mrs. Halloway und so. Bengel, die durch die Flure randalieren, könn' wir nich gebrauchen.«

»Da wärn aber noch die MacDaniels«, flüsterte Right.

Socrates zwinkerte vor lauter Aufregung.

Luvia schien mitten in einer Bewegung die Hand einzufrieren. Sie wollte sie gerade in Richtung Gesicht führen – vielleicht juckte ihr die Wange –, aber zehn Zentimeter davor blieb sie in der Luft hängen. »Du solltest dich schämen, so was zu sagen, Right Burke, und das weißt du ganz genau«, sagte sie schließlich. »Du weißt, so was vorzuschlagen is Sünde.«

»Hart isses sicher.« Der alte Kämpfer aus dem Zweiten Weltkrieg reckte die verkrüppelte Hand zu einer unentzifferbaren Geste hoch. »Aber Sünde isses nich. Hallie und Costas ham'n Jungen verloren an die Straße. Die ham ihren Bernard verloren. Und das hier wär doch ne Chance, da was zu tun.«

»Völlig richtig«, sagte Socrates und hatte das Gefühl, es war das Wahrste, was er überhaupt je gesagt hatte.

»Mag ja sein, dass ich mir Mr. Burke anhöre, Socrates Fortlow«, entgegnete Luvia. »Aber das heißt noch lange nich, dass ich dich anhöre.«

»Ich weiß, Luvia«, lächelte Socrates. »Du kannst mich nich riechen. Dabei hab ich noch nich mal die Schuhe aus ...«

Right gluckste.

»... und du hast ja auch Recht. Doch, hast ja Recht. Aber das hier, da gehts nich um dich und mich. Hier gehts um'n Jungen, der sterben muss ...«

Luvia riss beide Hände wie Stoppschilder hoch. »Ich weiß nich, ob das so stimmt oder nich, aber das is jetzt auch egal. Ich kann Hallie und Costas nich bitten, irgendwen aufzunehmen. Die ham grad ihren Bernard beerdigt, die sind in Trauer. Und die könn' auch gar nich irgendwen Neues versorgen nach den ganzen Arztrechnungen und der Beerdigung ...«

Bernard war niedergeschossen worden, in einer Wohnung in View Park. Er und ein paar Freunde waren um die Häuser gezogen und hatten Krach gekriegt, mit irgendeiner anderen Gruppe solcher Kinder. Später an dem Abend waren bei einer Party Schüsse gefallen. Bernard war nicht sofort tot; die Ärzte hatten ungefähr eine Woche lang geglaubt, er könnte überleben. Aber dann hatte wohl einfach sein Lebenswillen versagt. Ein Fieber hatte sein Leben weggebrannt wie ein Feuer, acht Tage nach den Schüssen.

»Ich bring inner Woche neun'fünfzig Dollar füm'ndreißig

nach Haus«, sagte Socrates. »Und so füm'nsiebzig krieg ich noch mal an Trinkgeld, beim Ausliefern. Darryl könnte das ganze Trinkgeld ham. Und er könnt sich selbst'n Job bei *Bounty* organisieren. Also Unterhalt braucht er nich. Wir könnten das beide bezahlen, er und ich, wenn er bei ihnen wohnen kann.«

Luvia sackte im Stuhl zurück. Ihr steifes Rückgrat kam nicht an gegen Socrates' Massivität. Ihr Blick wurde immer hasserfüllter.

»Wozu soll'n das gut sein, wenn Darryl da einzieht?«, agitierte sie jetzt Right.

»Wär doch auch ne Schule für ihn, Miss Prine. Und dann wohnen die weit weg von allem, Hauser Avenue Ecke Venice Boulevard. Darryl hätte da ne Chance. Und'n Junge, der sich anstrengt, verdient doch ne Chance.«

»Wie soll ich denn Hallie bloß um so was bitten?«, fragte Luvia beide Männer gleichzeitig.

»Einfach fragen. Bloß mal fragen. Vielleicht könn' die ne Chance auch gebrauchen«, schlug Right vor.

Socrates hatte innen auf der Wange herumgebissen und schmeckte plötzlich Blut im Mund. Er schluckte heftig, dann noch mal und nickte schließlich.

Hallie und Costas MacDaniels waren treue Kirchgänger. Sie glaubten fest an Gott den Herrn und dessen rechtmäßige Stellvertreter auf Erden, zu denen allerdings ein Right Burke mit seiner Whiskeyfahne und ein verurteilter Mörder wie Socrates Fortlow nicht zählten.

»Also gut«, wieder war Luvia aufgestanden, »fragen kann ich ja vielleicht mal.«

Right schrie auf und juchzte, schoss von seinem Stuhl hoch und riss Luvia in seine Arme. Er war so viel kleiner als sie, dass ihr sein harter Kopf auf die Brust drückte.

Sie versuchte, ihn von sich zu schieben, und fing Socrates' Blick dabei auf.

Socrates grinste warm und sehr breit zurück. Lachen mochte er lieber nicht. Er wollte nicht, dass Luvia es sich angesichts seiner blutenden Zähne womöglich anders überlegte.

»Was hast du denn da zu lachen, Socrates Fortlow?«

Er lächelte weiter, kopfschüttelnd und die ganze Zeit Blut schluckend.

5.

»Und wenn ich da gar nich hin will«, fragte Darryl eine Woche später. Das Ehepaar MacDaniels war schon, bevor sie ihn überhaupt kennen gelernt hatten, bereit gewesen, ihn aufzunehmen. Luvia hatte alle Argumente dagegen aufgefahren, aber die beiden hatten nur einen Gedanken: dem Jungen zu helfen.

»Luvia sagt, Sie ham früher'n bisschen Ärger mit der Polizei gehabt?«, hatte Costas MacDaniels gleich beim ersten Treffen in Socrates' Hütte gefragt.

»Ich war im Gefängnis, Sir«, hatte Socrates so wohlerzogen wie möglich geantwortet.

»Oh«, hatte Mrs. MacDaniels gesagt.

Hallie MacDaniels war ebenso pflaumenfarbig wie -förmig. Beide waren winzig, aber Costas MacDaniels' Stimme klang wie eine Tuba, ihre höchstens wie Triangelklimpern.

»Aber so ein guter Christenmensch«, fuhr sie dann fort. »Sie müssen Gott sehr nahe sein, wenn Sie so schwer arbeiten, um dem jungen Darryl zu helfen.«

An diesem Tag nickte und lächelte Socrates ziemlich viel. Beide MacDaniels sagten, er könne Darryl gern besuchen kommen, wann immer er wolle. Sie fanden es besser, wenn Darryl sich aus Watts weghielt.

Wieder nickte und lächelte Socrates. Er mochte Hallie und Costas eigentlich nicht. Er hielt sie für feige Duckmäuser. Gleichzeitig liebte er sie dafür, dass sie die Mittel hatten, etwas zu tun, das er nicht tun konnte.

»Du schickst mich weg wegen der Sache im Park«, sagte Darryl. »Du bist sauer auf mich.«

»Du hast deine Sache im Park gut gemacht. Das hab ich dir doch gesagt. Du hast getan, was ging.«

»Nein, ich meine, weil ich auf Philip schießen wollte – darum, nich? Du bist sauer auf mich, weil, du findst das falsch, wenn Schwarze sich gegenseitig umbringen, und das hätt ich doch fast gemacht.«

»Nein«, sagte Socrates gelassen. »Der Bengel hat dich gedemütigt, der hat dich geschlagen, und der hat versucht, dich umzubringen. Ich glaub, da würd dich nich mal'n weißes Gericht schuldig sprechen.«

»Und wieso sollt ich die Knarre dann fallen lassen?«

»Weil du nich weißt, wie man mit so was umgeht. Du hättst mit Sicherheit unschuldige Zuschauer getroffen. Und das wär nich gut gewesen, oder?«

»Ich will aber hier bei dir bleiben«, war Darryls Antwort.

»Wir sehn uns ja im Supermarkt, fast jeden Tag. Ich komm dich besuchen bei den MacDaniels, und du kannst hier auch herkommen, wann immer du willst. Hab keine Angst, Darryl, es wird dir gut tun. Is das Beste für dich. Ich möchte, dass du da hinziehst, deine Mama möchte das, und die MacDaniels möchten das auch. Hier haben wollen dich bloß Philip und sein Wolfsrudel. Sind die Einzigen.«

Darryl nickte und umarmte seinen hünenhaften Freund. Als die MacDaniels kamen, um ihn abzuholen, weinte er.

»Ich hab ihn vorher noch nie weinen sehn«, erzählte Socrates später an diesem Abend Right. Sie dröhnten sich beide voll, mit billigem Whiskey. »Wenn er weinen kann, wird alles gut, das weiß ich.«

»Japp.« Right war so voll, dass er auf dem Stuhl hin- und herschwankte. »Bengel weint.«

»Und mir tuts auch gut«, fuhr Socrates fort. »Wär doch auf Dauer'n bisschen eng geworden mit zwei Mann hier.«

»Japp«, nickte Right. »Japp, japp.«

»Schaffst dus denn heil bis nach Hause, Right?«, fragte Socrates.

Right sah von seinem Blechbecher hoch, zwinkerte einmal und noch einmal. »Nähä.«

»Schon gut, Alter«, lachte Socrates. »Kriegst mein Bett. Na los, bevor du noch auf'n Fußboden fällst.«

Irene Fortlow ging den ganzen langen Weg zu Socrates, und der saß an dem Tischchen in dem kleinen Vorderzimmer in Cartersville. Der Himmel in dem großen Fenster war blau, und grün war der Mais. Er schlang ihr die massigen Arme um die Taille und drückte den Kopf an ihre Brust. Sie streichelte ihm die Haare, und er fiel in einen tiefen Schlaf – aus dem er erst morgens wieder aufwachte.

Auf der Straße war der alltägliche Krach – aus Autos dröhnende Radios, Polizeisirenen und laute Gespräche. Aber es war der beste Schlaf, an den er sich erinnern konnte.

Brief an Theresa

1.

Drei Tage war Socrates krank gewesen. Er hatte eine Darmgrippe, und zwar eine schlimme. Sein Magen verweigerte alles, sogar Wasser. Dehydriert und fiebernd lag er in seinem Klappsofabett und machte sich Sorgen, weil sie ihn beim *Bounty Supermarket* womöglich rausschmissen, denn er hatte ja kein Telefon und konnte sich nicht mal krankmelden. Es gab zwar ein Münztelefon drei Blocks entfernt, aber er hatte kaum Kraft genug, um von einem Zimmer ins andere zu kommen.

Die ersten beiden Tage zwang er sich aus dem Bett, zum Wassertrinken und -lassen. Am dritten hatte er trotzdem aufgerissene Lippen und eine trockene Zunge; an irgendeine Bewegung konnte er nicht mal denken, ohne dass ihm schwindlig wurde. Er hätte glatt ins Bett gepinkelt, falls in ihm noch ein Tropfen Flüssigkeit gewesen wäre.

Kein Mensch kam auf einen Besuch vorbei, und er verwünschte sich wieder einmal dafür, dass er kein Telefon hatte. Er war ganz sicher, dass er sterben musste, einfach weil ihm ein Freund, der ihn hätte rufen hören können, fehlte.

Er schlief die meiste Zeit und träumte vom Gefängnis und von Freunden aus Kinderzeiten. Von seiner Mutter träumte er auch. Und ihre kräftige Stimme rief nach ihm aus dem Grab und echote den leeren grauen Zellentrakt entlang.

Am Nachmittag des dritten Tages schlug Socrates die Augen auf, obwohl er immer noch träumte.

Am Fußende seines Betts stand Theresa. Er wollte auf keinen Fall wach werden, nicht mal, wenn Jones, der Wärter, gekommen wäre und es befohlen hätte; nicht mal, wenn Gott mit seinem großen, goldenen Hammer zum Jüngsten Gericht gerufen hätte.

»Theresa?«

»Ja, Liebster?«

Beim Klang ihrer Stimme war er wieder der junge Mann, der von einer Schlägerei nach Hause kam. Er konnte sich nicht erinnern, weshalb er in den ganzen Schlamassel geraten war. Er wusste nicht mal mehr, mit wem er sich geprügelt hatte.

Aber Theresa stellte keine Fragen. Theresa barg seinen Kopf in ihrem Schoß und legte ihm ein nasses Handtuch auf die Stirn. Und sie legte ihm eine Hand auf die Brust, während Wasser ihm in kühlen Rinnsalen über den Nacken und die Schultern kribbelte.

»Schsch«, flüsterte sie.

»Liebes.«

»Schsch.«

Als er wieder zu sich kam, träumte er noch immer. Theresa wartete auf ihn, und seine Wunden waren verbunden.

»Hallo, Liebster«, sagte sie.

In seiner Erinnerung hatte sie eine hellbraune Hose und eins von seinen T-Shirts an, das zerrissen war. Ihr Gesicht war wie ein Spiegel, ihre sorgenvollen Augen spiegelten jede Schnittwunde und jede blutunterlaufene Stelle.

»Tut mir Leid, T«, sagte er.

»Wann hörst du endlich auf mit so'm Mist, Socrates?«

»Ich weiß nich.«

Irgendetwas in dem anderen Zimmer schnappte oder knackte oder fiel herunter, aber Socrates behielt Theresas Augen im Blick.

»Weil«, sagte sie jetzt, »weil, ich kann dich nich ewig wieder zusammenflicken. Ich kann nich mein ganzes Leben mit Sorgen um dich verbringen.«

Der Schmerz in seinem Kopf kam von Worten, die er nicht herausbekam. Sie trommelten ihm von innen gegen die Schädeldecke. Er versuchte, seine Zunge feucht zu kriegen, aber es war keine Spucke mehr da.

»Geh nich weg«, starb ihm in der Kehle.

2.

»Was haste gesagt, Socco?», fragte Darryl. »Du?«

Der dürre Junge stand jetzt da am Fußende des Betts, wo Theresa gestanden hatte.

»Gieß mir Wasser übern Kopf, Darryl.«

»Was?«

»Gieß mir Wasser übern Kopf.«

Es brauchte etwas Überredung, dann goss Darryl Socrates aus einem Vierlitereimer Wasser über Schultern, Nacken und Kopf. Der ehemalige Sträfling hatte den Oberkörper aus dem Bett gehängt, damit die Matratze nicht nass wurde. Er stöhnte laut vor sich hin, als das kalte Wasser über seine fieberheiße Haut und auf den Betonboden lief. Dann ging Darryl einkaufen, Aspirin und Brühe. Und fütterte Socrates zwei Tage lang mit eigenen Händen.

»Wo hast *du'n* gelernt, wie man Kranke pflegt?«, fragte Socrates, als er wieder zu Kräften kam.

»Hat meine Mama doch bei mir auch gemacht«, antwortete der Junge.

Sol Epstein war froh, als Socrates wieder zur Arbeit erschien. »Wenn Sie da sind, scheinen die anderen auch alle mehr zu schaffen«, begrüßte ihn der stellvertretende Geschäftsführer des *Bounty Supermarket*.

Er glaubte Socrates, dass er krank gewesen war. Er wies sogar Lohnfortzahlung für die Zeit an, in der Socrates ausgefallen war.

Die nächsten Tage arbeitete Socrates mit der Frage im Kopf, wann er sich das letzte Mal so wohl und so glücklich gefühlt hatte. Er schlief jede Nacht tief und hatte trotzdem das Gefühl, bei Bewusstsein zu sein und sofort zu merken, wenn jemand ins Zimmer käme, so als wäre er wach und hätte die Augen offen.

Am ersten arbeitsfreien Tag stand er früh auf und setzte sich an den Küchentisch. Mit Bleistift und auf einem Notizblöckchen vom *Holiday Inn*, das er in einem Laden für Armeebedarf gekauft hatte, begann er, einen Brief zu schreiben.

3.

»Liebe Theresa«, so fing der Brief an. »Ich hab dich neulich nachts im Traum gesehn, und da wollt ich mal hallo sagen.«

Die ganze nächste Stunde saß er vor dem Satz und las ihn wieder und wieder. Es war die Wahrheit, aber sie führte nirgendshin. Er konnte doch nicht von seiner Darmgrippe und seinen Kopfschmerzen erzählen oder von Darryl und dem Wasser. Er wollte doch nicht klingen, als ob er kränkelte und Hilfe brauchte. Wenn er sie dabei sehen könnte, wäre es kein Problem, dann konnte sie ja auch sehen, dass er jetzt auf eigenen Füßen stand.

»Ich glaub, ich möcht dich gern sehn«, schrieb er weiter. »Ja, ich möcht dich gern sehn. Dann könnt ich dir auch vom Gefängnis erzählen und wie Recht du hattest. Bestimmt bist du längst verheiratet und hast einen Haufen Kinder ...«

Socrates hielt wieder inne. Las das Geschriebene. Überlegte, ob er ihren Mann vielleicht kannte. Überlegte, wie alt wohl die Kinder waren. Zählte die Jahre. Fünfunddreißig. Ein Kind, als sie ihm noch geschrieben hatte, in den Knast, und ein Jahr danach noch eins. Womöglich zwölf insgesamt. Das älteste musste Mitte dreißig sein. Das jüngste mindestens dreiundzwanzig.

»... und bestimmt auch Enkel. Du fehlst mir, T. Ich wär fast gestorben, wegen einer Grippe, und da hab ich über dich nachgedacht. Du hast mich immer gefragt, wann ich endlich aufhöre mit dem ganzen Wahnsinn. Ich hab da nix zu gesagt, weil ich wollte dich nich anlügen. Ich wollte ja aufhören damit. Aber wenn ich das gesagt hätte, und dann hätt ichs nich geschafft?

Ich hab jetzt aufgehört damit. Ich bin seit acht Jahren raus aus dem Gefängnis, sogar länger. Ich hab Arbeit und Wohnung. Ich hab Freunde, und ich kümmere mich um einen Jungen, der is Teenager. Ich weiß, du bist verheiratet, T. Das weiß ich, weil das hast du immer gewollt, und du hast immer gemacht, was du machen willst.

Ich weiß noch, wie du mit mir zum Grab von deinem Vater auf dem Friedhof Haven Home gefahren bist. Ich weiß noch, wie du gesagt hast, da liegt er in der Erde, und dabei is er lebendiger als die meisten Nigger, die noch auf den Beinen sind. Das weiß ich noch. Ich weiß auch, du hast nich mich gemeint damit, aber trotzdem ging das jedenfalls doch um mich.

Ich bin nich mehr so. Ich kann jetzt selber auf mich aufpassen. Ich krieg keinen Ärger mehr, auch nich, wenn ich selber nichts dafür kann.

Ich möcht gern von dir hören, T. Einfach ein Gespräch unter Freunden. Ich schreib dir meine Adresse unten hin. Wenn du diesen Brief kriegst und mir schreiben willst, damit du das kannst.«

Socrates setzte seinen Namen und die Adresse unter den Brief und steckte ihn in der Hauptpost Florence Ecke Central Avenue ein. Er wusste die Adresse von Theresas Mutter noch, die hieß nämlich Rose und wohnte auf der Rose Street in der Nummer 23.

4.

Sylvia Marquette hatte einen kleinen Laden, in dem sie vor allem Schokoriegel und Cola, Kartoffelchips und Bier verkaufte. Im hinteren Teil, hinter dem freistehenden Kühlschrank, hatte sie allerdings auch eine Reihe kupferner Briefkästen.

Sylvias Lädchen war Socrates' Postadresse.

»Nein, Mr. Fortlow«, sagte Sylvia. »Für Sie keine Post. Nichts.«

Ihr Gesicht war irgendwie in sich zusammengeknautscht. Die Stirn war nicht der Rede wert und auch das Kinn winzig. Alles an ihr war ziemlich dunkel bis auf die Augen. Eine hässliche Frau, aber das Weiße in ihren Augen leuchtete wie Hundert-Watt-Birnen.

»Wieso kommen Sie eigentlich jetzt jeden Tag, Mr. Fortlow? Früher ham Sie sich bloß einmal die Woche blicken lassen.«

»Ich wart auf'n Brief«, antwortete Socrates.

»Mit'm Scheck drin?« Die Wattzahl in Sylvias Augen stieg noch an.

»Vonner alten Freundin.«

»Ah so«, gurrte die Ladeninhaberin.

Ihre Stimme war dunkler geworden und klang deutlich sexy. »Is ja manchmal besser wie Geld, so was. Außer man hat grad Hunger.«

»Außer sie hat ein' sitzen lassen«, ergänzte Socrates.

Beide lachten laut.

»Tja, also«, beendete Socrates die Tändelei, »dann sehn wir uns morgen.«

»Sie seh ich immer gern, Mr. Fortlow«, sagte Sylvia, und es klang ehrlich gemeint.

Socrates verspürte ein wohliges Gefühl, als er den kleinen Laden verließ, obwohl ihm in den vier Wochen, seit er den Brief abgeschickt hatte, klar geworden war, dass ihn Theresa noch einmal hatte sitzen lassen – für immer.

In seinem Traum lachte Sylvia einfach weiter. Aber sie klang nicht wie eine fröhliche Freundin, sie klang wie eine Comic-Hexe, die sich gackernd an seinem Schmerz weidete. Ihr heißes Gehuste krachte ihm aufs Trommelfell und säuerte ihm den Magen. Mitten in der Nacht wurde Socrates wach und fühlte sich, als wäre die Darmgrippe wieder da.

Solange er wach blieb, war alles in Ordnung. Aber kaum döste er ein oder legte sich auch nur wieder flach, kam wieder das Lachen und mit ihm die Übelkeit.

»Machen Sie doch Schluss für heute, Mr. Fortlow. Sie sehen nicht gut aus«, sagte Sol Epstein. Sein faltiges weißes Gesicht war besorgt.

»Nee, Mann. Nein. Ich möcht noch ne Schicht machen.«

»Noch eine? Sie sehen aber aus, als ob Sie ins Krankenhaus gehören.«

»Ich kann grad nich schlafen, Mr. Epstein. Und nach zwei Schichten bin ich vielleicht müde genug, dass ich einschlafen kann.«

»Wo drückts denn, Mann?«

»Sind diese Träume, Mann. Nicht richtig Träume, bloß so Sachen, die ich seh und hör im Schlaf.«

Sol Epstein, der Leiter der Tagschicht, war ein kleiner Mann, oben kräftig und unten fett. Haare in dem Grau, das fast blau aussieht. Er hatte die grausamen schiefergrauen Augen eines Zuchtmeisters, aber sein Lächeln – wenn er denn lächelte – verwandelte ihn in einen freundlichen Onkel.

Jetzt lächelte er.

»Sie brauchen bestimmt Hilfe, Socrates.«

»Was'n für Hilfe?«

»Beratung. Therapie. So was in der Art.«

»Scheiße, nee. Ich brauch bloß *eine* Therapie, und das is, mir so'n Arsch vollzuarbeiten, dass ich nich mehr gradaus kucken kann. Sonst brauch ich gar nix.« Socrates dachte an den Gefängnispsychologen. Der hatte einfach nur Tests mit den Gefangenen gemacht, mit Kreisen und Vierecken, und ansonsten Drogen ausgeteilt.

»Darf ich bleiben?«, fragte er.

»Na sicher«, sagte der freundliche Onkel.

5.

Er schaffte sieben Schichten an vier Tagen und ging nicht mehr wegen Post bei Sylvia Marquette vorbei. Er trank jeden Abend einen dreifachen Whiskey und stellte dazu den Cool-Jazz-Sender im Radio an.

Nichts half. Er konnte nicht schlafen.

Er nahm ab, und sein Gehör hatte sich merkwürdig verändert. Alles klang lauter, blechern. Manchmal verstand er gar nicht, was die Leute sagten. Sobald ihn jemand anredete, bekam er das Gefühl, es sei Chinesisch oder sonst irgendeine Fremdsprache.

Er sah älter aus im Spiegel, und zum ersten Mal im Leben fühlte er Schwäche in Armen und Händen. Er ahnte, dass er so keinen Faustkampf gewinnen würde, also steckte er sich wieder ein Messer ein und lauschte noch angestrengter auf die fremde Sprache, in der alle um ihn herum redeten.

Er lauschte auf bedrohliche Untertöne.

Eines Tages sah er aus dem hinteren Teil des Lagers Sol Epstein zu. Gerade schenkte Sol Noah Hoag, einem jungen Packer, sein Freundlicher-Onkel-Lächeln. Ihm fiel wieder ein, was Sol ihm geraten hatte, bezüglich professioneller Hilfe. Er wusste, es war seine einzige Chance.

Am nächsten Tag nahm Socrates seine Lieferkarre und brachte Lebensmittel zu Watson, Kirkaby und Stein. Acht Dollar fünfundsiebzig Trinkgeld. Dann ging er die lange kleine Straße in Beverly Hills, die besser gepflastert und in Schuss war als die meisten großen Straßen in Watts, weiter. Er ging hinter einem Haus vorbei, das auf der Chaldy Lane lag, schob seine Karre durch ein Holztor und stellte sie hinter einem Kübel mit einem Rosengebüsch ab.

Er klopfte bei Mrs. Hampton an die Hintertür, obwohl er wusste, dass die zu ihrer sterbenden Schwester nach Miami gefahren war. Er zog die Arbeitshandschuhe an, angelte den Schlüssel aus dem Lichtkasten über der Tür und schloss das kleine Haus auf.

Alle Zimmer waren gleich eingerichtet, weiße Wände mit grünen Randstreifen und dunkle Holzmöbel. Auf allen Fensterbrettern standen kleine Rahmen mit Familienfotos. Die Luft war kühl und duftete zart und süß.

Socrates brachte Mrs. Hampton jeden Dienstag ein Stück gegrillte Brust oder zwei kleine Hähnchen, Paprika, Kartoffeln und kistenweise eisgekühlte Diätlimonade. Manchmal rief sie vorher an und bestellte noch etwas dazu. Sie hatte ihm gesagt, wo der Schlüssel lag, falls sie mal nicht da war. Und wenn sie dann wirklich mal nicht zu Hause war, lagen immer vier Dollar Trinkgeld auf dem Servierwagen neben dem Telefon.

Heute lag da kein Trinkgeld. Socrates setzte sich an den Tisch und sah durch die Spitzengardine hinaus auf die Chaldy Lane. Irgendwo tutete ein Horn, und Socrates wurde bewusst, wie still es in diesem Haus war. Niemand, der redete, nichts, was irgendwo ballerte.

Man brauchte sich nur die Zentrale zu merken, wenn man da anrufen wollte. Die letzten vier Nummern waren immer die mit den Buchstaben G-I-R-L auf den Tasten.

»Girls, hallo«, sagte eine angenehme Frauenstimme. »Was für ein Mädchen hätten Sie denn gern, Sir? Blond? Brünett? Eine kleine Asiatin?«

»Ich möcht mit Theresa sprechen«, sagte Socrates. Die angenehme Stimme blieb einen Augenblick stumm. Vielleicht konnte die Frau heraushören, wie tief Socrates' Verzweiflung und seine Gewalttätigkeit saßen.

»Moment, bitte«, sagte sie schließlich.

Ein Klick, dann war das Telefon totenstill. Nach ein paar Sekunden überlegte Socrates, ob sie ihn abgehängt hatte.

»Hallo?« Es war die Stimme einer schwarzen Frau.

»Theresa?«

Wieder ein stummer Augenblick. Dann: »Ja. Wer is'n dran?«

»Hier's Socrates.«

»Ach – Tag, Socrates«, kam es laut und fröhlich zurück, als freute sie sich, einen alten Freund wieder zu hören. »Was kann ich denn tun für dich? Möchtest du wissen, was ich anhab?«

»Wie gehts dir, Theresa?«

»Toll gehts mir. Echt gut.«

»Aha. Is ganz schön lange her, nich?«

»Ja«, antwortete die Frau und klang matter. »Was wollen Sie von mir, Mr. Socrates?«

»Nur'n bisschen reden, sonst nix.«

»Reden über was?« Die Frage klang kaum noch einladend.

»Ich möchte mit Theresa reden.«

»Und was wollen Sie mir unbedingt sagen?«

»Bist du Theresa?«

»Im Augenblick ja. Tja. Also, was wollten Sie sagen? Schweinkram hör ich mir nämlich nich an, Schätzchen.«

»Is einfach so lange her, und ich wollt mich mal wieder melden. Sonst nix.«

»Warste krank?«, fragte die Telefon-Theresa.

Socrates stieß ein bellendes Lachen aus. »Ja. Das war das letzte Glied inner ganzen Kette. Ich war krank und hab von dir geträumt.«

»Was hatt ich denn an?«, fragte sie.

»Na, deine hellbraune Hose und so'n T-Shirt von mir. Ich war völlig vermackelt, und du hast mir'n kaltes Handtuch auf'n Kopf gelegt.« Die Tränen flossen ihm aus den Augen, aber Socrates ließ nicht hören, dass er weinte.

»Aha«, sagte die Frau. »Was noch?«

»Ich krieg kein' Ärger mehr. Ich prügel mich auch nich mehr jeden Abend. Und trinken tu ich bloß noch manchmal bei mir zu Haus. Ich hab nämlich'n paar Sachen gelernt, Theresa. Ich bin raus aus'm Knast und geh da auch nie wieder rein.«

»Ja, Schätzchen, so is gut«, antwortete die Frau. »Und was machst'n jetzt so, wo du raus bist aus'm Knast? Hat dir gefehlt da drin, ne Frau zu ham, nich?«

»Die ersten Jahre wars hart, aber dann nich mehr. Ich hab den Bogen jetzt raus. Ich hab nämlich festgestellt, das Leben is so was Ähnliches wie Musik. Weißte, was ich meine? Zum Beispiel, wenn man geht. Jeder Schritt hat dieselbe Länge und braucht dieselbe Zeit. Und das Herz auch. Sogar, wenn man mit'n Augen zwinkert, is das immer so ziemlich im selben Takt, außer da kommt irgendwas dazwischen. Man kriegt vielleicht was ins Auge oder muss abhauen …«

Von Telefon-Theresa kam nur ein hastiges hohles Ausatmen nach einem Gähnen, aber Socrates war das egal.

Er redete einfach weiter. »… und wenn man es schafft, den Takt zu halten, dann gibts auch kein' Grund, sich voll laufen zu lassen oder auszurasten.«

»Wie lange warst'n im Knast?«, fragte Theresa.

»Siem'nzwanzig Jahre.«

»Und dein Mädchen hat dir die ganze Zeit gefehlt?«

»Ich hab jede Nacht an dich gedacht. Ich hab gewusst, du hast Recht. Ich hab gewusst, dass ich was Unrechtes gemacht hab. Aber das war, als hätt ich nich anders gekonnt. Ich hab an die ganzen Kinder gedacht, die wir hätten ham können, an all die guten Zeiten, sogar an die schlechten Zeiten. Vielleicht wär ich fett geworden und hätt faul mit'm Bier auf der Veranda gesessen, und du hättst solange mit dein' Freundinnen telefoniert oder die Kinder angebrüllt, sie sollen mit dem Affentheater aufhörn. Ich hab mir das so oft vorgestellt, dass ichs bestimmt mehr durchlebt hab, als wenn ich frei gewesen wär.«

»Hat dir mein Körper auch gefehlt?«, fragte die Frau.

»Ja«, flüsterte Socrates. »Das hat er.«

»Und nachts haste auf deiner Pritsche gelegen unds dir selber besorgt und dir vorgestellt, wie tolls war, wenn ich'n dir jetzt küsse?«

Socrates nickte. »Ja?«, fragte sie nach.

»Ja.«

»Das wars doch, was ich gewollt hab, Schätzchen. Dein steifer Schwanz, der für mich da is, der hat mir gefehlt. Da hab ich immer dran gedacht. Dass du mich damit fickst, das hab ich mir gewünscht.«

Wieder trötete ein Horn auf der Straße. Wochen später, als er Right Burke erzählte, wie er wie ein Volltrottel bei Mrs. Hampton eingestiegen war und die Frau seiner Träume anzurufen versucht hatte, fiel ihm dieses Horn wieder ein.

»Das geile Gerede von der Telefon-Theresa und dieses Horn«, sagte er am Schachtisch im McKinley-Park zu Right, »davon bin ich wieder aufgewacht.«

»Aufgewacht?«, fragte der invalide Veteran. »Hattste denn geschlafwandelt?«

»Japp. Seit dieser Darmgrippe war ich in ei'm einzigen Traum. Die war so echt, Mann. Ich hab geglaubt, ich hab sie wirklich gesehn. Ich hab ihr sogar geschrieben. Also, ich wechsel seit füm'ndreißig Jahrn kein Wort mehr mit ihr, und jetzt schreib ich ihr'n Brief und ruf bei ihr an.«

»Verdammt.« Right rieb sich mit der gelähmten Klaue am Kinn. »Warst ja ganz schön daneben, was? Haste wirklich geglaubt, das am andern Ende wär deine alte Flamme?«

»Ich wollt einfach, dass sies is, Right. Ich wollt das so unbedingt glauben, dass ichs wirklich vielleicht für'n kleines bisschen wahr gehalten hab. Aber dann wollt mir das Mädel'n Steifen aufschwatzen, da wusst ich, ich kann nich weiter so tun. Da wusst ich, die Frau, die ich gewollt hab, die war weg. Weg.«

6.

Ein Monat verging. Socrates hatte zu seiner alten Routine zurückgefunden. Er schlief wieder jede Nacht durch und musste nur zweimal raus und auf die Toilette.

Mrs. Hampton hatte offenbar nicht gemerkt, dass er bei ihr eingebrochen war und telefoniert hatte. Vielleicht war sie ja so reich, dass zehn, zwölf Dollar mehr auf der Rechnung ihr gar nicht auffielen. Vielleicht hatte sie sich aber auch bei der Telefonfirma beschwert, und die hatte sie ihr erlassen.

Darryl wuchs weiter jeden Tag. Seine Stimme wurde immer tiefer, und sein Gang bekam etwas Anmutiges. Er machte Liegestütze, wie Socrates ihm gezeigt hatte, und auch seine Arme legten an Kraft und Umfang zu.

Eines Tages kam Socrates von der Arbeit nach Hause und hörte eine Frau hinter ihm herrufen: »Mr. Fortlow! Socrates! Heh!«

Sylvia Marquette kam angerannt. Und nicht einmal die pralle Sonne auf der Central Avenue konnte das Strahlen ihrer Augen im Geringsten trüben.

»Sie warn ja sechs Wochen nich mehr da, Mr. Fortlow«, sagte sie.

»Nein«, antwortete Socrates.

Irgendetwas an dieser Frau störte ihn immer noch. Das zusammengeknautschte Gesicht oder diese Haare, die ihr aus einem Muttermal auf der rechten Wange wuchsen.

»Der Brief is da«, sagte sie.

Lieber Mr. Fortlow,

seit vielen, vielen Jahren hatte ich sogar Ihren Namen vergessen. Ganz lange hatte ich gehofft, ich würde nie wieder von Ihnen hören, manchmal habe ich sogar – Gott vergib mir – gehofft, Sie kommen nie wieder raus aus diesem Knast. Aber Ihr Brief hat mir ans Herz gerührt, und deshalb will auch ich Ihnen endlich schreiben und Ihre Fragen beantworten. Es tut mir Leid, dass es so lange gedauert hat, aber ich bin inzwischen blind und musste warten, bis meine Enkeltochter Cova mich besuchen kommt und mir Ihren Brief vorlesen kann.

Meine Tochter Theresa hat 1961 Criston Jones geheiratet. Sie haben mir vier bildschöne Enkelkinder geschenkt (auch Cova, die diesen Brief schreibt) und sind dann nach Los Angeles gezogen. Dort haben sie noch vier Kinder bekommen. Criston hat lange Jahre bei McDonnell Douglas gearbeitet und ist an Zucker gestorben. Criston hatte immer einen gesunden Appetit, aber seine Knochen und Organe sind mit seinem Gewicht nicht mehr fertig geworden.

Theresa hat noch erlebt, dass Teju, das jüngste Kind, den Collegeabschluss schafft, dann ist sie von der ganzen Arbeit zusammengeklappt. Sie konnte ins Pflegeheim Falana ziehen, weil Criston gut versichert war, aber sie hat sich nie wieder richtig erholt.

Theresa Childress-Jones ist letztes Jahr am dritten November gestorben. Sie hinterlässt Malcolm, Cova, Mister, Sandy, Criston jr., Minnie, Lana und Teju. Alle Kinder sind gesund

und wohlauf. Die meisten haben eine gute Position, Teju und Lana sind allerdings Künstler.

Ich weiß, dass Sie, Mr. Fortlow, meine Tochter gern gehabt haben, und ich möchte Ihnen sagen, dass Theresa ein schönes Leben hatte. Sie hat ihr Glück gefunden und auch viel Liebe. Ich habe übrigens von ihr nie ein böses Wort über Sie gehört, und ich weiß, es hat ihr das Herz gebrochen, als Sie ins Kittchen mussten.

Theresa Childress-Jones liegt neben ihrem Mann auf dem Friedhof Valley Rest in Pomona begraben. Für mich ist auch eine Grabstelle neben ihr reserviert, Mr. Fortlow. Ich bin jetzt vierundachtzig und werde also in nicht allzu ferner Zukunft neben meiner Tochter zur Ruhe gebettet werden.

Ich freue mich, dass Sie Ihren Frieden gefunden haben, Mr. Fortlow, und ich weiß, auch Theresa würde sich darüber freuen.

Freundlich grüßt Sie
Ihre Rose Childress

Dreieinhalb Stunden dauerte die Busfahrt zum Friedhof Valley Rest. Eines bewölkten, aber warmen Nachmittags fuhr Socrates nach Pomona. Theresas Marmorgrabstein war schlank und stand elegant und aufrecht neben dem von Criston. Seiner war breiter und nicht ganz so hoch.

Beide trugen nur die Namen und Daten.

Socrates wollte mehr.

Er wollte eine Adresse und eine Telefonnummer; eine Einladung in ihr Heim, wenn alle gemeinsam den Vierten Juli feierten. Er wollte Nat King Cole, der vom Plattenspieler durch das Fenster klang, und ein kühles Bier auf der Terrasse mit allen beiden. Er und Criston über die Arbeit plaudernd oder wo sie so herkamen in Indiana und Theresa, die die Kinder zusammentrommelte und jedem einzeln den Mann vorstellte, der ihr Vater hätte werden können.

Genau an der Stelle hier hätte er auch gestanden, bei Cristons Beerdigung. Theresa wäre ganz zerbrechlich gewesen, aber er hätte das nicht ausgenutzt. Ein tröstendes Gespräch hätte er ihr angeboten, Geld, kleine Reparaturen im Haus. Ihre Hand hätte er gehalten und ihr gesagt, dass sie acht Kinder und einen Freund hatte, die alle darauf angewiesen waren, dass sie nicht auch starb.

Er wollte mit ihr zu Rose auf die Rose Street.

Er wollte zum ersten Mal seit seinen jungen Jahren wieder nach Hause. Er wäre gern mit ihr die Rose Street hinunter zur Thatcher Street geschlendert und dann die hinunter zur 32nd Street, einfach noch mal kucken, wo die Straßenbahnen langgefahren waren, gemeinsam mit einer alten Freundin, die ihm verziehen hatte.

Er wollte es hören, das Verzeihen.

Über eine Stunde lang starrte Socrates sehnsüchtig auf die Gräber, mit zusammengebissenen Zähnen, um nicht die Steine anzuschreien. Sein Herz raste in unregelmäßigen Schlägen. Er hatte zwar im Gefängnis gelernt zu leben, ohne zu begehren. Aber jetzt hatte er das Begehren hereingelassen, jetzt wollte er alles.

All das Wollen machte ihn mürbe, bis nur noch ein einziges Begehren übrig blieb – sich auf Theresas Grab zu legen und einzuschlafen. Aber er wusste, dass das nicht richtig war. Er wusste außerdem, dass es vermutlich auch nicht erlaubt war.

Er stand vor dem Grab und schwankte.

»Heh, Sie«, sagte eine Stimme.

Es war ein kleiner schwarzer Mann in einem viel zu warmen braunen Anzug, auf dem Kopf einen Hut mit schmaler Krempe. Vielleicht war er in Socrates' Alter, aber er wirkte älter und resignierter.

»Ja?«, sagte Socrates.

»Ihre Leute?«

Socrates nickte leicht.

Der Mann besah sich die Grabsteine und murmelte Zahlen. Socrates schloss, dass er das Alter ausrechnete.

»Eine Schande, dass so viele von uns Schwarzen so früh sterben«, sagte er schließlich.

»Ach, ich weiß nich«, antwortete Socrates sehr laut. Die Bäume glitzerten silbrig grün unter dem perlgrauen Himmel. »Ich glaub, von unsern Leuten packen auch viele ne Menge mehr in' Jahr als mancher andre. Manchmal geht bloß ne Stunde rum, aber die is wie'n ganzes Leben.«

Geschichte

0.

Socrates ging drei Tage nicht aus dem Haus und ließ den winzigen Schwarzweiß-Fernseher nicht aus den Augen. Den Ton hatte er abgedreht, nach den ersten Minuten der Berichte. Zu sehen waren vor allem Luftaufnahmen von den brennenden Häuserblocks um ihn herum. Außerdem die ständige Wiederholung einer Videoaufzeichnung von einem Weißen, der von rasenden Schwarzen aus einem LKW gezerrt und zusammengeschlagen wird.

Socrates blieb in seinen beiden Zimmerchen und lebte von Reis und Thunfisch-Sandwiches. Angst vor Krawallen hatte er nicht, jedenfalls nicht in dem Sinn, dass ihm etwas Übles zustoßen könnte. Wo immer Mr. Fortlow sein würde, würde irgendjemand anderem etwas Übles zustoßen – deshalb verließ er das Haus nicht.

Er hatte schon Molotowcocktails ausgeschenkt, Nacht für Nacht, in seinen Gefängnisträumen. Er hatte mit seinen Fäusten weißes Fleisch zerschmettert und gelacht, wenn die Zellenabsperrung zusammenbrach.

Im Gefängnis hatte er gebetet, die Tür möge einfach aufspringen und draußen der Aufstand losgehen. Er wäre zum Sterben bereit gewesen.

Der Rauch, der jetzt durch die Mauerritzen in seine Wohnung drang, roch süß wie Rache. Jede Narbe an seinem Körper und jede Anpöbelei in seinem Ohr, jeder saure Magen und jede schlaflose Nacht, jede Minute im Gefängnis, jedes weiße Mädchen auf einem Illustriertentitel, jedes Bild in seinem Kopf während siebenundzwanzig Jahren Gefangenschaft wollte raus auf die Straße.

Aber Socrates blieb drinnen und mochte nicht einmal die Fäuste ballen. Er hörte durch die dünnen Wände, wie die aufgebrachten Massen durch die Straßen randalierten. Er beobachtete sie auf dem stummen Fernseher, und er lebte seine Träume aus.

Am dritten Tag sah er ein grisseliges Bild von einer Reklametafel, die hoch aus dem Gestell nach unten stürzte. Er war nicht gleich sicher, aber eine halbe Stunde später lief dieselbe Aufnahme noch einmal auf Channel 13. HARPO'S BAZAAR stand auf dem Riesenschild. Und das kannte er. Er wusste, es konnte nur an einem einzigen Ort herunterfallen.

Von da an vergaß Socrates den Fernseher. Die Bilder flimmerten weiter, aber Socrates erinnerte sich an eine Zeit zurück, vor vielen Jahren, als er frisch aus dem Knast gekommen war.

Damals war er auch durch die Straßen marodiert; ein freier Mann nach all den Jahren des Weggesperrtseins. Er hatte gewartet, auf irgendjemanden, der ihn so ankuckte, dass er ihm die Fresse einschlagen konnte. Sobald er eine junge Frau in Hot Pants und knappem Oberteil sah, kam ihm der Geschmack der letzten Mahlzeit wieder hoch. Sein Gesicht war magensauer verzerrt und schreckte sämtliche Frauen ab, aber irgendwo tief drinnen erleichterte ihn das sogar.

Er wusste, er wandelte auf dem Pfad der Gewalt.

Er wusste, er würde lieber sterben, als sich noch einmal in die Kiste stecken zu lassen.

Er zählte die Tage, damit er, wenn es endgültig so weit war, wusste, wie lange er durchgehalten hatte, bis sie ihn kleingekriegt hatten.

Und dann war er, am zweiundsechzigsten Tag, an HARPO'S BAZAAR vorbeigekommen, einem Trödelladen auf dem Martin

Luther King Jr. Boulevard. Nebendran war das Mini-Einkaufscenter *Canyon.* Nur noch zwei Läden darin hatten offen – der Schnapsladen *Lucky Liquors* und der Buchladen *Capricorn.*

Socrates kaufte sich einen Flachmann *Apache*-Gin und ging in den Buchladen, in der Hoffnung, dass da eine Klimaanlage war.

Seitdem lag *Capricorn* immer auf seinem Weg. Er marodierte nicht mehr. Er wusste, wo er hinkonnte.

Außerhalb seiner Wände tobten die Krawalle, und drinnen dachte Socrates zurück an den kleinen Buchladen und die Männer und Frauen da, die ihn verachteten und liebten.

1.

»Ich kann dich nich leiden, Socrates Fortlow«, hatte Roland Winters gesagt. Er war klein und gedrungen, trug eine Brille und hatte ein erdbeerbraunes Gesicht. »Dich und so Typen wie dich, bloß wegen euch ham wir den ganzen Kummer hier. Ihr habt bloß Gewalt im Kopp, ihr wollt euch immer gleich kloppen, ihr geht nich mal vor Gott auf die Knie.«

Socrates war noch nicht sehr lange wieder draußen, erst zweiundsechzig Tage und vier Wochen. In den Buchladen kam er, weil man sich hier einfach dazusetzen konnte und niemand einen nötigte, etwas zu kaufen, oder rausschmiss. Hier konnte er den ganzen Tag lesen und sogar reden, mit den anderen »Kunden«, die vor einem Leseregal saßen.

Roland saß in einer Art grünem Lichtschacht, der von der gefärbten Schaufensterscheibe des Buchladens *Capricorn* kam. Mrs. Minette, die Inhaberin, saß an der Kasse und hatte immer ein bezauberndes Lächeln, als hätten ihr die Männer an ihrem Lesetisch eben ein Kompliment gemacht.

Die Aussicht, ihm eine zu klatschen, juckte Socrates in der rechten Hand, aber er hielt sich zurück – nicht weil er eine Ohrfeige für Roland falsch gefunden hätte, sondern weil er bei *Capricorn* gern gesehen sein wollte. Er liebte es, durch die afroamerikanische Literatur zu stöbern und sich mit Mr. und Mrs. Minette über das Gelesene zu unterhalten.

Schwarze Cowboys auf Beutezug durch Oklahoma. Schwarze Forscher und Kriegshelden und Gauner. Er liebte den minetteschen Weihrauchduft und das Versprechen in Dingen, die er nie für wahr gehalten hätte.

»Ach, Roland, halt die Luft an«, sagte Minty Seale. »Einfach Klappe zu. Socco hat bloß was gefragt. Und du warst gar nich gemeint.«

»Ich brauch mein' Mund nich halten, wenn ich nich will«, meckerte Roland. »Der darf fragen, und ich darf meine Meinung sagen.«

Um Mintys voluminösen Mund kräuselte sich ein träges Lächeln. Er war fünfunddreißig, langgliedrig, von Beruf Tapezierer und arbeitslos. Socrates fand, dass Minty Roland eher noch aufstachelte, anstatt ihn zu beschwichtigen. »Brauch keine Hilfe, Minty«, sagte der Exsträfling. »Kann selbst auf mich aufpassen.«

»Nein, Socco«, sagte der vierte Mann an dem langen Tisch. »Wär auch nich anders gelaufen, wenn die Leute in Afrika Schießpulver gehabt hätten. Afrikaner warn einfach nich kriegslüstern – also wie die Europäer. Chinesen ja auch nich, die hatten ja schon tausend Jahre Schießpulver, aber so was wie die Europäer ham die nich damit angestellt.«

Der letzte der Männer hieß einfach Big Bill, wog fast zwei Zentner und passte auf keinen Klappstuhl, sondern nur auf eine Kiste. Er arbeitete bei einem Makler auf dem Avalon Boulevard und fuhr einen rosa Impala, Baujahr 1969, mit viel Chrom und überhaupt bestens erhalten.

»China!«, kreischte Roland dazwischen. »China hat wohl Kanonen. Gewehre und Kanonen ham die – und die Atombombe!

Aber so was wissen ja Leute wie er hier«, er wedelte wegwerfend in Socrates' Richtung, »gar nich oders is ihn' egal. Fängt immer an mit Gequassel über Knarren, und dann eskaliert das. Von Fäusten zu Knarren, von Knarren zu Dynamit, von Dynamit zur Atombombe.«

»Atombombe?«, sagte Minty. »Atombombe? Willste mir erzählen, die ham dich veräppelt da inner Behörde, Roland? Atombomben? Scheiß drauf! Is doch bloß so ne Lüge, die erzähln sie einem, damit man auf Linie bleibt. Die reden ei'm ein, sie ham ne Bombe, die is *so* schlimm, damit keiner auf die Idee kommt, sich zu holen, was ihm zusteht. Damit halten sie die Leute in Schach – mit so Lügen wie Atombomben.«

Minty drehte seinen Stuhl so, dass er die ganze Reihe entlangsehen konnte. Dann legte er die nackten Füße auf den Tisch, und Mrs. Minette verzog das Gesicht. Minty und alle anderen Männer wussten genau, dass sie Füße auf ihren Möbeln zwar nicht mochte, aber auch nie eine intellektuelle Debatte unterbrochen hätte, bloß um das kundzutun.

»Ach, hör doch auf, Minty«, sagte Big Bill. »Du willst mir doch nich weismachen, dass du nich an Atomkraft glaubst.«

»Ach, nee? Wieso! Haste damals Walter Cronkite gesehn, so vier'nsechzig, füm'nsechzig?«

»Ja, und?«

»Ich auch. Jeden Abend hab ich vorm Fernseher gehockt und gekuckt, ob die mal mein' Bruder Doren zeigen da in Vietnam. Ich war zwar erst zwölf, dreizehn, aber dass der olle Walt lügt wie'n Haufen Dreck, das hab ich genau kapiert.«

»Wie?«

»Dass der lügt, Mann. Fünfhundert Vietcongs tot und bloß ein Amerikaner verwundet. Nächsten Tag – zweitausend nordvietnamesische Soldaten zurückgeschlagen und bloß drei Amerikaner gefallen. Scheißdreck! Wenn du das hochrechnest bis Kriegsende, dann ham wir mehr als halb Asien umgebracht – von Vietnam ganz zu schweigen.«

»Da war doch Krieg, Minty«, gab Bill zurück. »Im Krieg lügen die doch immer, um die in der Heimat bei der Stange zu halten.«

»Das hier is auch Krieg«, sagte Socrates. Er war wütend auf sich, weil er nur zaghaft redete, aber dass die anderen Männer im *Capricorn* so intelligent klangen, schüchterte ihn ein. Sie hatten so viel Zutrauen in das, was sie sagten.

»Was, Socco?« Minty grinste breit.

»Das haste gemeint, nich, Minty? Dass wir hier auch im Krieg sind gegen die, die alles besitzen. Zeitungen, Fernsehn, die Armee und die Polizei. Und die erzähln uns, was wir wissen dürfen. Und wenns Lügen sind, dann sinds eben Lügen, und wenns mal wahr is, machts auch nix, weil, die sagen sowieso bloß alles, weils ihnen nützt.« Socrates spürte, wie ein Schweißfilm über seinen kahlen Schädel zog. Er war eigentlich kein ängstlicher Mensch, er setzte sein Leben auch in Situationen aufs Spiel, wo andere panisch davonliefen. Aber den Männern und Frauen im *Capricorn* gegenüber war er scheu, denn das waren Leser. Keine Winkeladvokaten und Dummschwätzer. Die Leute hier studierten die Geschichte der Schwarzen, weil sie einfach gern lernten.

»Da ham wirs ja wieder«, zirpte Roland dazwischen. »Du redst über Krieg, du redst über Gewalt, und immer is wer anders schuld. Du kannst mir erzähln, was du willst, aber Gott weiß, du hast selber welche. Und beim Jüngsten Gericht lässt der keine Ausrede gelten. Da kannste nich kommen von wegen das Fernsehn is schuld, dass du den Mann erschossen hast. Da kannste nich erzähln, das liegt an' geilen Illustrierten, dass du die Frau vergewaltigt hast.« Der kleine Mann schlug sich auf den Bauch, als hätte er eine runde Trommel unterm T-Shirt.

»Lass ihn reden, Roland«, sagte eine weibliche Stimme, hauchfein wie die Geisterstimmen in alten Schwarzweißfilmen.

Alle fuhren herum. Es war nicht Mrs. Minettes Art, sich in die Gespräche in ihrem Laden einzumischen. Angeblich war sie zehn Jahre jünger als ihr Mann, und der war fünfundachtzig; aber sah nicht mal aus wie fünfzig. Sie saß den ganzen Tag lächelnd hinter dem Kassentisch und sagte kaum etwas. Sie führte den Laden, der eigentlich nur ein großer leerer Raum mit Bücherregalen an den Wänden und einem langen, schmalen Lesetisch vor dem Schaufenster war.

»Is aber falsch, was der redet, Winifred«, sagte Roland.

Winifred. Socrates formte den Namen mit den Lippen, stumm.

»Hier drin darf jeder sagen, was er will«, flüsterte Mrs. Minette. »Was wollten Sie sagen, Mr. Fortlow?«

»Äh … ich, äh, eigentlich nix.« Plötzlich war Socrates wieder der Gefängnisinsasse, der den Wärter anlügt. »Minty und Bill hatten bloß grad, also ham bloß grad gesagt, dass wir in'm Krieg aus Lügen sind.«

»Einem Krieg aus Lügen?« Mrs. Minette hatte dieselbe Stimme und dieselbe Kopfhaltung wie nachmittags, wenn sie in ihrem Buchladen Schulkinder betreute.

Das leicht Geringschätzige störte Socrates nicht. »Genau«, sagte er. »Sagt jedenfalls Minty. Er meint, alles, was wir zu hörn kriegen, sind Lügen oder noch schlimmer, is bloß die halbe Wahrheit. Und darüber hab ich und, und, und, äh, mit Roland Krach gekriegt …«

»*Wo*rüber?«, fragte plötzlich Mr. Oscar Minette.

Socrates hatte die Ladenglocke gar nicht gehört.

»Hallo«, begrüßte ihn Winifred Minette.

Socrates malte sich aus, wie viel süßes Wissen in ihrer Begrüßung verborgen lag, und verspürte ein Glücksgefühl.

»Tag, Mr. Minette«, sagte Minty und nahm die Füße vom Tisch. »Wie gehts?«

»Tag, Oscar«, grüßte Bill.

Mr. Minette war groß und hager und hinkte. Er trug einen kratzig aussehenden grauen Anzug mit einem schokoladenbraunen Nylonhemd darunter. Braun waren auch sein Stock und die Schuhe.

Mr. Minette machte eine kleine Verbeugung für jeden und fragte noch einmal: »Was wollten Sie gerade sagen, Mr. Fortlow?«

2.

Socrates starrte Mr. Minette an. Er hatte die Frage durchaus verstanden, dachte aber an keine Antwort. Er wusste sie zwar, aber das war jetzt irgendwie nicht wichtig. Er fühlte sich wie ein Schuljunge. Mit dieser Mischung aus Furcht und Stolz, aufgerufen zu werden und reden zu sollen.

Ich weiß es, hatte er gerufen, wie ihm jetzt einfiel, und sich so energisch gemeldet, dass ihm der Arm zitterte. *Ich weiß was.*

Oscar Minette humpelte durch den großen Raum zu seiner Frau. Sie hielt ihm ihre weiche, runde Wange entgegen, er gab ihr einen Kuss, dann stellte sie sich auf Zehenspitzen und küsste ihn.

Bill sprang hoch, zog einen Klappstuhl hinter dem Kassentisch vor und klappte ihn für den Älteren auf. Mr. Minette nahm aber nicht Platz, sondern blieb auf den Stuhl gestützt dahinter stehen.

»Was wollten Sie sagen, Socrates?«

»Dass Roland und ich immer Krach kriegen, weil, wir könn' das nich glauben, was wir uns gegenseitig erzähln.« Socrates hörte den Wörtern hinterher, während sie aus seinem Mund kamen. Sie klangen gut, womöglich sogar wahr. Dreiundzwanzig Jahre Zorn und Armut, siebenundzwanzig weitere im Gefängnis, und plötzlich sortierte sich alles an die richtige Stelle. »Die lügen uns dauernd so an, dass wir dauernd'n Haken suchen, bei allem, was die sagen. Weil, 'n Haken is immer dahinter, auch wenn mans grad nich denkt.«

»Davon hab ich nix gesagt«, fing Roland Winters an. »Ich hab gesagt, ich kann dich nich leiden, weil du nix von Gott wissen willst. Weil du bloß dauernd von Betrügern redest, von diesem George Washington Williams und von Cowboys und Knarren.«

Socrates verspürte nicht mehr den Wunsch, Roland eine zu langen. Er wollte zum ersten Mal, seit er sich erinnern konnte, überhaupt niemandem wehtun.

»Soll man als Christ nich verzeihn und lehrn?«, fragte Minty. Er grinste noch immer, und er stocherte auch noch immer in der Wunde.

Oscar Minette strahlte Socrates an, Winifred lächelte ihren Mann an. Roland schwieg zu Mintys Grinsen. Big Bill wusste deutlich nicht, wohin mit den Händen.

Socrates hatte es noch glasklar vor sich, während draußen die Krawalle tobten, Jahre später, dieses Bild von seinen ersten Freunden außerhalb des Gefängnisses. Der Weihrauchduft. Das Radio, das unter Mrs. Minettes Kassentischchen leise dudelte.

»Immer'n Haken dabei«, sagte Socrates noch einmal. »Einer erzählt'm andern, er soll was Bestimmtes glauben, weil, er tut das auch; und später kriegt er raus, das stimmt gar nich. 'n Junge erzählt'm Mädchen, er liebt sie, und kaum hat er gekriegt, was er eigentlich will, merkt er, er mag die nich mal leiden. Und meckert an ihr rum, dass das Essen angebrannt oder sie dauernd mit ihr'n Freundinnen zusammen is.« Oscar Minette nickte. »Is schon gelogen, wenn' Schwarzer bloß'n Mund aufmacht«, fuhr Socrates fort. »Und das weiß er auch. Deshalb hat'n Schwarzer, wenn er überhaupt Glück hat und alt wird, auch nich viel zu sagen. *Ich hab Hunger, ich bin müde* – das is so ungefähr das Einzige, was nich gelogen is.«

Roland ging. Seit dem Tag blieb er auch nie lange, wenn Socrates im Laden war. Minty zog sich die Schuhe wieder an und ging ebenfalls. Er hatte, wie Socrates wieder einfiel, ein Rendezvous, mit einer Lehrerin. Bill blieb da und las Zeitung. Bill las überhaupt wenige Bücher, unterhielt sich aber gern mit Leuten, die Bücher lasen.

»Hätten Sie Lust, mal zum Abendessen zu uns zu kommen, Mr. Fortlow?«, fragte Oscar Minette bei Ladenschluss, als Socrates schon in der Tür stand.

»Gern«, antwortete Socrates.

»Wir wohnen im Seniorenheim der Holy Church, 47th Street, Ecke Central Avenue.«

»Ich weiß, wo das is.«

»Kommen Sie doch Sonntag, so gegen vier. Und wir essen dann zusammen.«

Socrates hatte sich die Wohnung viel größer vorgestellt. Leute wie die Minettes hatten doch eigentlich einen langen Esstisch und dicke Teppiche und eine Küche, in der man eine ganze Armee Enkelkinder versorgen kann.

Die Minettes dagegen hatten nur zwei kleine Zimmer und eine Küche, in die Big Bill nicht hineingepasst hätte. Der Boden bestand aus unversiegelten Holzdielen, und auf dem Tisch war, wenn drei Teller darauf standen, kein Platz mehr für den Brotkorb. Es gab auch nur drei Fenster und kein einziges Bücherregal.

»Unsere ganze Habe steht im *Capricorn*«, erklärte Oscar Minette zum Brathähnchen. »Winnie und ich konnten keine Kinder kriegen, deshalb haben wir den Laden aufgemacht, vor neunundvierzig Jahren. Der war immer eher ideell als alles andere, aber Bücher haben wir für jedermann da.«

Das Essen bestand aus einem einzigen kleinen Hähnchen, das Winnie so lange im Ofen ließ, bis die Haut kross und salzig war und das Fleisch von selbst von den Knochen fiel. Socrates war nachher hungriger als vorher, als er sich an den Tisch gesetzt hatte.

Aber er konnte nicht klagen.

Die Minettes hatten nämlich James Baldwin und Langston Hughes persönlich gekannt, und beide Martin Luther Kings. Sie hatten an Wochenenden Theateraufführungen organisiert und waren mit Louis Armstrong in Afrika gewesen. Das war in den Sechzigern gewesen.

»Geld auf der Bank haben wir nicht«, sagte Winifred, »aber unser Leben, das sind zwei Schatztruhen.« Sie sah ihren Mann an, und beide reichten sich über den Tisch die Hände.

»Das sieht man«, sagte Socrates. Er spürte, wie er sich hier bei ihnen zu Hause entspannte. Es war ein Gefühl von Heimeligkeit, das er sich schon Jahre vor seiner Haft aus dem Kopf geschlagen hatte. Es machte ihn so glücklich, dass er Angst hatte, etwas zu sagen, Angst, er könnte etwas sagen, das diesen Zauber brechen würde.

»Woher sind denn Ihre Leute, Mr. Fortlow?«, fragte Oscar.

Socrates saß jetzt auf dem Sofa, Winifred weiter auf dem Stuhl am Esstisch, und Oscar stand, weil sein Rücken von zu langem Sitzen Krämpfe bekam.

»Aus Indiana.«

»Und sind sie da noch?«

Socrates ließ einen Augenblick verstreichen. »Nehm ich an.«

»Sie hören nichts mehr voneinander?« Auf Winifreds feingezeichnetem Gesicht erschien ein mitfühlendes Lächeln.

»Ich war im Gefängnis«, sagte Socrates und hätte es zum ersten Mal nicht sagen müssen. »Als ich da reingekommen bin, hat meine Familie mich vergessen. Alle bis auf meine Mutter. Aber die is gestorben, kurz nachdem ich in Haft gekommen bin.«

»Das ist nicht richtig«, sagte Oscar bedrückt. »Gar nicht richtig.«

»Ach, ich weiß nich«, widersprach Socrates. Er fühlte sich so heimelig, dass er auf dem Sofa hätte einschlafen können. »Ich war'n schlechter Mensch, ganz schlimm. Ich mach niemand'n Vorwurf, wenn er nich aus'm selben Blut sein will wie ich.«

»Aber Sie sind wieder rausgekommen«, sagte Winifred. »Sie haben Ihre Schulden bezahlt und tun jetzt Gutes.«

»Rausgekommen bin ich, ja, aber da war ich immer noch gemein. Die ham mich rausgelassen, weil ich ja bloß Schwarze umgebracht hab. Die finden doch Schwarze nich mal wertvoll genug für'n ganzes Leben im Knast vom weißen Mann. Geheilt war ich überhaupt nich. Ich war noch genauso gemein und durch'nander. Mein Hauptproblem war nämlich, dass ich nie wirklich sicher war, was richtig is. Ich meine, wirklich todsicher.«

Beide Minettes starrten ihn an. Socrates spürte genau, dass sie keine Angst vor ihm hatten. »Aber dann haben Sie sich doch geändert?«, fragte Oscar Minette.

»In Ihrm Laden, als ich da hingekommen bin. Und Minty und Roland und Stanley Pete zuhören konnte und Big Bill mich manchmal'n Stück im Auto mitgenommen hat. Und als ich Sie beide so gesehn hab, wie Sie das alles so ruhig geschehn lassen. Das war, als ob ich durch Ihre Augen kucke. Ich hab dann auch die Leute angelächelt und bin liebenswürdig gewesen, wenn ich genau wusste, die ham nich Recht. Irgendwie hab ich mich selber gesehn, wenn ich Ihnen zugekuckt hab. Wissen Sie, wie ich das meine?«

»Sie sind ein guter Mensch, Mr. Fortlow.«

»Nein.«

Später, nach dem Rhabarberauflauf, sagte Oscar: »Nein, Sie irren sich, Socrates. Sie sind ein guter Mensch.«

Winifred lag da schon im Bett. Der Händedruck, mit dem sie sich verabschiedet hatte, hatte sich angefühlt wie eine Hand voll eisige Federn in einem Traum.

»Warum sagen Sie das, Oscar?«

»Weil Sie tief unten in Ihrem Herzen wissen, es gibt etwas Gutes in der Welt, trotz all des Bösen, das Sie gesehen haben und das Sie selber gewesen sind. Sie kommen in den Buchladen und unterhalten sich mit den Leuten, weil Sie wissen, es gibt etwas Gutes in der Welt, und weil Sie das auch haben wollen.«

»Und was soll das Gutes sein?«

»Ein Zweck, Mr. Fortlow. Lebenszweck. Wir sind alle da, weil es einen Grund gibt. Einen göttlichen Plan. Gute Menschen möchten ihren Platz in dem Plan finden. Sie auch.«

»Sie meinen so'n Plan wie inner Bibel?«

»Nein, nichts aus Büchern. Auch nicht aus Kirchen oder Tempeln oder Moscheen. Sie begreifen das doch auch, nicht? Woher kommt unser Leben? Ist da ein Fels in eine Pfütze gefallen, und dann hats geblitzt? Aus einer schleimigen Zelle wird eine Kaulquappe und aus der ein Frosch, und der Frosch hüpft so hoch, bis er ein Vogel ist, und am Ende fällt der Mensch vom Himmel? Nein, so was ist alles bloß Sciencefiction.«

Socrates begriff, dass Oscar viel über seinen göttlichen Plan nachgedacht hatte.

»Was es allerdings gibt, das ist ein Plan, eine Richtung, auf die sich alles Lebendige zubewegt. Es gibt ein Zeichen, ganz oben, aber nicht jeder kann das sehen. Sie haben es gesehen.« Oscar Minette lächelte seinem neuen Freund erwartungsvoll zu.

Bei den Minettes hatte es zum Abendessen nicht einmal Wein gegeben, trotzdem fühlte sich Socrates betrunken. Es war inzwischen später Abend, und er saß hier in unmittelbarer Nähe des ersten Menschen seit seiner Kinderzeit in Indiana, vor dem er Achtung hatte. Lauter Kirchenlieder fielen ihm wieder ein, sie erklangen ganz hinten in seinem Kopf, und er musste sich Mühe geben, *nicht* im Takt zu nicken.

Auch in dem Zimmer schien Musik zu sein. Die Art, wie sie

sich gegenübersaßen, war Musik, die Geräusche von irgendwo aus dem Haus waren Musik. Socrates hätte am liebsten getanzt, zum ersten Mal in seinen fünfzig Lebensjahren.

»Nein, ich …«, fing er an und druckste einen Moment herum. »Ich … ich glaub das nich, Mr. Minette.«

Mr. Minettes Lächeln verblasste zu trauriger Resigniertheit.

»Nein, Sir«, fuhr Socrates fort. »Ich würd Ihn' ja gern glauben. Ich will Sie bestimmt nich ärgern. Aber es gibt kein' Plan. Nein, Sir, den gibts nich. Regeln, die gibts, alle möglichen Regeln. Die sind alle bloß dazu da, wem anders Geld in die Tasche zu schieben, andrer Leute Kindern Essen in' Mund zu stopfen. Abers gibt bloß zwei Gründe, wieso ich zu *Capricorn* komme. Einer is, ich mag Sie gern, Sie und Mrs. Minette. Und der andre is, ich möcht gern wissen, wie die Regeln zu brechen gehn. Weil nämlich jeder Schwarze, wenn er was für sich selbst getan hat, die Regeln gebrochen hat – das musst er nämlich, denn die Regeln sagen, 'n Schwarzer darf nix haben.

Das hab ich im Gefängnis gelernt. Dabei hätt ich gar nich in' Knast gehört. Ich hab gemordet und vergewaltigt und wieder gemordet. So einer wie ich gehört aufgehängt, vergast und dann auf'n elektrischen Stuhl.

Aber die ham mich nich umgebracht, ich war nämlich'n Regelbefolger-Niggah vom Feinsten. Ich hatte ja bloß meine eignen Leute kaltgemacht und mich schnappen lassen. Der Schweinehund war ich bloß für meine eignen Leute, die, die die Regeln gemacht ham, die ham mir'n Knochen hingeworfen und mich leben lassen.

Das war der Haken in mei'm Fall. Ich hab gedacht, ich weiß genau, was ich tu, dabei hab ich bloß denen, die die Regeln machen, die Arbeit abgenommen. Meine eignen Leute kaltmachen war bloß'n Teil von den Regeln. Mich selbst in' echten Knacki verwandeln, das wars, was die gewollt ham.«

Socrates merkte, dass Mr. Minette nicht mehr zuhörte, sondern ihm einfach in die Augen sah. Und was Mr. Minette darin sah, war ein Schiff, das sich von seinem Tau losgerissen hatte und jetzt ohne Kapitän auf einen fernen Sturm zutrieb.

Socrates war es egal, dass Mr. Minette ihn gar nicht verstehen konnte. Er redete, er hatte etwas zu sagen.

»Sie und Winifred ham auch die Regeln gebrochen, Oscar«, fuhr er fort. »Sie ham den Laden aufgemacht, Sie ham Platz für schwarze Männer und Frauen geschaffen, Sie ham da nix für genommen und niemand vorgeschrieben, was er denken soll. Mich ham Sie hier zum Essen eingeladen und ham mir Ihr Herz aufgeschlossen. Das' ne Revolution, Bruder, Auflehnung gegen die Regeln.

Ich hab keine Ahnung, wieso'n Vogel fliegt, Mann. Aber ich weiß genau, wieso der mir auf'n Kopp scheißt. Ich liebe Sie, Oscar. Sie ham mir nämlich die Wahrheit gezeigt.«

3.

Bald danach sagte Socrates gute Nacht. Der alte Mann reichte ihm eine ledrige Hand, und Socrates lief die Central Avenue hinunter nach Hause. Das Herz klopfte ihm in der Brust, als er an all die schlimmen Sachen dachte, die ihm zugestoßen waren, und an das Böse, das er selber anderen angetan hatte. Alles lag ausgebreitet vor ihm wie auf einem Büfett. Er konnte sich ein Stück Erinnerung herauspicken und ansehen und wieder zurücklegen. Er war der Herr, seine Beine gehörten ihm, die Straße gehörte ihm, er konnte hier entlanglaufen.

Jeder Atemzug gehörte ihm, und was er sah, war ein Bild in seinen Augen.

»Sie da!«, kam eine barsche Stimme von irgendwo links. »Ich rede mit Ihnen.«

»Was?« Socrates drehte sich um. Zwei Polizisten kletterten gerade aus ihrem Wagen und sahen aus wie aus einem Loch krabbelnde Soldatenameisen. Jeder hatte einen Schlagstock in der Hand. Socrates hatte nur den Wunsch, dass das Blut zu pochen auf-hörte und das Wutlachen im Hals verschwand.

»Nehmen Sie die Hände aus den Taschen!« Regel Nummer eins war gesetzt.

»Wo wollen Sie hin?«, fragte einer der beiden nicht sehr freundlich.

»Ich bin einfach so hier, Officer.« Socrates wollte kichern, unterdrückte es aber.

In gut anderthalb Metern Abstand flankierten ihn die beiden Männer. Sie konnten sehen, wie groß und wie stark er war. Und sie hatten erlebt, was Polizisten passierte, die zu nahe ans Feuer kamen.

»Was für'n Scheiß reden Sie da? Ich hab Sie was gefragt.«

»Zeigen Sie mal Ihre Papiere«, sagte der andere Polizist.

»Sind in meiner Tasche«, entschuldigte sich Socrates. Einer der beiden zückte den Schlagstock, als wollte er zuschlagen. Aber Socrates wich weder zurück noch zur Seite. Er stand einfach da und wartete auf die Erlaubnis, in seine Tasche zu fassen.

»Spiel hier nich'n Schlauberger«, sagte einer der Polizisten. »Hol dein' Ausweis raus.«

Es war eine Bescheinigung, dass der Inhaber siebenundzwanzig Jahre gesessen hatte, staatlich beglaubigt.

»Da ham wir uns'n Knastbruder eingefangen, Simon«, sagte der zweite Polizist.

»Was haste hier nachts zu suchen?«

Und dann war da eine Pistole, die genau auf Socrates' Auge zeigte. Er sah sie nur an und sagte nichts. Weder *Jawohl, Sir* noch *Leck mich am Arsch,* noch *Ich war bloß grad auf'm Weg nach Haus, Officer.*

Simon hielt die Pistole auf ihn gerichtet, und der andere Weiße durchsuchte seine Taschen. Er fand einen Schlüssel für das Vorhängeschloss, mit dem der ehemalige Sträfling seine Vordertür gesichert hatte, ein kleines Taschenmesser mit zwei rasierscharfen Klingen, vier Dollar und achtundzwanzig Cent, ein zusammengefaltetes Blatt mit den Annahmezeiten des Recyclinghofs von South Central und ein halb leer gegessenes Tütchen Salznüsse.

Simon stand dichter bei Socrates, als er gedurft hätte. Socrates stellte sich vor, wie leicht der andere Bulle, wenn er zuerst Simon niederschlug, zu fällen wäre. Er wusste aus Erfahrung, dass er einen Mann mit einem einzigen Faustschlag töten konnte.

»Ich möcht jetzt nach Haus«, sagte er stattdessen, und es klang weder entschuldigend noch grollend.

»Wofür's das Messer?«, fragte Simon.

»Zum Schneiden«, antwortete Socrates. »Für alles, was'n Schnitt braucht.«

Drei plus, befand Socrates, als er wieder in seiner Wohnung in der kleinen Seitenstraße war. Damals schlief er noch auf drei übereinandergelegten Matten. Er schrieb *3+* auf einen Zettel. Seit Jahren gab er sich jeden Tag so eine Zensur. An den Tagen, an denen er *ungenügend* geschrieben hatte, hatte er jemandem wehgetan, mit seinen riesigen Felsbrecher-Händen.

4.

Das ganze ehemalige Einkaufscenter *Canyon* war verkohlt nach den Bränden während des Aufstands von Watts. Bücher waren über den Parkplatz verstreut, die Registrierkasse lag zerborsten auf dem Asphalt. Socrates war jahrelang nicht mehr im Buchladen gewesen. Nach seinem Gespräch mit Oscar hatte er sich nicht mehr so gern gesehen gefühlt wie vorher. Alle waren zwar weiter nett, aber die Wärme war weg. Eine Zeit lang hatte er noch einmal in der Woche vorbeigekuckt und guten Tag gesagt.

Und dann eines Tages festgestellt, dass er schon über ein Jahr nicht mehr da gewesen war.

Jemand bewegte sich im Innern des Ladens, im hinteren Teil, hinter dem ausgebrannten Kassentisch. Das Dach war zwar fast völlig abgebrannt, aber Deckenteile konnten auch jetzt noch niederstürzen, und wer einen zerstörten Buchladen plünderte, konnte eigentlich nur ein Vollidiot sein.

Socrates ging trotzdem hinein und sah nach. Falls es ein Plünderer war, würde er sich eine 6– geben müssen.

»Roland? Sind Sie das, Roland?«

»Wer's da?«, fragte der erdbeerbraune, kugelbäuchige kleine Mann zurück. Er sah abgemagert und zerbrechlich aus und war jetzt vollkommen kahlköpfig.

»Hier's Socco, Socrates. Wir ham uns hier immer getroffen, vor acht Jahrn.«

»Ach. Ach ja, ja. Sie hatten immer's Kämpfen im Mund. Da sehn Sie, wo das hinführt.«

»Was is'n los, Roland? Wo sind'n die Minettes?«

»Winifred is tot, seit drei Jahren.«

»Tot?« Der süßliche Rauch verwandelte sich für Socrates in den Geruch des Todes. »Wie denn tot?«

»Herzinfarkt. Hinter ihrem Tresen. Einfach vornübergekippt. Ich war da, aber wir ham nichts mehr tun können.«

»Und was is mit Oscar?«, fragte Socrates.

»Alanna Hersey hat'n angerufen und das mit'm Laden erzählt. Zwei Stunden später hat er'n Schlaganfall gehabt.«

Big Bill war an einem Herzinfarkt gestorben. Minty war erschossen worden, und kein Mensch hat je erfahren, warum. Und Roland hatte Krebs und gerade eine Chemotherapie hinter sich, als die Krawalle losgegangen waren.

»Krawalle?«, sagte Roland erstaunt. Sie waren zusammen frühstücken gegangen, in einem *McDonald's* außerhalb des brennenden Rings, der South Central geworden war. »Ich dachte, Sie nennen das auch Rebellion wie die ganzen andern Leute hier.«

»Ich weiß auch, warum«, antwortete Socrates. »Es fühlt sich doch an wie Rebellion. Wie'n Gefängnisaufstand – da kämpfen Menschen für ihre Freiheit. Fühlt sich immer an wie Revolution, so was. Und dabei fackelt man bloß sein eignes Zuhause ab, und der Feind kuckt zu, wie schön man seine Regeln befolgt, wie man genau das macht, was er will von ei'm. Oscar war'n echter Rebell. Und dem'n Laden abfackeln, das is genau das, was die in ihrn blauen Uniformen wollen. Aber ich kenn das Gefühl. Ich hätt auch am liebsten geplündert und alles angezündet. Ich hätt auch gern ne Bombe in' Polizeiauto geschmissen und denen die Knarren abgenommen und damit Hubschrauber runtergeschossen. Bloß, die Hubschrauber wärn genau da runtergekommen, wo meine eignen Leute wohnen, und die Blauen hättn' paar hundert Neger abgeknallt, bloß um mich zu kriegen.«

Roland stritt nicht mehr mit Socrates. Sie wurden Freunde auf seine letzten Tage.

Socrates ging einmal in der Woche mit Lebensmitteln aus dem *Bounty Supermarket* bei Roland vorbei, blieb eine Weile bei dem Mann, der schon im Sterben lag, und las ihm aus der Bibel vor.

Die Genesis schafften sie nicht mehr.

Socrates schrieb eine Trauerrede für Roland. Aber es kam kein Mensch zu seiner Beerdigung, und so hielt er sie nie.

Er kaufte stattdessen eine Bibel und ging regelmäßig einmal in der Woche damit zu Rolands Grab. Er las ihm laut weiter vor, jedes Mal eine Seite.

Feuerteufel

1.

Eines Donnerstags hatte sich Socrates mit Stony Wile verabredet, während Stonys Frühstückspause bei *Avon Imports*.

»Klar wohnt Folger in Compton, inner Winnant Terrace«, sagte Stony.

»Und kennt er immer noch alle möglichen Bullen?«, fragte Socrates weiter.

»Was soll'n das, Socco?«

»Was soll was? Ich wollte bloß wissen, ob Folger'n paar Straßenbullen kennt.«

»Mit Bullen red' man nich, Socco.« Stony war früher Schiffsschweißer gewesen und noch immer ein stämmiger Mann mit Pfeffer-und-Salz-Haaren und graubrauner Haut. »Das macht man nich.« Er sah die Straße hinunter. Sein Chef stand auf der Laderampe des Lagers und sah zu den beiden Freunden hinüber.

»Bono denkt immer, wer sich hier mit jemand trifft, der will ihn beklauen«, sagte er.

»Gib mir mal die Adresse von dei'm Cousin.« Socrates ließ sich nicht ablenken.

»Ja klar«, sagte Stony, »aber …«

»Was aber?«

»Das gibt aber kein' Ärger, nein, Socco?«

»Ärger? Was soll'n das heißen, Stony? Hältste mich vielleicht für jemand, der Leute in die Pfanne haut?«

»Du scheinst es ernst zu meinen, Mr. Fortlow. Verdammt ernst. Und ich will nich, dass du mit irgendner Aktion zu Folger rennst.«

»Hab nix vor, Stony. Ich brauch bloß ne Auskunft, und Folger könnt mir vielleicht helfen – das is alles.«

2.

»Zwei'nvierzig Jahre«, sagte Folger Wile zu Socrates Fortlow. Sie saßen auf seiner wackeligen Veranda. »Zwei'nvierzig Jahre, und die setzen mich auf die Straße. Nich mal mehr ab und zu'n Besuch machen darf ich da. Zu viel neue Regeln, zu viel Jungsche mit Knarre und Marke, so läuft das da jetzt. Aber so läuft keine Polizeidienststelle gut.«

Folger war siebenundsechzig, sah aber fünfzehn Jahre älter aus. Ein paar Zähne fehlten, und er war faltig wie ein gerupfter Vogel. Sein Blick schien sich auf nichts Genaues mehr zu richten.

»Kennste'n guten Bullen, mit dem ich mal reden könnte?«, fragte Socrates nach einem fast halbstündigen Vortrag über alles, was im Los Angeles Police Department schief lief.

Weiter als bis in die Funkbetriebszentrale war Folger nie gekommen. Und seit seiner Pensionierung war er wie aufgelöst. Sein Rasen war nur noch braun und tot, von den Wänden seines Hauses blätterte blaue Farbe.

»Haste gehört von' Bränden?«, fragte Folger zurück. »Erst gestern Nacht wieder einer.«

Ständig wurde darüber geredet. Die Brände. Leer stehende Läden, leer stehende Häuser.

»Der Tote soll'n Besetzer gewesen sein.« Folgers abschweifender Blick bekam einen lebhaften Schimmer. »Die Frau war wohl seine Freundin. Ham da Wohnung gespielt, als hätten sie richtig Arbeit und könnten Miete zahlen.«

Die ersten Toten der Brände, die zu Dutzenden gelegt worden waren.

»Manch einer sagt ja, die Feuerwehrleute legen die selber für die weißen Hausbesitzer, wegen der Versicherung.« Folger konnte endlos reden, er brauchte nur einen warmen Körper, der atmete und zuhörte und einfach da war. »Ich glaub ja, dass's die Koreaner sind. Die wollen an die ganzen Häuser, wo Schwarze drin wohnen. Im Grunde is das bloß so ne, also so ne Art Invasion in Friedenszeiten. Die sind bald überall, die Koreaner. Koreanische Chefs und mexikanische Sklaven, und für Schwarze is kein Platz mehr.«

»Ich versteh nix davon, Folger. Paar Koreaner sind richtig nette Leute. Die verdammten Geschäftemacher sinds, die wollen alles klauen, was wir ham. Und Geschäftemacher haste in allen Farben – sogar in Schwarz.«

Folger quittierte Socrates' schwachen Einwand mit einem geringschätzigen Blick. Er wollte überzeugt werden, aber das war Socrates egal. Ira Giles fiel ihm ein. Und wie Ira Giles in einem Knast in Indiana all seiner Rechte beraubt worden war. Sie hatten ihn zu sechzig Tagen bei Keks und Wasser verdonnert.

Und ihm am einundsechzigsten Tag wieder nur Keks und Wasser gegeben – das sollte ein Witz sein.

Ira hatte seine Matratze aufgeschnitten, ein Streichholzheftchen aufgeklappt hineingestellt, ein Streichholz angerissen und das Heftchen in Brand gesetzt. Die ganze Pritsche hatte Feuer gefangen, und vier Wärter waren angerannt gekommen, um zu löschen. Zwei hatte Ira abgestochen, bevor die mitkriegten, was er vorhatte. Auch den dritten hatte er umgebracht, bevor ihn Nummer vier, Harvey Schott, überwältigen konnte.

Seit dem Tag empfand Socrates Feuer als Verbündeten. Obwohl Ira hingerichtet worden war. Er hatte als Henkersmahlzeit Keks und Wasser bestellt.

»Irrtum, Socrates.«

»Was, Folger?«

»Das muss ne Art Verschwörung sein. Kuck mich an. Kuck, ich hab mein Leben lang hart gearbeitet, und jetzt hab ich gar nix. Achthundert Dollar, die kommen rein, aber die Ausgaben sind tausend. Du kannst mir nich erzählen, dass das von' paar Miethaien im Slum kommt. Neehee, nee. Die Scheiße kommt von ganz weit oben. Von oben. Das siehste doch auch so, oder?«

»Vielleicht gehts ja aufs Herz, Folger Wile«, sagte Socrates.

»Wie bitte?«

»Vielleicht is der ganze Karren im Dreck. Wir und die und dieser Typ auch. Vielleicht ham sie uns irgendwas Vergammeltes reingehaun, uns allen, vor langer Zeit, und jetzt gibts nur noch ein' Weg da raus – alles abbrennen, alles. So wie die Häuser.«

Folger sah Socrates nachdenklich an, während er sich immer wieder senkrecht die linke Gesichtshälfte entlangstrich.

»Ich brauch bald mein Nickerchen«, sagte er schließlich.

»Ja, klar doch«, erwiderte Socrates. »Aber sag mir noch, kennst du'n Bullen, mit dem ich reden kann? 'n Schwarzen, der weiß, dass er schwarz is?«

3.

Den ganzen Nachmittag packte Socrates Lebensmittel in Kartons und lieferte sie in West Hollywood und Beverly Hills aus. Draußen war es sommerlich heiß, im *Bounty Supermarket* drin gingen die Temperaturen von kühl an den Kassen bis kalt bei den Kühlräumen.

Socrates war der älteste Mitarbeiter des Supermarkts. Seine schroffe Art und seine unglaubliche Kraft entzückten die jungen schwarzen Frauen an den elektronischen Kassen. Und aus irgendeinem Grund ließen sich auch ältere weiße Damen die Sachen lieber von ihm als von den jüngeren Männern bringen.

An diesem Tag schuftete Socrates beim Entladen einer riesigen Lieferung Konservendosen von *General Foods* besonders. Er warf die Doppelkisten so schnell vom LKW, dass die jungen Männer kaum hinterherkamen.

»Eh, Socco«, jammerte Bruce Tynan, »mach langsam.«

Die anderen Jungen waren zur Pause verschwunden und gar nicht erst wieder aufgetaucht.

Bruce Tynan, ein Teenager aus Beverly Hills, war das Football-As seiner Schule. Ein anständiger Bengel, auch wenn er weiß war, und Socrates mochte ihn. Sein Vater war ein reicher Chirurg mit eigener Klinik und mochte gar nicht, dass sein Sohn im Supermarkt jobbte, aber Bruce wollte sein eigenes Geld verdienen und setzte sich darüber hinweg.

»Na gut, Quarterback, kriegst ne Pause.« Socrates kletterte vom LKW und setzte sich auf einen Stapel Kisten. Er musste lächeln, als er sah, wie Bruce zu verbergen versuchte, dass er außer Atem war.

Socrates wartete, bis Bruce wieder normal atmete.

»Du, Bruce?«

»Ja, Socco?«

»Was würdste machen, wenn du wüsstest oder auch wenn dus bloß glaubst, dass einer zwei Leute umgebracht hat?«

Bruce wurde rot und sah in die andere Richtung zum Lieferanteneingang. »Häh?«, brummte er.

»Haste doch gehört.«

»Ich würd zur Polizei gehn und das melden.«

»Und wenn das«, fragte Socrates weiter, »wenn das nicht mit Absicht war?«

»Dann kriegt er'n Freispruch im Prozess.«

»Näh. War vielleicht aus Versehn, aber'n Unrecht wars ja auch. Die kriegen ihn trotzdem am Arsch.«

Socrates beobachtete, wie der Arztsohn nach einer intelligenten Problemlösung suchte.

»Würd der das wieder machen?«, fragte er schließlich.

»Was?«

»Na, was er gemacht hat, womit er die umgebracht hat.« Socrates stand auf und hob zwei Kisten Obstkonserven hoch. »Keine Ahnung. Habs bloß in so ner Illustrierten gelesen«, sagte er. »Na, komm. Lass uns'n paar Büchsen bewegen.«

4.

Denther's Bar & Grill war ein Polizistentreff auf der Normandie Avenue mit hölzernen Fensterrahmen und altmodischen Metalljalousien. Ein blaues Neonwort sagte »Café«, ein rotes »geöffnet«. Zu *Denther's* kamen ausschließlich Bullen und Frauen, die auf Bullen scharf waren. Hier durfte man rauchen und bechern und abspannen. Was immer geredet wurde, es blieb unter Bullen, war also sicher.

Kein Mensch hätte bei *Denther's* eingebrochen. Und kein Mensch hier zerbrach sich den Kopf über Bauvorschriften oder Sperrstunden – oder Drogen oder Sex.

Bei *Denther's* stand eine Musikbox, die umsonst spielte, und kellnerten drei junge Frauen in Hot Pants und Lacklederstiefeln, die bis an die Oberschenkel reichten. Eine war weiß, die andere schwarz, die dritte Latina.

Denther's war ein Bullenparadies, so jedenfalls behauptete Folger.

Socrates trat um Punkt halb zehn ein. Er hatte noch das blaugrüne Bounty-T-Shirt an, aber damit würde er die Bullen hier kaum täuschen können.

Die Musikbox spielte weiter Diskorhythmen, aber die Gespräche verstummten fast vollständig. Socrates bahnte sich den Weg durch die dichte Männermenge. Ein Paar machte nicht freiwillig Platz, aber Socrates war stark und schob sich vorsichtig weiter, ohne zu schubsen. Er wollte keine Keilerei auslösen.

An der Theke fragte er: »Kenneth Shreve hier?«

Der kleine Barkeeper gab keine Antwort.

Socrates fragte noch einmal.

»Was wollen Sie?«, fragte ihn daraufhin ein Weißer, der an der Theke saß.

»Kenneth Shreve.«

»Wofür?«

»Sind Sie seine Mutter?« Es klang fast liebenswürdig.

»Ganz vorsichtig …« Die Anrede blieb unausgesprochen hinter dem Satz des weißen Mannes hängen. *Denther's* war eine gemischte Kneipe. Schwarze waren ebenso Stammgäste wie Weiße. Und niemand nannte irgendjemanden hier »Nigger«, außer er war selber einer.

Der Weiße benutzte das Wort nicht, hätte aber liebend gern seine Fäuste benutzt.

Socrates wunderte sich, dass er keine Angst spürte. »Wissen Sie vielleicht, wo ich Kenneth Shreve finde?«

»Ich bin Shreve«, sagte ein großer Schwarzer, der hinter Socrates gestanden haben musste.

Socrates drehte sich um. »Folger Wile schickt mich.«

Kenneth Shreve war nicht nur groß, sondern auch breit. Er hätte Socrates' muskulöse zweieinhalb Zentner schultern können. Seine Hände allerdings waren klein, aber das waren, wie sich Socrates erinnerte, die von Joe Louis auch gewesen.

»Was will'n der alte Trottel?«, fragte Kenneth. Er konnte die Biografie des Schwerverbrechers an Socrates' Schatten ablesen, aber sie schien ihm egal zu sein.

»Er hätt gern, dass die das Pensionsalter inner Funkzentrale raufsetzen, damit er wieder was zu tun kriegt«, sagte Socrates.

Der Spruch brachte Shreve zum Lachen.

»Kommen Sie mit«, sagte er, »setzen wir uns in die Koje da drüben.«

Drei schwarze Bullen und zwei schwarze Frauen klemmten bereits auf der Bank. Beide Frauen hatten je eine Hand auf dem

Schoß der Männer liegen, zwischen denen sie saßen, und kuckten mit großen Augen zwischen ihnen hin und her. Die drei Männer dagegen sahen sich gegenseitig in die Augen.

Das Arrangement brach ab, sobald Sergeant Shreve erschien. Er musste gar nichts sagen. Er trat einfach an den Tisch, und sofort scheuchten die Männer die Frauen aus der Nische.

»Na hallo«, sagte die eine Frau. »Was'n jetzt los?«

Shreve und Socrates setzten sich, und der schweigsame Barkeeper brachte Bier. Socrates kippte sein Glas in einem Zug leer.

»Wie heißen Sie?«

»Socrates Fortlow.« Kaum hatte der Exsträfling seinen Namen ausgesprochen, krampfte sich seine Hand zusammen. Er wollte weiterreden, merkte aber, dass er nicht konnte.

»Also?«, fragte Shreve. »Was will Shorty?«

»Bitte?«

»Shorty. So hieß Folger bei uns.«

»Ach so.« Socrates sah hoch und durch die verrauchte, überfüllte Kneipe.

Shreve kam ihm zuvor und winkte nach mehr Bier. »Ich hab noch mehr zu tun, Mann. Wenn Sie was von Shorty für mich haben, dann raus damit.«

Socrates starrte Shreve an, bis das Bier kam. Der große Bulle schien gehen zu wollen, blieb aber sitzen. Irgendwie, überlegte Socrates, ahnte dieser Polizist wohl, dass im Augenblick in diesem Raum das Wichtigste das war, was Socrates zu sagen hatte.

»Ich hab im Gefängnis gesessen«, sagte Socrates, nachdem er auch das zweite Bier gekippt hatte.

»Wegen was?« Das Gesicht des Sergeants war plötzlich leer. Er behielt Socrates genau im Auge.

»Mord.«

Shreve nickte kurz, um klarzumachen, dass er die Antwort vorher gewusst hatte. »Was haben *Sie* denn mit Folger zu tun?«

»Ich kenn den Mann kaum. Ich kenn sein' Cousin.«

»Und was wollen Sie von mir?«

»Gar nix will ich von Ihn'«, sagte Socrates. »Scheiße, Mann. Ich bin' Knacki. Ich bin inner Gefängniszelle geborn, wissen Sie doch. Ich red nich mit Bullen.«

Über Shreves Gesicht zog sich ein bösartiges Grinsen. Er hatte dunkelbraune Haut, und Stirn, Hals und Kinn waren übersät mit Narben und Kerben. »Versuch nicht, mich zu verarschen, Nigger.«

»Ich meinte nur, ich bins nich gewohnt, mit Bullen zu reden. Fühl mich nich grad wohl in so'm Raum hier.«

»Das ist allerdings der einzige Ort, an dem Sie mich zu sehen kriegen«, sagte Shreve. »Es sei denn, Sie wollen wieder zurück in den Knast.«

»Davor hab ich keine Angst«, erwiderte Socrates. »Mir kann nix mehr passieren, was mir nich schon passiert is. Gar nix.«

»Also, was wollen Sie, Mann?«

»Inner Kiste red' kein Mensch mit der Schmiere. Wenn sie ein' dabei erwischen, gibts was mit'm Messer.«

»Sie wollen mir also was sagen, aber Sie haben Schiss?«, fragte Shreve.

»Schiss? Bin ich weit drüber raus«, sagte Socrates. »Ganz weit. Ich hab nämlich meine eignen Regeln und setz die auch durch, und ich hab noch keine gebrochen.«

»Das wollen Sie aber gerade tun?« Diesmal bestellte Shreve zwei Bier per Handzeichen.

»Kommt ja vor«, sagte Socrates, »dass man mal auf'n Schergen stößt, und der is gar nich so übel. Ich meine, der könnt was für ein' tun, verstehn Sie?«

Die beiden Biere kamen, und Shreve schob sie zu Socrates. Keine Minute, und der ehemalige Zuchthäusler hatte beide gekippt.

»Also, Sie wollen was?«, fragte Shreve.

»Ja.« In Socrates' Hinterkopf breitete sich ein angenehmes Gefühl von Leere aus. Es war durchaus nicht so viel Bier, dass er betrunken gewesen wäre, er hatte an diesem Tag nur vergessen zu essen.

»Aber kein Geld, Mann«, fuhr er fort. »So was will ich nich von Ihn'. Sie selber will ich.«

»Bitte was?«

5.

»Jeder is unschuldig, bis seine Schuld bewiesen is«, zitierte Socrates. »Sehn Sie das auch so?«

»Wenn jemand ein Verbrechen begeht, ist er schuldig«, sagte Shreve. Dann holte er tief Luft und sah über beide Schultern hinter sich. »Wenn nicht, ist er unschuldig. So sehe ich das.«

»Aber laut Gesetz gilt einer so lange als unschuldig, wie nich'n Gericht aus seinesgleichen was andres befindet. Das hab ich im Knast so gelernt. Da war nämlich jeder schuldig. Hat keine Rolle gespielt, ob der das wirklich verbrochen hatte oder nich. Warn alle schuldig, bloß weil'n Gericht aus ihresgleichen die für schuldig befunden hatte.«

»Heh, Kenny.« Ein betrunkener Schwarzer torkelte auf die Nische zu, flankiert von zwei jungen Frauen, die ihm unter die Arme griffen. Die eine trug eine so tief ausgeschnittene Bluse, dass Socrates die Oberkante der Brustwarze sehen konnte. Sie lächelte, als sie seinen Blick bemerkte, und knickte den Oberkörper ab, damit er besser sehen konnte.

»Kenny«, lallte der Betrunkene weiter, »komm, wir gehn rauf.« Er schwenkte den Kopf in Richtung Hintertür und zwinkerte ihm zu.

Shreve sah zur Tür, dann zu dem dekolletierten Mädchen.

»Geht schon mal vor«, sagte er. »Ich komme gleich nach.«

»Oooch«, quengelten die beiden Frauen gleichzeitig. Als sie weg waren, sagte Shreve zu Socrates: »Und Sie hören jetzt auf mit dem Scheiß und sagen, was Sie mir zu sagen haben, Bruder.«

Socrates rastete das Kiefergelenk ein. Die Zähne taten ihm weh vom vielen Zusammenbeißen.

»Na los, Fortlow. Reden Sie.«

»Feuer«, flüsterte Socrates.

»Bitte was?«

»Feuer. Die Brände.«

Shreve fror ein wie eine Katze auf der Lauer.

»Na, die Brände da«, fing Socrates an, und dann rutschte ihm das Zwerchfell weg und riss alle Worte mit nach innen.

»Die Brände in Watts?« Er konnte gerade noch nicken. »Sie wissen, wer die legt?«

»Sicher weiß ich nix. Und der is unschuldig, unschuldig.«

Shreve lehnte sich zurück und kratzte sich das narbige Gesicht. »Geht um die Belohnung, was?«

»Was für ne Belohnung?«

»Ach kommen Sie, Bruder. Mir können Sie doch kein' Scheiß erzählen. Ist heute Morgen rausgegangen – fünfzehntausend Dollar Belohnung für Hinweise, die zur Verhaftung des …«

Socrates war von der Bank hochgeschossen, bevor Shreve den Satz beendet hatte. Er drängelte sich eilig in Richtung Tür, und diesmal schubste er die Leute aus dem Weg ohne Rücksicht und Entschuldigungsfloskeln.

Draußen lief er die Straße hinunter.

»Nee, nee«, murmelte Socrates Fortlow vor sich hin. »Oh nein. Damit kriegen die mich nich.«

»Fortlow!«

»Nee, nee. Oh nein.«

»Fortlow! Halt!«

Der Kommandoton setzte den haftgeprägten Teil von Socrates' Hirn matt und bremste ihm die Beine aus.

»Was ist denn los mit Ihnen, Mann?«, keuchte Shreve, als er ihn endlich eingeholt hatte. »Ich brülle schon seit drei Blocks hinter Ihnen her.«

Socrates schüttelte stur den Kopf.

»Was ist denn los?«, fragte Shreve noch einmal.

»Nein«, sagte Socrates, als wäre das eine Antwort auf alles, was Shreve fragen konnte.

Die Straße lag mitten in Downtown, war aber leer bis auf obdachlose Männer und Frauen, die auf der anderen Straßenseite aneinander gereiht an einer Hauswand lehnten. Die Ampeln wechselten regelmäßig die Farben, aber es gab keinen Verkehr, der sich danach hätte richten können.

»Nein – was? Wissen Sie, wer der Feuerteufel von South Central ist?«

»Mich kaufen Sie nich, Mann«, sagte Socrates. »Ich bin nich euer Sklave.«

»Ich will doch das Geld gar nicht, Fortlow. Sie können das haben. Alles, was ich will, ist der Kerl. Der läuft da draußen rum und bringt Leute um. Deshalb sind Sie hergekommen, nicht? Sie wollen niemanden verpfeifen, weil Sie selber mal gesessen haben, aber dass Leute sterben, wollen Sie auch nicht.«

Die Flammen, die Socrates im Geist sah, loderten die dunkle Straße entlang. Ira Giles, wie er sein selbstgebasteltes Messer schwang, als ihm die Flammen schon den Rücken hinaufzüngelten. *Schreit wie'n Teufel am Höllenspieß*, hatte irgendwer gesagt. Und alle hatten gelacht und ausgespuckt und waren sich einig, dass die Wärter Ira eben nicht noch einen Tag Wasser und Keks hätten geben dürfen. Hatten doch selber Schuld. Man kann einen Menschen nur bis zu einem gewissen Grad rumschubsen, dann muss man ihn in Ruhe lassen – oder umbringen.

»Lassen Sie uns zur Dienststelle gehen, Fortlow. Wir wollen das aufnehmen.«

»Warten Sie«, sagte Socrates. »Warten Sie.«

»Auf was?«

»Er's wirklich erst mal unschuldig?«

»Wenn er das ist, wieso kommen Sie dann zu mir?«

»Ich will, dass er wie'n Mensch behandelt wird, Officer. Und Sie«, Socrates rammte Shreve den Finger in den Brustkorb, »solln mir erst versprechen, dass Sie selber hingehen und dafür sorgen, dass er wie'n Mensch behandelt wird. Ich will nich, dass der geschlagen oder angepöbelt oder angeschissen wird. Folger sagt, Sie gehn korrekt um mit Negern, und mit Weißen auch. Ich will korrektes Benehmen bei dem Mann, den ich Ihnen verschaffe, sonst, Gott steh mir bei, geh ich selber auf die Straße und fackle alles ab, genau wie der.«

Shreve legte die Hand auf die schmerzende Stelle auf der Brust. »Ich kümmere mich selber drum, darauf können Sie wetten. Und geh so korrekt mit ihm um, wie ich kann.«

6.

Auf einem Polizeiabschnitt in Downtown L.A. erzählte Socrates, nachdem er das Protokoll seiner Zeugenaussage über den Feuerteufel von South Central unterschrieben hatte, Sergeant Shreve seine Geschichte.

Sehr lang war sie nicht.

Durch sein Zellengitter hatte Socrates Ira Giles sehen können, nachdem Ira die Wärter erstochen hatte. Sie hatten ihn verprügelt und getreten. Sein rechter Arm war verbrannt und rohes Fleisch. Aber Ira hatte gegrinst. Sein Gesicht war glitschig vom Schwitzen und die Augen so weit aufgerissen, dass er damit ein wildes Tier vor Angst aus der Höhle hätte treiben können. Er hatte gegiggelt und gelacht und hätte am liebsten getanzt, wenn ihn die Wärter nicht mit Prügeln vorwärts geschubst hätten.

Socrates hatte einen Spaziergang gemacht in der letzten Feuernacht, der tödlichen. Er hatte die Feuerwehrsirenen gehört und den Brandgeruch bemerkt. Der viel zu dicke Neger, der auf den Exsträfling zugetaumelt war, hatte ihn gar nicht gesehen. Er war auf einem anderen Stern gewesen, die stämmigen Beine in der Arbeitshose verheddert.

»Zuerst wars der Geruch«, erzählte er Shreve. »Dann die Wörter, die der gesagt hat, da war kein Sinn drin. Furchtbar geschwitzt hat der auch, aber eigentlich wars das Tanzen, wegen'm Tanzen bin ich dem nachgegangen bis nach Hause.«

»Das ist alles?«, fragte Andrew Collins, Shreves Streifenkollege. »Dafür haben Sie uns hierher geholt?«

Socrates erzählte, wie er gewartet hatte, bis Ponzelle Richmond seine Wohnung wieder verließ.

»Dann hab ich durchs Fenster gekuckt und Benzinkanister gesehn, und drum rum'n Haufen Flaschen und Lumpen«, erklärte er. Dass er das Schloss an der Hintertür geknackt hatte, erzählte er ihnen nicht. Von dem Tagebuch erzählte er ihnen auch nichts.

»Lass uns mal hin, Andy«, sagte Shreve zu seinem widerborstigen weißen Partner. »Wir melden uns wieder bei Ihnen, Mr. Fortlow.«

7.

»Ich hab versucht, mit ihn' zu reden«, sagte Socrates zu Stony Wile, als alles vorbei war. »Ich hab gedacht, dann läuft das vielleicht anders. Also wenn ich ganz klar sage, ich kooperiere nur, wenn sie mir versprechen, den korrekt zu behandeln.«

»Die warn auch korrekt, Socco«, sagte Stony. Es war ein Montagnachmittag, und sie saßen bei Socrates zu Hause, jeder mit einer Flasche *Cold Duck* vor sich. Stony war rausgeflogen bei *Avon Imports.* »Was solln die'n machen, wenn der die kommen sieht und sich selbst erschießt? Man kann' Bullen nich die Schuld für alles geben.«

Socrates nahm noch einen Schluck. Er hätte Stony am liebsten eine geklatscht, bremste sich aber.

Eine ganze Zeit lang tranken sie schweigend weiter. Und noch etwas weiter.

»Socco?«

»Ja, Stony?«

»Was is'n mit dem Geld?«

»Was'n für Geld?«

»Die Belohnung. Ich weiß, die geben die Namen von so Kronzeugen nich raus, aber wenn du Ponzelle verpfiffen hast, musste doch was abkriegen.«

»Ham die Bullen eingesteckt bis auf'n paar hundert Dollar«, antwortete Socrates. »Der erste Hunni is draufgegangen für den Schnaps, den du grad mithilfst leer zu trinken.«

Socrates riss ein Streichholz an, zog einen Hundertdollarschein aus der Tasche und setzte ihn an einer Ecke in Brand.

»Willst'n?«, fragte er Stony.

Stony grabschte ihm den Schein aus der Hand und drückte mit seinen dicken Arbeiterfingern die Flamme aus.

»Was'n mit *dir* los? Das sind hundert Dollar.«

»Und die gehörn dir, Stony. Is dein Anteil, weil du mitgeholfen hast, Ponzelle umzubringen. Bloß zugreifen sollteste.«

8.

In der Nacht wachte Socrates auf und dachte nach über die hundertsiebenundvierzig Hundertdollarscheine, die in seinem schmalen Gärtchen vergraben waren. Sie ruhten fast einen Meter tief in ihrer Plastiktüte in der Erde. Und mit ihnen das Tagebuch des Feuerteufels.

Die Bullen hatten so viele Stadtpläne, Zeitungsausschnitte, Notizen und Utensilien gefunden, dass sie sicher waren, Ponzelle war der Täter. Aber Socrates hatte das Tagebuch.

Einen Abschnitt konnte er auswendig:

> … Wenn ich die bloß dazu kriegen könnte, dass sie kapieren, wir müssen den ganzen Dreck wegbrennen, den wir hier um uns herum aufgestapelt haben. Wenn die die Fackel der Veränderung sehen könnten, die Flammen, die überall um ihre Augen herum lodern. In Feuer und Stahl und Blut und Liebe könnten wir zusammenfinden und uns ein Zuhause bauen. Nicht diese Scheiße, nicht diese Welt aus dem Fernsehen und aus der Kirche. Nicht diesen Dschungel aus schmutziger Wäsche und Weihnachtskitsch. Nicht sonntags gibts Fleisch, und Oma ist längst tot und kriegt nicht mal mehr ihre Scheibe ab …

Schwarzer Hund

1.

»Bekennt Ihr Mandant sich schuldig, Ms. Marsh?«, fragte der Richter. Er hatte ein Gesicht wie ein Bleistift und eine dunkle Sportjacke, die für seine knochige Gestalt ein, zwei Nummern zu groß war.

»Nicht schuldig, Euer Ehren«, antwortete die junge schwarze Anwältin und unterstrich die Aussage mit fest zusammengekniffenen Fingern, Lippen und Zähnen.

»Gut.« Etwas auf seinem Tisch schien den Richter abzulenken. »Die Kaution wird festgesetzt auf …«

»Euer Ehren«, meldete sich der Staatsanwalt zu Wort. Er hatte Pausbacken und die Farbe einer Tasse Kaffee mit zu viel Milch. »Bevor Sie über die Kaution entscheiden, möchte die Staatsanwaltschaft als Vertreter des Volkes darauf verweisen, dass Mr. Fortlow bereits wegen eines schweren Verbrechens verurteilt worden ist. Er wurde 1960 in Indiana des Doppelmordes für schuldig befunden und im selben Staat zu einer lebenslänglichen Haftstrafe verurteilt; er hat davon beinah dreißig Jahre abgesessen.«

»Siebenundzwanzig Jahre, Euer Ehren«, verbesserte Brenda Marsh.

Achtung, Euer Ehren, dachte Socrates, und ein barscher kleiner Lacher rutschte ihm heraus.

»Und«, fuhr Brenda Marsh fort, »er hat die letzten Jahre hier in Los Angeles ein achtbares Leben geführt. Er hat eine feste Anstellung bei *Bounty Supermarket*, und er ist nie wieder mit dem Gesetz in Konflikt gekommen.«

»Dennoch, Euer Ehren«, unterbrach der knollige Milchkaffee-Neger, »wird Mr. Fortlow hier eines Gewaltverbrechens beschuldigt.«

»Er ist nicht verurteilt bisher«, sagte Ms. Marsh.

»Spielt keine Rolle«, konterte der namenlose Staatsanwalt.

»Euer Ehren …«

Seine Ehren Felix Fisk sah hoch von dem, was ihn abgelenkt hatte. Bestimmt eine Illustrierte, dachte Socrates und tippte auf ein Magazin für Yachtbesitzer. Er wusste seit seinen Gefängnistagen, dass sich einige Richter an Verbrecherblut mästeten.

»Na schön«, sagte Richter Fisk, »na schön. Wollen mal sehen.« Er fummelte in Akten und schob sich die Brille vom Kopf auf die Nase. Er beäugte intensiv irgendetwas, das da stand, und musterte dann den bulligen ehemaligen Zuchthäusler.

»Oh, oh«, murmelte er.

Socrates fühlte sich, als ob in seiner Luftröhre Haare wuchsen.

»Im Interesse des Volkes hätte die Staatsanwaltschaft Mr. Fortlow lieber in Haft und nicht frei auf Kaution, Euer Ehren«, erklärte Pausbacke.

»Euer Ehren …« Ms. Marshs Begabung für Plädoyers schien nicht so ausgeprägt wie die für überdeutliches Artikulieren. »… Seit acht Jahren keine schwere Gesetzesübertretung.«

»Und Vorsatz«, fuhr der Staatsanwalt fort, »würde die Strafe verschärfen.«

»Fünfundzwanzigtausend Dollar Kaution«, verkündete der Richter. Ein kleiner brauner Wärter packte Socrates an dessen voluminösem Bizeps und sagte: »Auf gehts.«

Socrates drehte sich um und entdeckte hinten in dem kleinen Gerichtssaal Dolly Straight. Sie war rothaarig und sommersprossig und sah völlig geschockt aus. Aber sie lächelte, als sie Socrates' Blick auffing, und winkte ihm zu.

Dann rannte sie aus dem Saal, die Hand noch immer zum Gruß erhoben.

2.

In der vergangenen Nacht war im Untersuchungsgefängnis von West Los Angeles kein Platz mehr gewesen, deshalb hatten sie Socrates in einen gesicherten Amtsraum gesperrt. Inzwischen saß er in der Haftanstalt. Sie hatten ihn in eine Sammelzelle im Keller gesteckt, in der sich bereits über ein Dutzend Häftlinge drängelten. Die meisten waren tätowiert. Einer hatte so brutale Narben, dass er glatt wegen seines gruseligen Äußeren verhaftet und ins Gefängnis gesteckt worden sein konnte.

Die meisten waren jung, und die meisten waren schwarz oder Latinos. Ein paar Weiße saßen abgesondert in einer Ecke hinten in der Zelle. Socrates überlegte, was diese weißen Männer wohl getan hatten, dass sie in diese Art Strafverfolgung geraten waren.

»Heh, Bruder«, sagte ein Mann mit Bart und einer leeren Augenhöhle zu ihm.

Socrates nickte.

»Heh, Niggah«, fing der dicke Schwarze mit dem Kindergesicht an, der neben dem Bärtigen stand. »Redste nich mit jedem?«

Socrates schwieg und ging an beiden vorbei zur Bank, auf der neben einem Mexikaner mit versteinertem Gesicht ein Platz frei war.

»Niggah!«, sagte Kindergesicht noch einmal.

Dann legte er Socrates etwas unsanft eine Hand auf die Schulter. Und zögerte. Er spürte plötzlich – das wusste Socrates – die Kraft, die noch immer in den alten Schultern steckte. Genau in diesem kurzen Moment ließ Socrates die Linke vorschnellen und packte den jungen Mann an der Gurgel. Der versuchte es mit der Faust, aber Socrates fing den Schlag mit der Rechten ab und drückte mit der Linken noch fester zu.

Kindergesicht bekam Glubschaugen und ging, als Socrates aufstand, in die Knie. Er versuchte vergeblich eine Zeit lang, die riesige Faust von seinem Hals zu kriegen, und probierte dann, auf Socrates' Arm und Flanke einzutrommeln.

Im Grunde war er ein toter Mann, und die Männer standen dabei.

Etwas, das wie das Knacken von mürben Zweigen klang, kam aus seiner Kehle.

Die brechenden Augen irrten von einem Mithäftling zum nächsten, aber niemand rührte einen Finger, um ihm zu helfen.

Ein paar Sekunden bevor der Junge das Bewusstsein verloren hätte und keine fünfzehn Sekunden bevor er wirklich gestorben wäre, ließ Socrates los.

Der Junge japste so tief und so röhrend nach Lebensluft, dass ein Wärter erschien und wissen wollte, was los war.

Ein paar Männer lachten.

»Was geht hier vor?«, fragte der Wärter.

»Ich hab dem Kleinen bloß'n Trick gezeigt«, antwortete der dicke Neger mit dem Bart und dem einen Auge.

Der Wärter besah sich den Jungen. »Alles in Ordnung, Peters?«

Peters blieb die Stimme im Hals stecken, aber er nickte.

»Na schön«, sagte der Wärter. »Und ab jetzt ist Ruhe hier unten.«

Socrates setzte sich wieder auf die Bank. Die Keilerei war einfach ein Initiationsritus gewesen. Jetzt wusste jeder in dieser Zelle: Socrates war keiner von denen, die man auf die leichte Schulter nehmen darf.

»Fortlow?«, brüllte derselbe Wärter eine Dreiviertelstunde später.

»Joh.«

»Socrates Fortlow?«

»Jawohl.« Es hatte nicht lange gedauert, bis ihm das Gefühl

von Freiheit wieder aus Fleisch und Knochen gesaugt worden war.

Er hatte sich jeden in der Zelle genau angesehen; er hatte zugekuckt, wie ein Weißer zusammengeschlagen worden war und dessen Kumpel sich weggedreht hatte. Er hatte beschlossen, sich Benny Hite, den bärtigen Neger, vorzuknöpfen, falls sie beide in dieser Zelle bleiben sollten.

Benny war der Führertyp, der von Natur aus am liebsten alle anderen duckte. Und Socrates ließ sich von niemandem ducken, also würde erst Blut fließen müssen, bevor an Schlaf zu denken war.

»Mitkommen«, sagte der Wärter. Er hatte zwei dicke Uniformierte bei sich.

3.

»Tag, Mr. Fortlow«, sagte Dolly Straight. Sie war blass unter ihren tausenden braunen und orangeroten Sommersprossen. »Ich hab Ihre Kaution hinterlegt.«

Sie hatten ihm seine eigenen Sachen wieder zum Anziehen gegeben, aber es war schon zu spät; er fing schon an, sich zu kratzen dank der Läuse und Wanzen in der Gefängniskluft.

»Und jetzt?«, fragte er die junge Frau vor der Tür.

»Ich hab falsch geparkt, 'n Block weiter.« Sie huschte die Betontreppe hinunter. »Ich wusste ja nicht, dass das so lange dauert, bis die das Geld annehmen und ich Sie rauskriege.«

Socrates wollte eigentlich wissen, warum, aber Dolly lief immer ein Stück vor ihm.

»Hoffentlich haben die das nicht abgeschleppt«, sagte sie. Sie fuhr einen kleinen Lieferwagen aus den Fünfzigerjahren, einen Dodge. Er war himmelblau und hatte hinten, mitten auf der Ladefläche, einen festgezurrten Tierkäfig.

»Kommen Sie«, sie zog das Knöllchen unter dem Scheibenwischer hervor, »steigen Sie ein.«

»Was soll das Ganze?«, fragte Socrates. Sie ließen Downtown L.A. hinter sich.

»Ich hab Ihre Kaution bezahlt.« Dolly war nicht geschminkt, hatte einen Rotschopf und leuchtende grüne Augen. Diese Augen waren von Fächern aus winzigen Falten gerahmt, dabei war Dolly höchstens vierzig.

»Wozu?«

»Wegen Bruno«, antwortete sie, als ob das eigentlich auf der Hand lag.

»Wer's das denn?«

»Der Hund. Ich hab ihn so genannt. Ich finde, man kann sich nicht um jemand kümmern, der keinen Namen hat. Die meisten guten Tierärzte geben ihren Patienten selber Namen, wenn sie von den Herrchen keinen erfahren.«

»Ach«, sagte Socrates. Er überlegte, was er mit seiner Befreiung sollte. Manche Insassen, die so lange hinter Gittern verbracht hatten wie Socrates, wollten lieber wieder dahin zurück; sie hatten die Ordnung, die sie da bekamen, schätzen gelernt.

»Ich wär lieber tot«, sagte er unvermittelt.

»Bitte was?«

»Warum ham Sie mich da rausgeholt?«

»Weil«, fing Dolly an, »weil ich weiß, das, was Sie getan haben, haben Sie für Bruno getan. Der war fast tot, als Sie mit ihm zu mir gekommen sind. Ich bin fast durchgedreht, als diese Polizisten angekommen sind und Sie festgenommen haben. Die glauben, die dürfen einfach überall rein.«

Socrates war nicht scharf auf Keile gewesen. Er hatte einen langen Arbeitstag hinter sich, weil er früh aufgestanden war und bei der Inventur geholfen hatte. Er hatte zwölf Stunden durchgearbeitet und war müde. Und dann hatte ein Hund, ein großer schwarzer Hund, in der Gegend herumgeschnuppert und ihn angebettelt, und Socrates hatte »weg« gesagt. Weg war er dann auch gelaufen, aber auf die Straße, und da hatte ihn ein Nissan überrollt, der viel zu schnell fuhr. Der Fahrer hatte überhaupt erst nach dem Zusammenprall auf die Bremse getreten.

Socrates war schon bei dem Hund, als der weiße Mann zurücksetzte und anhielt. Der arme Hund scharrte mit den Vorderpfoten, weil er wieder aufstehen wollte, und jaulte vor Schmerzen in den zermatschten Hinterpfoten.

Socrates hatte einfach helfen wollen. Und wenns nach ihm ging, hatte der Weiße sich die Nase selber gebrochen.

»Woher wollen Sie'n wissen, warum ich das getan hab?«, fragte er Dolly.

»Ich bin da hingefahren, wo Sie gesagt haben, dass der Unfall passiert ist. Ich wollte rauskriegen, ob da der Besitzer vielleicht irgendwo wohnt. Ich hab gedacht, ich muss Bruno einschläfern, und das wollte ich nicht ohne Rücksprache mit dem Besitzer machen. Aber es gab keinen. Bruno hatte kein Zuhause. Aber ich hab eine alte Dame gefunden, die hat alles mit angesehen. Das hab ich dann Ihrer Anwältin erzählt. Na ja, also, ich nehm nicht an, dass Ms. Marsh sich selber die Mühe gemacht hätte, da hinzufahren. Ich hab ihr das eben erzählt mit Bruno und mit Mrs. Galesky, und dann hat sie mir erklärt, wie ich das mit der Kaution machen muss. Ich weiß ja nicht, ob ich die als Anwältin haben möchte, Mr. Fortlow.«

»Wieso nich?«

»Sie wollte mir weismachen, dass Sie mal im Zuchthaus waren und das hier eine schwer wiegende Beschuldigung ist, und Sie sollten lieber abhauen, wenn Sie könnten. Auch noch, als ich gesagt hab, ich weiß aber, dass Sie unschuldig sind. Ich dachte immer, ihr Schwarzen helft euch gegenseitig aus der Patsche.«

»Kommt der Hund durch?«, fragte Socrates.

Dollys Gesicht bekam einen harten Zug, und Socrates fing an, sie zu mögen, obwohl sie jünger war und weiße Haut hatte.

»Ich weiß nicht«, antwortete sie. »Die Beine sind gebrochen, das Hüftgelenk auch. Ich glaube, die setzen so was nicht mal bei Menschen künstlich ein, wenn die Verletzungen so schwer sind. Innere Blutungen hat er nicht, aber die Beine wird er wohl nie wieder gebrauchen können.«

Sie fuhren zum Robertson Boulevard, in Höhe des Olympic Boulevard. Dolly hatte ihre Praxis dort.

4.

Bruno war ein Riesenhund, er wog knapp sechzig Pfund, und kaum etwas davon war Fett. Er lag bewusstlos unter einem Käfig auf dem Untersuchungstisch der Tierarztpraxis.

»Ich hab ihn sediert«, sagte Dolly. »Ich mache das ungern, aber er hat solche Schmerzen und so gejault, dass er mir die anderen Patienten wild gemacht hat.«

Socrates sah jede Menge Käfige in allen Größen in dem großen Raum hinter dem Untersuchungszimmer. Die meisten »Patienten« waren Hunde und Katzen, die Gipsverbände oder andere Bandagen hatten oder an seltsame Geräte angeschlossen waren. Aber auch ein Affe war dabei, drei verschiedene Vogelsorten, eine Ziege und ein Wesen, das aussah wie ein winziges Albino-Faultier.

»Stirbt er, wenn Sie'n allein lassen?«, fragte Socrates. Es war zehn oder noch später abends. In der kleinen Praxis waren nur noch er und Dolly. Er merkte, dass er sich durch die Hosentasche hindurch kratzte, und hörte auf.

»Ich weiß nicht«, sagte Dolly. »Ich glaub nicht. Er hat einen starken Lebenstrieb. Man müsste die Knochen so gut wie möglich wieder zusammenfügen und zusehen, dass er sich ein paar

Wochen lang nicht rührt. Damit könnte er durchkommen. Aber er würde sein Leben lang krabbeln müssen.«

»Alles besser als Knast oder Tod.«

»Haben Sie das aus dem Gefängnis?«, fragte Dolly.

Socrates merkte, dass er sich schon wieder kratzte.

»Hatte mein Vater auch ewig«, fuhr sie fort. »War politischer Aktivist in den Sechzigern, in San Diego. Ich weiß noch genau, wie sie ihm die Transparente zerkloppt haben und ihn so lange geprügelt, bis schwarzes Blut kam. Aber das Einzige, worüber er sich je beschwert hat, waren die Läuse, die er sich im Knast geholt hat. Die könnten da wenigstens für Sauberkeit sorgen, hat er immer gesagt.« Sie lächelte, und es war ein breites, offenes Lächeln. »Ich hab so Seife, damit ist das in zwei Tagen erledigt.«

Bruno winselte unter seinem Käfig.

»Ich komm auch in so'n Käfig, wenn die mich verknacken für gefährliche Körperverletzung«, sagte Socrates.

»Ich hab Ihrer Anwältin die Telefonnummer von Mrs. Galesky gegeben. Die kriegt das bestimmt hin.«

»Bestimmt?«

»Ja.« Dolly lächelte ihn an, und das hatte etwas Heimeliges. »Ich hab hinten dran meine Wohnung«, sagte sie. »Sie können gern im Gästebett schlafen.«

5.

Dolly servierte warmen Apfel-Cidre mit Zimtstangen und Sandwiches mit Alfalfasprossen, Hähnchenbrust, Gruyère und Avocado. Socrates aß vier Sandwiches und trank einen Liter Cidre.

Wer wusste denn, wann er wieder etwas zu essen bekam?

Dolly hatte zuerst alle ihre Patienten gefüttert und gehätschelt und mit ihnen geredet und Socrates danach durch die Hintertür der Praxis geschoben. Dort lag ein kleiner Innenhof mit einem großen, dunklen Baum, der blühte und süß duftete. Hinter dem Baum ein Holzzaun. Durch dessen Tor kam man zu einem wunderschönen Häuschen.

»Kein Mensch kann das sehen, wenn ich ihn nicht zu mir nach Hause einlade«, sagte Dolly und suchte nach dem Schlüssel. »Das finde ich gut.«

»Wo is'n Ihr Vater jetzt?«, fragte Socrates nach dem Essen. Es war spät, nach Mitternacht, und Dolly klappte im Wohnzimmer das Bett auseinander.

»Gestorben«, sagte sie. »Immer groß und stark gewesen, und plötzlich in einem Jahr wird er einfach alt und tritt ab.«

»Hat er Ihn' auch von Leuten wie mir erzählt?«

»So jemand wie Sie hat er nie kennen gelernt, Mr. Fortlow.«

»Woher wollen Sie verdammt noch mal wissen, wie ich so bin?«, entgegnete Socrates kriegslüstern. »Ham Sie nich gehört, was die im Gericht über mich erzählt ham?«

Dolly sah hoch. »Ich weiß, was Sie denken«, sagte sie ernst. »Sie denken, wieso schleppt die einen Mann mit zu sich nach Hause, der wegen Mord gesessen hat? So ein Mann könnte mich doch ausrauben, vergewaltigen, umbringen.« Aus dem ernsten Gesicht wurde ein Lächeln. »Aber ich kann gar nicht anders, also brauch ich mir darüber nicht den Kopf zu zerbrechen.«

»Was meinen Sie mit kann nich anders?«

»Mein Vater ist gestorben, da war ich erst zwölf, und meine Mutter ist einfach abgehauen«, sagte sie. »Und das einzige Geschöpf, das mich je geliebt hat, war mein Hund Buster. Und das Einzige, was ich je gelernt hab, war, Buster zu lieben und mich um ihn zu kümmern. Wenn ich irgendjemand sehe, der sich um Tiere kümmert, dann ist der in Ordnung für mich. Den behandele ich wie einen Menschen.«

»Sie meinen, jeder, der'n verletztes Tier zu Ihnen bringt, darf an Ihrm Tisch sitzen und in Ihrm Gästebett schlafen?«

»Nein.« Dolly war gekränkt.

»Was mein' Sie'n dann?«

»Ich meine, ein Hund ist genauso ein Lebewesen wie Sie und ich. Ob es einen Gott gibt oder nicht, ist gar nicht so wichtig. Wichtig ist das Leben. Sie sind nicht so einer wie die Luxusschlampen, die ihrem Hund das Fell trimmen, als wär der eine Scheiß-Zierhecke, und ihn dann zum Kastrieren zu mir bringen. Sie haben einen Mann vermöbelt und einen Riesenhund anderthalb Kilometer weit auf Händen getragen. Wie könnte ich so was mit ansehen und nicht alles, was ich kann, für Sie tun?«

6.

Socrates lag lange wach in seinem Klappbett. Es war eine alte Couch und als Bett bequemer als seine eigene. Durch die Wände des Hauses kam kein Laut. Aber ein süßer Duft. Socrates überlegte lange hin und her, wo dieser Duft herkommen mochte. Er kannte ihn gut, aber er konnte ihn nicht orten.

Endlich fiel ihm ein, dass der Baum draußen so duftete. Also musste ein Fenster offen sein. Über diese Vorstellung fing er haltlos zu kichern an. Bei offenem Fenster hatte er seit über vierzig Jahren nicht mehr geschlafen.

7.

In den nächsten drei Wochen ging Socrates jeden Tag nach Feierabend bei Dolly vorbei, unterhielt sich mit Bruno und nahm gern die Einladung zum Essen in Dollys Häuschen an.

»Wenn Bruno durchkommt und ich muss nich in' Knast«, versprach er, »dann kommt er mit zu mir und wird mein Haustier.«

Vier Wochen nach dieser Erklärung war der Prozesstermin.

8.

»Sie sind Mitglied der Anwaltskammer?«, fragte Richterin Katherine Hemp Brenda Marsh.

»Ja, Euer Ehren«, bestätigte Brenda. »Seit jetzt drei Monaten.«

»Und Ihr Mandant bekennt sich wie, Ms. Marsh?« Die Richterin war älter und hatte graue Haare und traurige Augen.

»Nicht schuldig, Euer Ehren.«

»Ich möchte das Verfahren nicht unnötig in die Länge ziehen. Bei mir stapeln sich die Akten, und wir haben hier nur zu klären, ob Ihr Mandant einen tätlichen Angriff auf, äh …«, sie sah in ihre Unterlagen, »… Benheim Lunge zugibt.«

»Auch ich möchte das Gericht zeitlich nicht überbeanspruchen, Euer Ehren. Ich benenne nur drei Zeugen, deren Aussagen nicht länger als jeweils fünfundvierzig Minuten dauern.« Brenda sprach in ihrer bekannten Art. Sie artikulierte jedes Wort so säuberlich getrennt, als wäre es jeweils einzeln in Geschenkpapier gewickelt. Socrates überlegte, ob Brenda mit dieser Sprechweise wie eine Weiße zu klingen glaubte.

»Benheim Lunge«, stellte sich der große junge Mann im Zeugenstand vor. Er sah eigentlich gut aus, er hatte nur so einen säuerlichen Zug um den Mund.

»… und dann hat dieser Mann Sie tätlich angegriffen?«, fragte der mopsige Milchkaffee-Staatsanwalt. Er hieß Conrad MacAlister.

»Jawohl, Sir. Er hat mich geschlagen. Ich bin eigentlich auch ganz gut in Form, aber der hat wohl Boxen gelernt im Gefängnis oder so was.«

Socrates' Blick wanderte hinüber zur Geschworenenbank.

Fast alle waren sie Frauen und deutlich erschüttert über Benheim Lunges Beschreibung seiner gebrochenen Nase und jenes einen, peitschenartigen Fausthiebs, den dieser Exzuchthäusler ihm verpasst hatte.

»Vielen Dank, Mr. Lunge.« MacAlister lächelte Brenda Marsh an. »Ihr Zeuge.«

Brenda Marsh stand energisch auf und schritt auf Lunge zu. »Mr. Lunge, hatten Sie, als Sie zu der Stelle, an der der Hund lag, gingen, einen Ziegelstein in der Hand?«

»Nein.«

»Aha. Sagen Sie mir bitte, Mr. Lunge, was sind Sie von Beruf?«

»Ich verkaufe Sportartikel. Mein Vater besitzt ein Geschäft auf dem Rodeo Drive, das leite ich.«

»Ah so«, artikulierte Brenda Marsh. »Einen medizinischen Hintergrund haben Sie demnach nicht?«

»Nein.«

»Aber Sie sagten doch zu Mr. Fortlow, der Hund sei erledigt und gehöre erlöst von seinem Leiden? Und Sie können sich gewiss auch vorstellen, dass der Angeklagte gedacht hat, Sie beabsichtigen, diesen Hund zu töten, und zwar mit dem Ziegelstein in Ihrer Hand?«

»Einspruch, Euer Ehren«, meldete Staatsanwalt MacAlister. »Mr. Lunge hat bereits ausgesagt, dass er *keinen* Ziegelstein in der Hand hatte.«

»Dann einen anderen Stein?«, fragte Ms. Marsh weiter. »Hatten Sie irgendeinen Stein, Mr. Lunge?«

»Nein.«

»Hatten Sie irgendetwas in der Hand, als Sie sich dem verletzten Hund und Mr. Fortlow auf dem Olympic Boulevard näherten?«

»Ich, äh, das weiß ich nicht mehr. Ich hab, äh, eventuell etwas, etwas, etwas, also gegriffen, eine Fünfkilohantel, die liegt immer bei mir auf dem Rücksitz.«

»Eine Fünfkilohantel? Aus welchem Material ist die?«

»Eisen.«

»Sie sind also auf Mr. Fortlow mit fünf Kilo Eisen in der Hand zugegangen?«

»Ich konnte ja nicht ahnen, was dann passiert. Für mich sah das aus, als wär das sein Hund. Ich wollte ja helfen, aber ich musste mich ja auch schützen. Der sah ja, also gefährlich aus. Und war auch riesig. Ich wusste ja, dass ich anhalten musste, weil ich den Hund angefahren hatte, aber ich wollte mich auch schützen.«

»Und dann sagten Sie, Sie wollten den Hund mit der Hantel töten? Sie haben doch gesagt, Sie wollten sein Leiden beenden?«

»Aber überhaupt nicht. Also, ich hab nie gesagt, ich will den Hund töten. Ich dachte, der stirbt, das ja, ich meine, wenn Sie den gesehen hätten. Der war ja Matsch.«

9.

»Der Mann da ...«, sagte Marjorie Galesky und zeigte auf Benheim Lunge. Dolly Straight hatte bereits ausgesagt, dass Socrates Fortlow mit dem blutüberströmten und jaulenden Hund auf dem Arm zu ihr in die Praxis gekommen war und das etwa sechzig Pfund schwere Tier elf Häuserblocks lang getragen hatte, damit es versorgt wurde.

»... ich saß in meinem Vorgärtchen«, erläuterte die neunundsiebzigjährige alte Dame, »wie immer, wenns über fünfundzwanzig Grad warm ist. Es war aber schon wieder kühler, und ich wollte gerade zurück ins Haus, da seh ich, wie der arme Hund von so einem Auto überfahren wird. Erst angefahren, und dann ist der noch mit den Rädern über die Beine gerollt. Und der Mann da«, sie zeigte auf Socrates, »der Schwarze, der war sofort bei dem Hund und wollte ihm helfen, und dann ist der andere, der das Auto gefahren hatte, angerannt gekommen, mit einem Ziegelstein in der Hand. Das sah jedenfalls aus wie ein Ziegelstein. Das soll ja jetzt eine Hantel gewesen sein, was immer das sein mag, jedenfalls war es etwas Großes, und der ist damit auf den schwarzen Mann zugerannt und hat ihm etwas gesagt und wollte dann an den Hund ran. Der Schwarze hat den Weißen zuerst nur weggeschubst, erst dann ist er auf ihn los und hat ihn geschlagen.«

Die alte Dame war knapp einen Meter fünfzig und zierlich. Oben auf dem Zeugenstand sah sie aus wie ein aufgeregtes Kind. Die leise Freude bei der Erinnerung an den Schlag war uralt.

Socrates gab sich Mühe, sich ein Lächeln zu verkneifen.

10.

»Socrates Fortlow«, stellte er sich auf Befragen vor. »Das hab ich«, antwortete er auf die Frage, ob er Benheim Lunge einen Schlag versetzt hatte. »Er hat den Hund angefahren und is einfach weitergefahren, so sah das für mich aus. Ich bin sofort zu dem Hund und hab gekuckt, ob ich was tun kann, und da kommt der an mit irgend'm Metallprügel inner Hand. Kuckt sich alles an und sagt, wär besser, den Hund aus seiner Not zu erlösen. Dann sagt er, er nimmt'n im Auto mit. Ich sag, dann fahr ich mit, aber er sagt, 's wär nich genug Platz für mich und noch'n Hund. Ich sag, ich hab'n Tierarzt gesehn, hier inner Nähe, und da bring ich den Hund jetzt hin. Da sagt er nein. Und dann sag ich nein. Und er geht auf den Hund los und hat immer noch das Eisending inner Hand. Ich hab die Hand gehoben, dass er stehen bleiben soll, aber er is einfach weiter. Und da hab ich ihm eine verpasst. Ich wollt ihm wirklich nichts tun, aber er sollte auch nich an den Hund ran. Nee, nee.«

11.

»Wir halten den Angeklagten der schweren Körperverletzung für schuldig«, verlas die Sprecherin der Geschworenen, eine schwarze Frau. Es schien ihr Leid zu tun, aber so war die Entscheidung, und dazu stand sie.

12.

In der Wartezeit vor dem Prozess war Socrates Bruno jeden Tag besuchen gegangen. Dolly hatte aus Lederriemen einen Korb mit einer Leine dran gebastelt, mit dem sich Brunos Hinterteil stützen ließ. Socrates musste ihn einfach auf Höhe halten, dann konnte sich Bruno auf seinen Vorderpfoten vorwärts bewegen.

»Vielleicht spannen Sie eine Wäscheleine einmal um Ihren Garten herum, Mr. Fortlow«, schlug Dolly vor. »Und dadran befestigen Sie den Korb mit einer Art Rolle. Dann könnte Bruno allein laufen, und Sie müssten ihm nicht dauernd helfen.«

»Ja«, sagte Socrates. »Dolly, was ham Sie als Sicherheit angegeben, wegen der zehn Prozent bei meiner Kaution?«

»Das Haus.«

»Oh, oh.«

Bruno hoppelte von einer Vorderpfote auf die andere und kläffte ab und zu, weil ihm die Hüfte noch immer wehtat, und leckte seinen beiden neuen Freunden die Hände.

»Trotzdem können Sie ruhig abhauen, ist mir egal«, sagte Dolly. »Aber Bruno müssen Sie mitnehmen.«

Vor der richterlichen Urteilsverkündung hatte Brenda Marsh ein langes Gespräch mit Socrates. Er verwünschte sie und haute in dem kleinen Zimmer, das sie benutzen durften, mit der Faust auf den Tisch. Um keinen Preis wollte er machen, worum sie ihn bat. »Wollen Sie mir denn alles nehmen?«, fragte er.

»Ich versuche nur, Sie vor dem Knast zu bewahren«, antwortete sie in ihrer aufreizenden Redeweise. »Oder möchten Sie unbedingt in den Knast?«

»Gibt ne Menge, was ich *nich* möchte. Zum Beispiel geh ich nich gern auf die Knie, vor kei'm Mann, keiner Frau und kei'm Kind.«

Brenda Marsh ließ das unerwidert. In diesem Augenblick wurde Socrates klar, dass sie womöglich sogar eine sehr gute Anwältin war.

13.

Drei Tage später, nachdem sie in Iulas Lokal gefeiert hatten, dass Socrates' Strafe zur Bewährung ausgesetzt worden war, nahm Socrates den verkrüppelten Kriegsveteranen Right Burke mit zu sich. Sie saßen in seiner ärmlichen Küche, und Bruno lag lachend und Luft schnappend auf dem Fußboden.

»Ich hass es, Right. Ich hass es.«

»Bist aber frei, nich?«

»Ja, aber ich wach jeden Morgen auf und bin stinksauer.«

Brenda Marsh hatte ein Vier-Augen-Gespräch mit Richterin Hemp arrangiert und sie inständig gebeten, Socrates freizusprechen. Die Richterin hatte gesagt, er sei für schuldig befunden worden, da könne sie nichts mehr tun.

Daraufhin hatte Brenda ihren Vorschlag unterbreitet. Socrates sollte sich entschuldigen – beim Gericht, bei Benheim Lunge und bei der Stadt. Er sollte versprechen, einen Brief zu schreiben und da an die Bushaltestelle zu kleben, wo er Benheim angegriffen hatte, und zu ihm zu gehen und ihn um Verzeihung zu bitten. Er sollte sich dem Jugendgericht zur Verfügung stellen, wenn es wünschte, dass er mit schwarzen Jugendlichen redete und erzählte, dass er selbst etwas Unrechtes getan hatte, das aber nie wieder tun würde.

Außerdem sollte er fünfzig Stunden gemeinnützige Arbeit leisten und für alles zusammen seine Strafe auf Bewährung ausgesetzt bekommen.

»Aber frei biste, Socco. Frei, Mann«, sagte sein bester Freund Right noch einmal. »Das Mädel hat was für dich getan. Und was glaubste, wie die bei der Richterin gebettelt hat. Seit dem Riesenprozess neulich, da ham die Gerichte nämlich Order, jeden Schwarzen inne Kiste zu stecken, den sie kriegen könn'. Scheiße, was. Schuldig? Bloß ab in' Knast!«

»Na ja, weißte, is bloß wegen dem Hund, Right. Bloß wegen dem Hund hab ich Ja gesagt.«

»Wieso'n das?«

»Der braucht mich doch hier. Der und Darryl und du auch, Bruder. In so ner Zelle oder irgendwo abgetaucht kann ich doch niemand helfen. Das Haus von dem weißen Mädel könnten die von mir aus pfänden, aber ich hab doch Verpflichtungen.« Der Hund bellte plötzlich und hielt die Nase hoch zum Kratzen.

»Socrates Fortlow, du bist'n Idiot und hast Schwein«, sagte Right.

»Da haste Recht, Mann. Ich bin' Idiot, weil ich nun mal so bin, und ich hab Schwein, dass ichs bis hierher geschafft hab. Ich und der schwarze Hund hier. Scheiße. Ich und so'n schwarzer Hund.«

Letzte Dröhnung

1.

»Das kann ich nich machen, Right«, sagte Socrates. »Ich würd ja gern, aber ich kann dir keine Pistole mitbringen. Doch nich in Luvias Haus und so.«

»Ich kann ja zu dir kommen«, krächzte Right.

Seit sechs Wochen war er bettlägerig und krümmte sich unter den Schmerzen des Prostatakrebses. Er war zu schwach, in den Bus zu steigen und ins Krankenhaus zu fahren, und zu arm, als dass irgendein Arzt auf Hausbesuch gekommen wäre.

»Wie soll das denn gehn?«, fragte Socrates. »Du kommst zu mir und schießt dir in' Kopp. Und ich geh zur Polizei und erzähl, ich hab gedacht, das is bloß ne Spielzeugpistole und du wolltst'n Witz machen?«

»Ich kann doch in' Park damit gehn.« Right Burke wimmerte vor Schmerzen im Unterbauch und wedelte mit seiner knorrigen und unnützen Hand, als wollte er die Agonie aus seinem Zimmer verscheuchen.

»Mann, bei unserm letzten Spaziergang haste kaum noch'n halben Häuserblock geschafft.«

»Dann geh ich eben einfach'n Block weiter, verdammt noch mal!« Right schossen die Tränen aus den Augen. »Ich hätt nie auf Luvia hörn dürfen. Ich hätt mein Ding nich weggeben dürfen.«

Socrates nahm die gelähmte Hand seines Freundes und hielt sie fest. Über eine Stunde saß er bei ihm, bis Right allmählich einnickte. Luvia Prine, die große braunhäutige Frau, die selbst nur ein Gerippe war, hatte ab und zu ins Zimmer gekuckt. Als Socrates seinen schlafenden, sterbenden Freund verließ, war sie im Flur.

Er fasste in die Tasche und holte ein flaches Bündel mit fünf

Geldscheinen hervor. »Hier sind fümf'undert Dollar, Vi«, sagte er. »Ruf *Hiram's*-Krankentransport an, und fahr mit ihm ins Krankenhaus. Bring den Doktor dazu, dass er ihm klaren Wein einschenkt. Was über is, kannste behalten, für irgendwelche Ausgaben, die er sonst noch braucht.«

»Woher kommt das Geld, Socrates Fortlow?« Luvia hatte die Hände noch immer in den Schürzentaschen.

»Is das, was du ehrliches Geld nennst, Miss Prine. Ich habs mit allerhärtester Arbeit verdient.«

Luvias bösen Blick nahm Socrates nicht übel. Er wusste, er war ein schlechter Mensch und hatte ihren Argwohn verdient.

»Und sag ihm, er soll Right was für die Schmerzen geben. Würd ihm besser gehn, wenn die'n bisschen Morphium rausrücken.«

Garantiert war es sein trauriger Unterton, dachte er, was Luvias Hände aus den Taschen zwang und das Geld nehmen ließ.

»Ich ruf an«, sagte sie. »Und ich bring ihn da hin. Aber eigentlich könnte er auch ohne Probleme in das Krankenhaus für Kriegsveteranen.«

»Da will er aber nich hin, Vi. Willst *du* vielleicht irgendwo sterben, wo du fremd bist, weit weg von da, wo du lebst?«

»Er wär doch nich fremd da, wenn wir bei ihm wärn.«

»Doch, wär er. Nachts zum Beispiel, wenn wir gar nich bei ihm sein könnten. Nimm mal an, der fängt mitten inner Nacht an zu sterben. Er will doch wenigstens wissen, dass er dich oder mich rufen kann oder sonst jemand hier.«

»Gott entscheidet, wann man stirbt, Mr. Fortlow.«

»Dann hat eben Gott entschieden, dass Right hier bei dir sterben wird.«

2.

Blackbird Wills wohnte auch in *Hogan's Snooker Room*. Er hatte im Hinterzimmer ein Bett und aß an der Theke. Hogan war seit Jahren verschwunden, aber Blackbird bezahlte im Namen der Firma die Rechnungen weiter. Angeblich hatte er Hogan damals umgebracht und im Keller vergraben. Die beiden hatten Streit gekriegt wegen Trisha Hinds, der Frau, die jetzt mit Blackbird zusammenlebte, und der Streit war in Gewalt ausgeartet.

Kein Mensch hatte Hogan wirklich geliebt, also hatte auch kein Mensch die Polizei gerufen. Natürlich gab es Gerüchte, aber Blackbird bezahlte auch die Schmiergelder weiter, die Versicherungsprämie der Straße.

Hogan's Snooker war keine Partie für Saubermänner. Hier wurden Feuerwaffen verschoben, außerdem Schmuck, illegale Handyanschlüsse und Drogen. Die Polizei bekam ihren Teil ab. Es lief also alles reibungslos – solange sich niemand beschwerte.

Am späteren Abend war *Hogan's* ein Treffpunkt für Männer, die etwas auszubaldowern hatten. Blackbird kannte sämtliche Einbrecher, Taschendiebe und Betrüger. Hier waren Profis aller Fachgebiete auf Abruf zu haben.

Socrates war bisher nie drin gewesen. Er wusste, ein Mensch ist nur so gut wie die Gesellschaft, in der er verkehrt.

An diesem Mittwoch ging er trotzdem hinein. Aus der glühenden Sonne trat er ein ins kühle blaue Schattenreich des Billardschuppens. In einer Koje in der Ecke saßen ein paar Männer, und Trisha stand hinter der Theke. *Hogan's Snooker Room* war kein Ort, der anständige Geschäfte anzog. »Wo's Blackbird denn?«, fragte er.

Trisha musste früher eine Schönheit gewesen sein. »Bist du nich der Typ, den sie Socrates nennen?«, fragte sie zurück.

»Hm-hm.«

»Reden alle von dir«, fuhr sie fort. Sie ließ den Blick prüfend über seinen großen, kräftigen Körper wandern und verzog dann den Mund, als wollte sie sagen: Wir könnten.

»Und was erzähln sie so?« Socrates verwünschte sich dafür, dass er sich sogar bei *Hogan's* in ein Gespräch ziehen ließ.

»Dass du'n echtes Schwein bist, so was.« Der höhnische Gesichtsausdruck war der reine Sex. Die Art Sex, auf die Socrates mit Mord reagiert hatte – einst.

»Soso«, sagte er gedehnt. »Heut such ich bloß nach Blackbird.«

»Was willste'n von dem?«

»Jetzt hol ihn her«, sagte Socrates. »Na los.«

Auf Trishas Gesicht erschien ein erstaunter Ausdruck, als staunte sie selbst darüber, dass sie sich auf Socrates' Wunsch hin tatsächlich in Bewegung setzte. Trisha gehörte nicht zu den Frauen, die einem Mann gehorchen, zumindest nicht direkt. Aber sie ging tatsächlich los und ließ Socrates an der Theke stehen.

Er hatte eine 45er Pistole in der Tasche. Die hatte er einem Jungen bei einer Prügelei im Park abgenommen. Sie war für Right. Mit diesem Eisengewicht in der Tasche fühlte Socrates sich bedeutend und sicher. Drei Tage in einer Bude wie *Hogan's*, und auch er würde Schnapsläden ausrauben; nach drei Wochen sogar mit der Knarre.

»Ja?« Blackbird stand plötzlich bei Socrates an der Theke. »Was willst'n du hier mitten am Tag, das nich später geht?«

Er war mindestens einsneunzig, hatte einen groben Knochenbau, pralle Muskeln und ein langes Gesicht mit tiefen Kerben. Er hatte von allem eine Menge, nur vom Hals nicht. Der Kopf saß direkt auf dem Schultergürtel, und die Schultern waren hochgezogen, weshalb er an einen Vogel im Ruhezustand erinnerte.

Er sah auf Socrates herunter. »Na – also?«

»Ich brauch was, deshalb bin ich hier.«

»Wer bist'n du, dass du hier einfach reinkommst und nach mir fragst?«

»Irgendwer werd ich schon sein«, antwortete Socrates. »Du bist ja gekommen.«

»Versuch ja nich, mich ins Knie zu ficken, Niggah.«

»Das würdste merken. Und nich im Knie«, sagte Socrates. »Ich würd dir'n Arsch aufreißen wie ne verdammte Melone.«

Über Blackbirds Gesicht und durch seinen Körper schossen verschiedene Gefühlsblitze. Er setzte zu einer Bewegung an, als ob er zuschlagen wollte, dann hielt er inne und verzog angewidert den Mund. Socrates wusste, was in ihm vorging.

Blackbird war ein schlechter Mensch und abgebrüht – vermutlich noch schlechter und abgebrühter als Socrates. Aber Blackie saß auch in der Zwickmühle, sein Erfolg hatte ihn nämlich verwundbar gemacht. Natürlich hätte er Socrates zusammenschlagen können, vielleicht sogar umbringen. Aber wenn er auf jedermann so reagierte, würde er im Knast landen oder der ganze Billardladen abgefackelt werden, bis runter zu Hogans Grab.

Socrates dagegen hatte nichts zu verlieren. Er konnte morgen weg und wäre keinen Cent ärmer. Seine ganze Habe waren ein paar Geräte aus einem Laden für Armeebedarf und eine in seinem Gärtchen verbuddelte Plastiktüte. Diese Tüte war sein Bankkonto, gefüllt mit fast vierzehntausend Dollar, die er als Belohnung bekommen hatte, weil er einen Brandstifter verpfiffen hatte. Socrates' gesamte Habe passte in den Kofferraum von einem VW-Käfer. Er lächelte Blackbird an. »Na komm, Mann«, sagte er. »Hör doch erst mal zu. Kost' dich doch nix.«

»Was?«

»Ich brauch hundert Morphiumtabletten. Aber die starken. Für Schmerzen.«

»Dafür kommste zu mir? Du Suchtkopp, geh auf die Straße. Irgendne dunkle Gasse, da kannste was abstauben.«

»Lassen Sie das, Mr. Wills«, sagte Socrates sehr ruhig.

»Sonst?«

»Du kennst mich noch nich, Mann. Du weißt nich, wer ich bin. Mit mir macht man keine Spielchen. Du hast'n Geschäft hier, und ich hab das Recht, hier'n Geschäft abzuwickeln.«

Blackbird lachte auf. »Ruf doch die Bullen. Wenn du's Gefühl hast, du wirst hier nich korrekt bedient, dann ruf gern bei'n Bullen an.«

»Klar«, sagte Socrates. »Bin sicher, die kommen auch, Bruder. Ganz bestimmt kommen die. Aber wir wissen beide, dann isses zu spät.«

Blackbird musterte Socrates. Vielleicht fiel ihm wieder ein, was er gehört hatte über diesen Mann mit den Killerhänden, der in Indiana im Gefängnis gesessen hatte. Vielleicht erkannte er auch einfach den Blick des Mörders, den Socrates nie wieder wegbekam. »Dreihundert Dollar für hundert Stück«, sagte Blackbird.

»Ich geb dir vier.«

»Vier? Warum?«

»Weil ich kein' Gefallen will, darum. Du machst'n gutes Geschäft, und ich geb'n gutes Trinkgeld.«

»Hah! Hältste hundert Dollar vielleicht für Geld? Mann, ich kann zehntausend machen, mal eben so.« Blackbird schnippte mit den Fingern. Es klang wie ein Schuss.

»Und hier«, sagte Socrates, »und jetzt machste eben vierhundert Dollar.«

3.

»Huuuh«, sagte Right Burke an der Ecke Hooper und 74th Street. Er blieb stehen und fasste sich an den Unterbauch.

»Tuts weh, Burke?«, fragte Socrates beiläufig, als ginge es um einen Wespenstich.

»Nee, nee«, sagte der alte Mann. »Is mehr wie'n, wie so'n warmes Gefühl. Verdammt noch mal. So Drogen wirken ja enorm, was?« Right hatte drei Tage lang geschlafen wie tot – Blackbirds Drogen hatten ihm zum ersten Mal seit Wochen wieder festen Schlaf ermöglicht. Aufgewacht war er nur, um wieder eine Morphiumpille mit etwas Brühe zu schlucken.

Am vierten Tag hatte er im Bett schon gesessen und ein Stück Pute und eine Tafel Schokolade gegessen. Am fünften Tag ging er wieder spazieren, an der frischen Luft und zusammen mit seinem besten und letzten Freund – Socrates Fortlow.

»Auf was hast'n jetzt Lust, Right?«

»Auf ne Kneipe, wo man lange Beine vonner schönen Frau ankucken kann.«

Dilly's war auf der Crenshaw Avenue. Eine Kneipe mit viel Chrom und rotem Kunstleder. Die Serviererinnen hier trugen Hot Pants, bei denen man noch Teile der Pobacken sehen konnte, und lächelten jeden an, als hätten sie sich noch nie so wohl gefühlt wie jetzt und hier.

Right spülte seine Abendtablette mit einem Schluck Scotch hinunter. Dann lächelte er auch. »Scheiße. Ich seh schon doppelt von dem Whiskey, Socco. Dabei bist du doch einzeln hässlich genug.«

Socrates lachte. Er hatte auch jetzt die 45er in der Tasche. Komplett gereinigt und in Plastik gewickelt. Sie sollte sein letztes Geschenk für Right sein. Aber die Überraschung wollte er für später aufheben.

»Weißte, warum ich dich mag, Socco?«

»Nee, Mann. Nee.«

»Weil du einfach nich anders kannst.« Right lachte. »Die versohln dir dein' schwarzn Arsch, dass der dein Leben lang wehtut, aber du gehst hin und beschaffst dir Arbeit und sorgst für die kleinen Streuner hier auf'n Straßen. Du gehst los und besorgst mir Medizin, wenn die Doktors erzählen, solche Drogen lassen sie nach Watts nich rein. Kannste dir das vorstellen? Das nennen die Drogen aus'm Ghetto halten, dasse kranke Leute nich dranlassen! Verdammt noch mal. Is wirklich Zeit zu sterben.«

Socrates nippte an seinem Whiskey.

»Ouvrez la porte!«, brüllte Right plötzlich los. »Das ham wir immer gesagt in Parrieh. Ouvrez la porte! Mach verdammt noch mal auf, hier's Uncle Sam! Und die ham uns wirklich reingelassen und Wein eingekippt, den hatten sie fünf Jahre vor'n Deutschen versteckt. Auf die Weinkeller, auf die Speisekammer, sogar die Kleiderschränke. Verdammt noch mal! Das war was, Mann. Zehntausend Kilometer weg von Arkansas, inner Hand ne Knarre und auf'm Schoß ne Süße. Mmmmh! Du, ich hätt glatt sterben könn' damals ... Hätt ich auch solln.«

»Nee, Mann«, sagte Socrates. »Uns hättste gefehlt, Bruder.«

Right starrte in sein leeres Glas.

Socrates winkte nach der Bedienung.

»Du hättst mir auch gefehlt, Socrates Fortlow. Jawohl, Sir, hättste. Du mit deiner ewigen Fragerei und dein' Wahnsinnsaktionen. Du bist besser als Kino. Besser als Fernsehn. Weißte, ich bin mir immer blöd vorgekommen, wenn wir uns unterhalten ham. Weil, das war immer so, als hättst du schon längst über alles nachgedacht und das wär bloß'n Test für uns. So'n Eindruck hatt ich. Ich meine, klar biste mein Freund. Klar biste auch respektvoll mit mir. Aber das ging immer nach dir, alles nach dir.«

Die Bedienung, eine junge Frau mit hellbrauner Haut und Sommersprossen, stellte ihnen neue Gläser hin. Right nahm sofort einen kräftigen Schluck und setzte das knubbelige Glas wieder ab.

Die Koje, in der sie saßen, war auf edel gemacht, und keiner von beiden war dafür passend angezogen. Auch die anderen

Gäste bei *Dilly's* waren aufgemotzt und jung. Die Damen in tief ausgeschnittenen Blusen und Miniröcken, die Galane in schmal geschnittenen Anzügen, silberglänzend oder schwarz.

Zu hören gab es moderne Schmachtmusik mit viel sexueller Anmache. Rote Lippen schmiegten sich dazu so um die Wörter, wie Männer es mögen. Ganz viel Sex und ganz viel Swing, und Right Burke hielt sein Gesicht in die Geräuschkulisse wie ein Kind, dass sich Regentropfen auf die Haut trommeln lässt.

Er hob seine heile Hand, und eine junge Frau in Hot Pants erschien. »Ja-hh?«, lächelte sie. Sie hatte eine Lücke zwischen den Vorderzähnen.

Right zog zwei Scheine aus der Tasche, einen Fünfziger und einen Zwanziger. Geld, das Socrates ihm geliehen hatte. Die Kellnerin sah ihm in die Augen.

»Kleines, wie heißt du eigentlich?«, fragte er.

»Charla.«

»Charla, hier sind fünfzig Dollar. Für Scotch, so viel wir wollen. Und die zwanzig sind für dich, dass du die immer pünktlich bringst.« Right hielt lächelnd das Geld hoch.

Ein schöner Mann war er nicht, auch nie gewesen. Und dann hatte ihn ein Schlaganfall teilweise gelähmt. Seine linke Hand war nur noch ein unnützes Gewirr von Zweiglein, seine eine Gesichtshälfte starrte scheel und ausdauernd wie ein Toter. Er hinkte auch, er wog kaum noch mehr als ein Kind, und drei vordere Zähne fehlten. Aber aus seinen Augen strahlte Charme, und die Art, wie er den Kopf neigte, hatte etwas Blitzgescheites.

Charla lächelt, dachte Socrates, eher über seinen Flirtversuch als über das dicke Trinkgeld.

»Tja, Socco«, fing Right an, als Charla neuen Whiskey holen gegangen war. »Ich hatte eigentlich nie was zu erzählen, was du nich längst gewusst hast. Hab ich aber jetzt.«

»So? Was denn?«, fragte der massige Exsträfling. Er freute sich, dass sein Freund wieder spielte und redete. Und er freute sich, dass Charla wirklich alle paar Minuten kam und lächelte und ihre langen Beine zeigte.

»Der Tod«, fing Right an. »Ich könnt dir was über'n Tod erzählen.«

Unwillkürlich beugte Socrates sich zu ihm.

»Nee, nee.« Right Burke musste lächeln, weil er wusste, er hatte seinen mit allen Wassern gewaschenen Freund erschreckt. »Klar wie der helle Tag is der, Bruder. Klar und kalt. Das is wie, das is wie, also hier is eine Welt, und da is ne andre. Die sind aber beide an derselben Stelle. Die eine is heiß und schwitzig, aber die andre is kühl und ruhig.«

»Haste Angst, Right?«

»Vor Schmerzen, ja. Vor Schmerzen hab ich wirklich Angst, vorm Tod überhaupt nich, gar nich mehr.«

»Meinste, die haste verdrängt?«, fragte Socrates.

»Nee, Mann. Ich weiß, was du meinst. Du meinst so was wie im Krieg, wo die Leute überall um ein' rum sterben. Die ganze Schießerei und die Bomben und Grippe auch noch – und die Leute sterben wie die Fliegen. Der beste Freund stirbt ei'm weg und dann der neue beste Freund. Und das geht jeden Tag so. Das wird so automatisch, da schalten die überlasteten Knochen einfach ab. Man hat keine Angst mehr. So is Krieg. Und Knast ist bestimmt genauso. So'n Gefühl hab ich nich.«

»Vielleicht liegt das bloß an dem Zeugs, Right. Vielleicht is das alles.«

»Nee, nee, Socco. Nein, nein. Das isses nich. Ich hatte so'n Gefühl schon, bevor du mir das Morphium besorgt hast. Hab nachts wach gelegen mit'm Eisbeutel auf'm Bauch. Und wenn ich ganz still gelegen hab, is der Krebs auch ruhig geworden. Da hab ich das Gefühl gekriegt.«

»Was'n für'n Gefühl?«

»Das war, als wenn sich was bewegt, in mei'm Körper. Als wenn ich grad sterbe, und gleichzeitig kommt was zum Leben. So eisige Silberschlangen, die bewegen sich hin und her in mei'm Körper und singen und sind glitschig. Und wenn ich ganz, ganz ruhig geworden bin, dann war das Gefühl überall, und dann war alles, was aus der wirklichen, lebendigen Welt kam, wie'n Schockzustand, den man bei Schmerzen kriegt. Das war, als hätt ich schon' langen Weg geschafft, und plötzlich werd ich zurückgezerrt und geprügelt und getreten.«

»Dein Geburtstag heute?« Charla stand da mit einem Glas Scotch in jeder Hand.

Socrates sah sie an. Er wollte, dass Right weiterredete.

»Nee, Kleines«, sagte Right. »Is ne Abschiedsfeier. Ich geh heim, zu meiner Familie.«

»Wo is'n das?«

»Weit weg im Süden.«

»Ach, is ja toll. Und wann fährste?«

»Am späten Abend.«

4.

Sie tranken die Gläser leer, und Right knallte seins auf den Tisch. Bei *Dilly's* lief jetzt Tanzmusik, und die jungen Leute waren alle eng umschlungen auf den Beinen.

»Bloß ich, ich konnte noch nich loslassen bis jetzt, Socco.«

»Nein?«

»Nee. Wenn man stirbt, dann hat man noch lauter Sachen zu erledigen. Sachen, die man noch sagen muss, Sachen, die man jemand geben muss. Is richtig Schwerarbeit, Mann. Und dabei hat man doch schon genug damit zu tun, den Schlangen hinterherzuhorchen.«

»Kann ich da nich irgendwas tun für dich, Right?«

»Du hast für mich schon getan, was du kannst. Ich meine, du hast mir Morphiumtabletten besorgt und anständigen Whiskey und'n paar hübsche Mädels zum Ankucken. Scheiße, mehr kann man als Sterbender nich verlangen.« Right richtete sich auf und drehte sich nach links weg. Er kotzte eine milchig gelbe Flüssigkeit in die Ecke der Sitznische.

»Hier.« Socrates warf ihm seine Serviette hin. »Leg die da drüber.«

Right versuchte es, sogar mit einigem Erfolg, aber es schien ihn nicht besonders zu interessieren.

»Möchtste gehn, Right?«

»Noch ne Minute, Socco. Ich will dir erst noch erzählen, was ich gemacht hab. Und dann will ich dich was fragen.«

»Is gut. Bloß Charla lächelt dich nich mehr so nett an, wenn die den Dreck da sieht.«

»Ich hab ne Lebensversicherung, Socco«, sagte Right. Er schwitzte inzwischen, und seine heile Hand zitterte. »Zwanzigtausend Dollar. Du kriegst fünf, den Rest kriegt Luvia. Die weiß auch schon Bescheid. Alles, was in der unteren Schublade bei mir is, gehört dir. Weiß Luvia auch. Und es gibt'n paar Briefe an die Jungs, also Stony und Ralph und die andern.« Während er das sagte, schien Right die Stimme davonzugleiten, als ob er an etwas anderes dachte.

»Right«, sagte Socrates, »ich glaub, wir gehn lieber.«

»Was hältst du von mir?«

»Wie bitte?«

»Du sollst mir sagen, was du siehst, wenn du mich ankuckst, Socrates. Wollt ich immer schon wissen, aber so was kann man als Mann ja'n andern Mann nich fragen. Jetzt kann ich das.«

»Was willste wirklich?«

»Du sollst mir nur sagen, was du siehst, wenn du mich siehst.«

»Ich weiß nich, Mensch. Du bist mein Freund. Das is alles. Mein Freund.«

Right nickte, lächelte und wartete auf mehr.

Aber mehr wollte Socrates nicht sagen. Er wollte nicht mehr in diesem Laden mit den jungen Leuten und der lauten Musik sein. Er wollte nicht betrunken sein. Und er wollte nicht zusehen, wie Right starb.

»Ich weiß nich, Right. Was soll ich da sagen? Du bist mein Freund. Mein Freund …«

Charla stand plötzlich da. »Is ihm schlecht?«

5.

Socrates hielt Right gestützt. Er brachte ihn aus der lauten Kneipe zu einer Bushaltestelle auf der Crenshaw Avenue. Dort setzte er ihn ab.

»Ich geh uns'n Taxi holen, Right. Bleib du hier sitzen.«

Aber Right hielt seinen Freund mit seiner kaputten Hand zurück. »Wir warten einfach auf'n Bus, Mann«, sagte er. »Ich seh so gern die Lichter, wie die sich bewegen …«

Sie saßen eine Weile so da, im Straßenlärm. Es war jetzt ungefähr zehn. Massen von Autos fuhren spazieren und hupten und ließen Musik dröhnen. Sirenen gellten, und Hubschrauber schwirrten herum, und Neonreklamen blinkten.

Socrates bekam Angst, dass die Abendkälte Right umbringen könnte.

»Is schon gut, Socco«, flüsterte der alte Kriegsveteran. »Ich weiß jetzt, was du siehst.«

»Wie bitte?«

»Ich weiß, du liebst mich, Mann. Und ich lieb dich auch.«

»Ja.«

»Hilf mir mal mit'n Pillen«, sagte Right.

Socrates angelte die Flasche mit den Tabletten aus Rights Tasche.

»Zähl mir zehn ab, und tu die Flasche weg.«

Socrates gehorchte.

Danach saßen sie sehr lange schweigend da. Right schloss die Augen, er schlief oder – dachte Socrates – starb vielleicht.

In der Ferne kam ein Bus. Socrates schüttelte Right an der Schulter, und der alte Mann setzte sich auf und wirkte ein bisschen mehr bei Kräften.

»Na komm, Alterchen«, sagte Socrates.

Aber Right ließ sich nicht aufhelfen. Er steckte sich eine Tablette nach der anderen in den Mund, würgte sie einzeln hinunter und nahm die nächste. Socrates sah ihm zu.

»Was soll ich machen, Right?«, fragte Socrates, als der Bus fast bei ihnen war.

»Lass mich hier sitzen, steig ein und fahr los.«

»Ich kann dich doch hier nich einfach sitzen lassen, Right.«

»Wieso nich? Helfen kannste mir auch nich mehr, Socco.« Wieder warf sich Right eine Tablette in den Mund und schluckte. »Lass mich einfach sterben, Mann. Lass mir wenigstens das.«

»Du bist doch mein Freund, Mann. Du bist mein Freund. Ich kann doch'n Freund nich hängen lassen.«

»Der Doktor, zu dem du mich geschickt hast, der hat zu Luvia gesagt, ich bin so gut wie tot. Und es gibt keine Droge und keine Operation, die mich noch retten kann.« Right sah Socrates direkt in die Augen.

Die Ampel im Rücken des Sterbenden sprang auf Grün.

»Und das hier heut Abend, das war das Beste, wie ich mich im Leben noch fühlen kann. Bedröhnt und besoffen. Ich kann die Kellnerin noch riechen.« Right hielt die verkrüppelte Hand hoch. »Lass mich sterben mit was Schönem.«

Der Bus war fast da.

Socrates wollte irgendetwas tun, aber es war nichts mehr zu tun. Es war auch nichts mehr zu sagen. Right hatte alles gesagt. Und er hatte es mit seiner kraftvollen Stimme gesagt, mit der Stimme, die er immer bekam, wenn er wirken wollte wie ein ganzer Kerl. Und dieser Ton machte Socrates klar, dass er nachgeben musste.

Der Bus hielt mit einem furzenden Bremsgeräusch, und die Türen sprangen auf. Socrates stellte sich auf die Füße, spürte den Alkohol im Kopf und torkelte auf die Stufen zu. Oben drehte er sich um und hielt die Tür fest, damit sie nicht zuging.

»Eh, Mann, was'n mit Ihn' los?«, schrie der Fahrer. »Lassen Sie die Tür los.«

Right zeigte lächelnd sämtliche Zähne und winkte Socrates nach.

Socrates stieg ein, die Türen knallten wütend zu, und der Bus trug ihn fort. Er versuchte, an ein Fenster zu kommen, um noch einmal zum Abschied zu winken. Aber der Bus war überfüllt, und als er es endlich ans Rückfenster geschafft hatte, war er schon zu weit weg, um seinen Freund noch zu erkennen.

Der Bus stürzte sich kopfüber in die dichte Nacht. Mehr als einmal langte Socrates nach dem Halteknopf, weil er doch aussteigen und zu seinem Freund zurücklaufen wollte. Aber er zog seine Hand jedes Mal wieder zurück. Er dachte an Right und wie er mit den Zähnen knirschte und zur Seite sackte; er dachte an die 45er in seiner Tasche und die Macht, dem eigenen Leben ein Ende zu setzen.

»Er braucht kein Polizeiauto und kein Krankenhaus«, murmelte Socrates. »Der braucht den ganzen Scheiß nich. Und ich auch nich.«

Nachwort von Pieke Biermann

1. Geheimrat Mosley schreibt Socrates Biberkopf

Muss es denn gleich Goethe sein? Aber klar. »Es ist keine Kunst«, hat der als Feststellung über die Verbindungswege zwischen Leben und Literatur nachgelassen, »eine Göttin zur Hexe, eine Jungfrau zur Hure zu machen; aber zur umgekehrten Operation, Würde zu geben dem Verschmähten (…), dazu gehört entweder Kunst oder Charakter.«

Gern auch beides, finde ich.

Schließlich teilt die Kriminalliteratur mit allen anderen Literaturen eine Freiheit: die Freiheit zu entscheiden, ob sie Kunst oder Schund sein, Ideologiegetrübtes oder Wahrhaftiges erzählen will. Denn schließlich hat die Kriminalliteratur *per definitionem* so universale Banalitäten am Hals wie Gewalt, Verbrechen, Gut und Böse, Recht und Unrecht.

Deswegen lesen wir sie, deswegen schreiben wir sie.

Es ist also nur logisch, dass die Verbindungswege zwischen Moral und Ästhetik heutzutage vor allem von Kriminalliteratur ausgeforscht werden. Mit Büchern natürlich, aber auch mit öffentlichem Streit. Bekanntestes Beispiel ist der Krach, den die große alte (und geadelte) Dame des britischen Konventionalkrimis, P. D. James, losgetreten hat, als sie vor ein paar Jahren über *BBC World* der ganzen Welt mitteilte, sie siedle ihre Verbrecher prinzipiell nur in den höheren Klassen an, da es sonst ja keine moralische Fallhöhe gebe.

Im Klartext: Diejenigen, die sozial weiter unten leben (müssen), haben sowieso keine Moral. Es hagelte Konter. Etliche britische Kolleginnen und Kollegen schrieben Sturm gegen den innewohnenden Klassendünkel und Rassismus, gegen das Märchen von einer heilen Welt, in der sich anständig und unanständig noch säuberlich auseinander sortieren lassen. Die Geschichte der Kriminalliteratur ist eben immer auch eine Geschichte der Richtungskämpfe, und die sind bekanntlich nie zu Ende. Zwar scheint Raymond Chandlers alte Antithese zu den Killeridyllen von zum Beispiel Agatha Christie gerade heute wieder brauchbar. Er hatte gewissen »aufgeregten Damen« der *golden era* des britischen Krimis hingerieben, dass ein Mord »ein Akt von unendlicher Grausamkeit« ist und man damit nicht herumtändelt, und

Hammett dagegen ins Feld geführt: Der habe »den Leuten den Mord zurückgegeben, die einen Grund dafür haben«. Dummerweise ist aber auch Chandlers Los Angeles der Vierzigerjahre doch sehr grellweiß geraten und nimmt die Anständigkeit seiner weiblichen Figuren doch sehr konventionell proportional zu ihrer (sexuellen) Selbstständigkeit ab. Und so was stößt mittlerweile auch Träumern säuerlich auf. Die Figur, die Chandler zum Prototyp ausgebaut hatte, ist damit nicht komplett gestorben: der Außenseiter, der im eigenen Namen und auf eigenes Risiko ein bisschen Gerechtigkeit zurück in eine Welt bringt, die vom Verbrechen ausgehöhlt ist, aus der er selbst nicht zu kommen scheint – aber der *lonesome hero,* sagen wir, *smells a bit funny.*

Einen außenseiterischen Aufklärer hatte auch Walter Mosley zunächst beschäftigt. Easy Rawlins ist Privatdetektiv und Hauptfigur eines Romanzyklus, der auf neun Bände hinauslaufen und die Geschichte von L.A. von den Vierzigerjahren bis heute aus der nichtweißen Perspektive erzählen soll. Aber plötzlich mittendrin – und nach ein paar anderen Büchern außerhalb der Serienlogik – radikalisiert Mosley die Perspektive noch einmal.

Dies Buch, so könnte man sagen, berichtet von einem Mann, der aus dem Gefängnis, wo er wegen älterer Vorfälle saß, entlassen ist und in einer Stadt steht und wieder anständig sein will. Man hätte damit allerdings Alfred Döblin paraphrasiert, der so 1929 einen Roman eröffnet, der ihn weltberühmt und jene Stadt zum universalen Ort machen wird.

Selbstverständlich ist Los Angeles/Watts in den Neunzigerjahren *nicht* Berlin/Alexanderplatz in den Zwanzigern. Aber ebenso sicher ist Socrates Fortlow eine universale Kunstfigur wie Franz Biberkopf. Beide sind Verschmähte und gerade deshalb für ihre Autoren Protagonisten des ewigen Kampfes um Würde, Überleben, Menschsein und Moral.

2. Richtiges Leben im falschen

Weiter unten als Socrates Fortlow kann man in den USA kaum leben. Höchstens, wenn man obendrein noch ein *illegal alien* wäre. Mr. Fortlow ist Bürger der Vereinigten Staaten, aber schwarz und gewesener Gewalttäter. Dafür hat er siebenundzwanzig Jahre in einer »Besserungsanstalt« im Staat Indiana abgesessen. Seitdem hat er statt eines regulären Ausweises eine staatliche Bescheinigung als Exzuchthäusler, was jedem Polizisten die Möglichkeit gibt, ihn für generell verdächtig, wenn nicht gleich schuldig zu halten: für was immer gerade passiert ist.

Eine schöne Ausgangsposition für Resozialisierung. Denn von Sozialisierung kann in Soccos Leben kaum die Rede sein. Er ist aus armen Verhältnissen, vom Land, Kind eines gewalttätigen Vaters und einer Mutter, die ihn aus Geldmangel nicht zur Schule schicken kann. Deshalb gibt sie ihm den Namen »von jemand Schlauem«, vielleicht färbt das ab. Er hat nichts gelernt und nie Arbeit gehabt, und eines Nachts ermordet er im Vollsuff seinen Kumpel, bevor er dessen Freundin vergewaltigt und auch umbringt. Die Morde sind ebenso bewusst- wie grundlos. Ein Mord wird nicht weniger grausam oder gar schöner, weil jemand »einen Grund dafür« hat. Aber kein Mord passiert ohne Voraussetzungen und Zusammenhänge, und hinter die zu kommen, wird Mr. Fortlows »sokratisches« Projekt. Auch wenn er nicht weiß, wer dieser »mediterrane Typ« genau war.

Er hat im Knast noch mehr Morde begangen, bewusst und mit Grund – entweder weil er die unmenschliche Tyrannei derer, die er umbringt, gegenüber Schwächeren nicht mehr erträgt oder um nicht selbst umgebracht zu werden. *Diese* Morde gibt es nicht, außer in Socrates' Gewissen und Erinnerung. Für die Morde hat niemand Interesse, es sind *only niggahs* die Opfer, genauso wie seine Opfer draußen *only niggahs* waren. Weshalb er nicht wirklich lebenslänglich drin bleiben muss oder auf den elektrischen Stuhl kommt.

Er geht sofort nach L.A. Dort gibt es keine Verbindung zu seinem früheren »Leben«, dort gibt es die Anonymität der Hektik, in der niemand Zeit hat, sich ein Gesicht zu merken. Er baut sich, nach und nach, seinen Kosmos. Er wohnt in einer sicher nicht legalen Behausung zwischen leer stehenden Abbruchhäusern, da wo Watts am »wattsten« ist. Er lebt zunächst von Pfandflaschen und -dosen und erzwingt sich schließlich einen Job – als Packer in einem Supermarkt im feinen Beverly Hills, wo er auch Lebensmittel nach Hause liefern darf. Er hat bald ein Netzwerk von (zumeist ebenso alten) Freunden, mit denen er Schach oder Domino im Park spielt, mit denen gemeinsam er die verrohte, zerstörte kleine Welt der Straßen von Watts in Ordnung bringt, wo es geht. Er erwischt einen Halbwüchsigen dabei, einen alten Hahn zu erwürgen, und statt ihn anzuzeigen oder zusammenzuschlagen – ein Impuls, der ihn immer noch als Erstes durchzuckt –, adoptiert er ihn, so gut er kann. Auch der Junge ist schon ein Mörder – er hat, genau so grund-, aber nicht voraussetzungslos, ein Kind mit umgebracht. Socrates stellt sich eine Lebensaufgabe: diesen Jungen zu retten vor dem, was »Watts« für seine Kinder zu bieten hat, den frühen Tod, die Gewalt der Gangs.

Socrates Fortlow ist knapp sechzig und hat immer noch die gefürchteten »Felsbrecherhände«. Er weiß, weil er auf Leute trifft, die mehr wissen, dass er praktisch nichts weiß, schon gar nicht von der Geschichte seiner eigenen Leute. Und dass diese Ignoranz und die alltäglichen Lügen der weißen Welt einen verdammten Zusammenhang damit haben, dass Leute wie er »einen Grund haben« – zur Verzweiflung, zur Gewalt.

Es ist ein durch und durch »falsches Leben«, was in den Ghettos gelebt werden muss. Es ist so markerschütternd falsch, dass kein Adorno es genau würde sezieren wollen. Und dennoch lässt sich das »sokratische« Projekt in Watts interpretieren als der ständig praktizierte Widerspruch gegen die Behauptung, es gebe kein »richtiges Leben im falschen«. Dabei würde dieser Socrates nicht einmal widersprechen, als er endlich sprechen lernt, öffentlich, aufrecht und klar. Er würde vermutlich, konfrontiert mit der These, sagen: *Naw, man, but at least you try!*

3. Soulfood für Herz und Hirn

Wer redet, schießt/sticht/würgt (noch) nicht. Die Eroberung des Sprechens, des Mitredens, der Kommunikation ist der erste Schritt raus aus dem Gewaltzwang. Wer schlägt, hat das Reden nicht ge- oder verlernt. Nicht zuletzt, weil niemand zuhört. Socrates lernt in Watts sprechen, weil er bei allem, was er erlebt, nach etwas sucht: nach einer Wahrheit, einer Erklärung, nach Hoffnung.

Die Sprache, aus der die Geschichten sind – oder vielmehr dieser fast klassisch-strenge Bildungs- und Entwicklungsroman des Socrates Fortlow –, ist selbstverständlich eine Kunstsprache. Gebaut für eine angeblich unmögliche Figur, jemanden, der höchste Moralität verkörpert und bespricht, selber aber in der Sprache lebt, die dem Herzen und dem brutalen nackten Leben am nächsten ist – Slang. Nichts an Walter Mosleys Kunstsprache ist »exotisch«, »hip« oder sonst besonders. Und das macht Socrates Fortlow zu einer so universalen Figur wie zum

Beispiel Franz Biberkopf. Auch wenn Socco nicht vom Schicksal zurechtgebogen wird, sondern sich selbst zum anständigen Menschen biegt. Auch Socco »wohnt in einer Menschenhaut« und »verlangt vom Leben mehr als das Butterbrot«. Er verkörpert unser aller Bodensatz, überall auf der Welt, wir müssen nicht in Watts wohnen, schwarz oder männlich sein, um ihn zu kennen oder mit ihm verwandt zu sein.

Socrates Fortlow in Watts lehrt, indem er lernt. Man muss sich seinem jeweiligen moralischen Schluss nicht unbedingt anschließen, aber seine kompromisslose, glasklare Moralität ist faszinierend und attraktiv, denn sie dreht sich immer um handfeste, menschengroße Dinge: *bad or good, right or wrong* im Alltagsgeschehen. Es handelt sich um eine von ganz unten konstruierte Fallhöhe, die niemanden ausschließt – und niemanden verschont.

Die Übersetzerin

Pieke Biermann, Jahrgang 1950, lebt und arbeitet in Berlin als freie Schriftstellerin und Übersetzerin. Sie übersetzt seit gut zwanzig Jahren – zuerst mehr aus dem Italienischen, später mehr aus verschiedenen Englischs.

Die Übersetzerin möchte sich an dieser Stelle ganz herzlich bei drei Menschen bedanken, die ihr mit – juristischem bis gastrotechnischem – Rat sowie mit Materialien, z.B. Stadtplänen, zur Seite gestanden haben: dem Alphabet nach Peter Belsito (L.A.), Susanne Burg (Harlem, N.Y.C.) und Kathrin Terjung (Berlin).

Walter Mosley

Geboren 1950 in Los Angeles. Nach der schon beinahe üblichen Sozialisation eines Schriftstellers (tausend Jobs beim Trampen, Erntehelfer etc., dann Brotberuf als Computerfachmann) wurden Walter Mosleys erste Romane um den schwarzen Privatdetektiv Easy Rawlins zunächst als Geheimtipps in der Nachfolge von Chester Himes gehandelt. Da war nach Himes, Iceberg Slim und Donald Goines endlich mal wieder ein schwarzer Kriminalautor aufgetaucht, der eine kräftige, eigene, neue Stimme hatte. Und dazu noch ein Projekt: nämlich die Geschichte des schwarzen Los Angeles seit dem Zweiten Weltkrieg bis heute in einem Zyklus von neun Kriminalromanen zu erzählen. Ausgerechnet der Stadt, die zwar den *californian noir* der Cain, West und Chandler als Gegenbildlichkeit zum sonnig-optimistischen Zukunftsglauben der USA hervorgebracht hatte, aber ansonsten anscheinend farbenblind gegenüber den vielen Ethnien der Megapolis war. Mosley knüpfte chronologisch da an, wo Chester Himes mit »If He Hollers Let Him Go« aufgehört hatte: unmittelbar nach dem Zweiten Weltkrieg, als die Kriegskonjunktur einbrach und die vorwiegend schwarzen Arbeitskräfte der Rüstungsindustrie (Werften und Flugzeugbau) »entbehrlich« wurden. Die Folgeschäden dieser Mischung aus Rassismus und entfesseltem Kapitalismus sind bekannt: 1965 brannte schließlich Watts, 1992 entluden sich die geballten Spannungen in den berühmten »riots« von South Central. Mosleys Projekt hatte klare politische Konturen.

1992 explodierte auch die Karriere von Walter Mosley. Auch das hatte politische Gründe. Während seiner ersten Präsidentschaftskampagne hatte sich Bill Clinton für das potenzielle Wählerspektrum der aufgeklärten, schwarzen Intellektuellen Walter Mosley als »Lieblingsautor« erkoren, wobei eine Rolle gespielt haben mag, dass Mosley zudem noch eine jüdische Mutter hat. Wie auch immer: Mosley wurde sehr schnell sehr berühmt, Hollywood drehte mit prominenter Besetzung (u.a. Denzel Washington) eine Großproduktion nach Mosleys Erstling »Devil in a Blue Dress«. Nachdem Mosley noch weitere Bände seiner Easy-Rawlins-Serie schnell hintereinander abgeliefert hatte, beschloss er, seine Prominenz und Reputation (er galt nun als der schwarze Autor par excellence, weit über die Genregrenzen hinaus) künstlerisch sinnvoll zu nutzen: Mit »RL's Dream« konnte 1995 endlich sein allererstes Romanprojekt – eine Hommage an den großen Bluessänger Robert Johnson – erscheinen (dt. Titel: »Mississippi Blues«, München 1997).

Ab 1997 arbeitete er ständig an seiner Figur Socrates Fortlow, dem »Sokrates von Watts«. In diesen Geschichten um den Exhäftling, Mörder und Vergewaltiger, der wieder versucht, auf die Beine zu kommen und ein ordentlicher Mensch zu werden, hat Mosley nicht nur eine in der *black community* extrem stark beachtete Figur geschaffen, sondern das Genre der Kriminal-Story als moralische Parabel besetzt.

»Always Outnumbered, Always Outgunned« ist die erste Sammlung um Socrates, ein zweiter Band ist in Vorbereitung.

Bibliografie

Die Easy-Rawlins-Serie: *Devil in a Blue Dress* (1990, dt.: Teufel in Blau). *A Red Death* (1991, dt.: Roter Tod). *White Butterfly* (1992, dt.: Der weiße Schmetterling). *Black Betty* (1994, dt. gleicher Titel). *A Little Yellow Dog* (1996).

Die Socrates-Fortlow-Serie: *Always Outnumbered, Always Outgunned* (1997, dt.: Socrates in Watts). *Walkin' the Dog* (1999).

Andere Werke: *RL's Dream* (Roman, 1995, dt.: Mississippi Blues). *Gone Fishing* (1997). *Blue Light* (Roman, 1998). *The Watts Lion – The New Mystery* (Anthologie, 1993). *Thick Headed – The Plot Thickens* (Anthologie, 1997).

Filmografie

Devil in a Blue Dress, 1994. Deutsch: Teufel im blauen Kleid. Regie: Carl Franklin. Buch: Walter Mosley. Mit Denzel Washington, Tom Sizemore, Jennifer Beals.

Always Outnumbered, Fernsehfilm 1998. Regie: Michael Apted. Mit Laurence Fishburne, Bill Cobbs, Natalie Cole.

Thriller aus den USA

Chester Himes
»Die größte Entdeckung der amerikanischen Literatur nach Raymond Chandler.«
The Observer
«Vor der Quasi-Apartheid floh er nach Paris und dachte sich Storys um zwei scharfe Cops aus, die sich in Harlems giftiger Atmosphäre aus Gewalt, Verzweiflung und Drogen tummeln.»
Der Spiegel

Heiße Nacht für kühle Killer
Selbst in Harlem wird ein weißer Geschäftsmann nicht grundlos auf offener Straße erschossen. Der Fall ist verwickelt, denn der Täter hatte nur eine Schreckschusspistole.

Die Geldmacher von Harlem
Kaum zu glauben, dass es so tollpatschige Kerle wie Jackson gibt. Der Koffer, das Gold, das Geld und die geliebte Immabelle – alles kommt ihm abhanden. Auf der Suche stößt er auf eine Mörderbande.

Lauf Mann, lauf!
Der Schwarze rennt durch das Keller-Labyrinth, hinter sich die Schritte des weißen Verfolgers. Er weiß nur eines: Lauf Mann, lauf ... Dann bricht er bewusstlos zusammen.

Der Traum vom großen Geld
Die blutige Jagd nach dem großen Geld hat begonnen. Die beiden Detektive Coffin Ed Johnson und Digger Jones haben viel zu tun, um Harlem aus diesem bösen Traum zu reißen.

Fenstersturz in Harlem
Während einer Trauerfeier stürzt ein Mann aus dem Fenster. Er bleibt unverletzt: Er ist in einen Brotkorb gefallen. Doch wenige Minuten später liegt ein anderer Mann im Korb. Mit einem Messer in der Brust.

David Goodis
Schießen Sie auf den Pianisten
Eddie, einst ein bejubelter Pianist, verdient sein Geld in einer schäbigen Spelunke. Plötzlich taucht sein Bruder auf, der ihn wieder um Hilfe anfleht. Eddie bleibt hart, kommt aber nicht ungeschoren davon.

Die Nacht bricht an
Keiner weiß, wer Vanning ist, das ist seine einzige Hoffnung. Denn seine alten Kumpane sind hinter der verflixten Tasche mit den Dollarnoten her. Als in Manhattan eine dieser schwülen Nächte anbricht, überfällt ihn die Angst.

Dorothy Hughes *Einsamer Ort*
Dix Steele besitzt alles, was man im Glamour Hollywoods braucht, und er zieht Frauen magisch an. Doch Dix hat ein böses Geheimnis. – Dieser Thriller um männliche Gewalt, Eitelkeit und Frauenhass machte Hughes zu einer Pionierin des Genres.

Dolores Hitchens
Wer mit Fremden schläft
Long Beach, California – der »Sunshine Capitalism« boomt. Die Grundstückspreise explodieren, die Ölquellen sprudeln. Felicia Wanderley wird tot im Ölsumpf gefunden. Wem stand sie im Wege?

Leigh Brackett *Raubtiere unter uns*
Walter Sherris, ein Mann von Prinzipien, geht nachts allein spazieren. Er wird überfallen und beginnt auf eigene Faust einen Rachefeldzug. Bis er merkt, dass die gewalttätige Jugendbande aus den besten Familien stammt.

UT *metro*

Jean-Claude Izzo *Total Cheops*
»Total Cheops«, rappen die Kids vom Marseiller Hafen, wenn es drunter und drüber geht. Daran ist Fabio Montale nicht ganz unschuldig, der Polizist mit dem Hang zum guten Essen und einem großen Herz für all die verschiedenen Bewohner der Hafenstadt.

Helen Zahavi *Donna und der Fettsack*
Kampf der Geschlechter oder Duell um die Macht? Donna, das Mädchen von nebenan, und Henry, der fiese Kredithai, haben sich ineinander verbissen. Als die Achterbahn der Gefühle zum explosiven Ende kommt, ist völlig ungewiss geworden, wer hier der Sieger ist.

Walter Mosley *Socrates in Watts*
Nach siebenundzwanzig Jahren im Knast will Socrates wieder ein ordentlicher Mensch werden. »Mosley ist ein Künstler und ein Meister des Kriminalromans zugleich.«
New York Times Book Review

Stan Jones *Weißer Himmel, schwarzes Eis*
Als sich im Städtchen Chukchi die Selbstmorde häufen, wird Nathan Active neugierig. Bald steckt er in einem Umweltskandal, der ihn Kopf, Kragen und Karriere kosten kann. »Eine packende Lektüre, die einen seltenen Einblick in die Kultur der Inuit ermöglicht.«
Extreme Conditions

Christopher G. Moore *Haus der Geister*
Privatdetektiv Vincent Calvino kennt sich bestens aus in den Unter-, Ober- und Halbwelten von Bangkok. Nicht immer zur Freude derjenigen, die die ganz großen Räder im Fernen Osten drehen. »Bangkok – hier lebe ich. Ganz nah bei den Knochen, unter der samtenen Haut.« *Christopher G. Moore*

Rebecca Bradley, Stewart Sloan *Temutma*
Ein Mörder macht Hongkong unsicher. Das ist nichts Ungewöhnliches. Aber dass in seinen Opfern kein Tropfen Blut mehr ist, fällt auf. »Hongkongs Schauplätze, Geräusche und Gerüche rasen an uns vorbei im Rennen gegen die Zeit.« *South China Morning Post*

Chester Himes *Plan B*
Das Finale furioso des legendären »Harlem Zyklus«: ein visionäres Szenario des Aufstands der schwarzen Bevölkerung der USA. »Mit fast selbstmörderischem Vergnügen nimmt Himes den Leser mit in die Hölle.«
Fréderic Vitoux

Jon Ewo *Torpedo*
Oslo ist zur Drehscheibe geworden: Alkohol, Drogen, Macht. Selbst einem hartgesottenen Geldeintreiber wird es da zu heiß. Aber wie aussteigen, wenn er Schulden hat? »Was wir über die osteuropäische Kriminalität wissen, macht aus dieser Geschichte mehr als eine Fiktion.« *Bergens tidende*

Mongo Beti *Sonne, Liebe, Tod*
Zam, der Journalist, kommt zwischen die Mühlräder: eine Leiche in der Wohnung, die Geliebte entführt, Überfälle. Was ist los in dem fiktiven afrikanischen Land? Unter der sengenden tropischen Sonne ist rein gar nichts und niemand unschuldig.

Jerry Raine *Frankie Bosser kommt heim*
Dumm gelaufen: Kaum ist der Ganove Phil Gator wieder in England, bringt er versehentlich einen alten Mann um. Peinlich, dass dessen Sohn ein ganz anderes Kaliber ist. »Jerry Raines Prosa ist unwiderstehlich, und sein Blick ins Innere der Verbrecher großartig.«
The Times